KB096161

별에서의 살인

별에서의 살인

모모노 자파 장편소설

김영주 옮김

일러두기

* 본문의 각주는 모두 옮긴이 주입니다.
* 고유명사 표기는 국립국어원 외래어표기법에 준하였으나 관용적 표현은 그대로 살렸습니다.
* 본문의 볼드체는 원서에서 방점 처리로 강조된 부분입니다.

차례

어릴 적, 우주로 뻗어나가는 로켓이 뿜어내는 구름을
올려다보며 이런 생각을 했다.
이토록 굉장한 일을 이루어내는 인류라면 분명 수많은
어려움을 극복하고 멋진 미래를 만들 수 있을 거라고.
하지만 어느 정도 세상을 알고 난 후 나는 절망했다.
핵이나 대량 살상 무기까지 언급할 필요도 없이 인류는
아주 오래전부터 지금까지 서로에게 상처를 입히고 있다.
어떻게 하면 전쟁을 없애고 더 나은 세상을 만들 수 있을까.
그 해답이 우주에 있다.

· 제1장 ·
HOPE!!

1

20××년 7월 31일 오전 9시.

와카야마현 구시모토에 있는 민간 소형 로켓 발사장인 스페이스포트 기이는 우주선을 발사하기에 더없이 좋은 날을 맞이하고 있었다. 앞유리창 너머에는 눈이 부시도록 파란 하늘을 향해 활주로가 아지랑이를 피워 올리며 길게 뻗어 있다.

우주선의 부기장이자 가이드 하세 호마레는 그 하늘 너머에 있는, 별과 신화의 영역에 대해 일찍이 이런저런 상상을 하곤 했다.

어릴 적 그는 친구들한테서 그의 이름이 여자애 이름 같다는 놀림을 당했는데 언젠가 부모님이 이름의 뜻을 말해주었다. 호穗에는 풍요로움이라는 뜻이, 마레稀에는 귀중한 물건이라는 뜻이 있는데, 그것을 살짝 의역해 꿈을 이룬다는 의미로 지은 이름이라고.

이륙까지 남은 시간은 15분.

이제 15분 뒤면 1인당 3000만 엔이라는 가격의 일본 최초 **초저가** 우주여행이 시작된다. 물론 부담 없이 낼 수 있는 금액은 아니지만 이제까지의 우주여행에 비하면 파격적이다.

과거에는 국제우주정거장(ISS)에 체재하려면 1인당 50억 엔 정도가 들었다. 대형 여행사의 기획 상품도 비슷한 가격대라 우주여행은 그야말로 대부호들만의 특권이었다.

그것도 오늘로 끝이다.

우주를 가까이.

우주 기술로 세상을 편리하고 행복하게.

회사의 경영 이념이 가슴을 벅차게 한다. 하세 자신도 한결같이 바라던 바다.

누군가 불쑥 나타나 어깨를 가볍게 두드린다.

뒤를 돌아보니 기장인 이토가 웃고 있다. 검은색 바탕에 은색 선이 들어간 제복이 잘 어울린다. 같은 옷을 입고 있어도 이토가 더 그럴싸해 보이는 것은 운동으로 다져진 몸이 날씬한 실루엣을 강조하기 때문일 터다.

"벌써부터 그렇게 힘이 들어가 있으면 중간에 지쳐버려."

옆자리 기장석에서 들려오는 이토의 목소리는 듣는 사람의 마음을 편안하게 하는 하이 바리톤이다. 차곡차곡 쌓인 연륜에서 나오는 무게와 깊이가 있다.

"잃어버린 세대*를 얕보지 마세요. 이 정도는 아무것도 아닙니다."

"내가 늘 말하잖아. 힘들 때 근성은 도움이 되지 않는다고. 어깨 힘을 빼."

"흥분하지 않으려고 하는 게 오히려 어려운데요. 기장님도 우주는 오랜만에 가시는 거죠?"

하세는 목소리뿐 아니라 세포 하나하나가 들떠 있음을 스스로 느낀다.

반면 이토에게는 적당한 단단함과 온화함이 함께 깃들어 있다.

"그래서 더 방심할 수 없는 거야. 정식 운행에는 마魔가 도사리고 있으니까. 항상 편안한 상태를 유지해야 해."

확실히 프로다운 자각이 부족했는지도 모른다. 그런 생각이 들어 반성하는데 이토가 다정하게 미소를 지어 보인다.

"말은 이렇게 하지만, 들뜨는 기분도 이해해. 나도 처음 우주에 나갔을 땐 흥분했으니까."

"에이 거짓말. 저 그때 생중계로 봤는데 기장님은 끝까지

* 원래는 제1차 세계대전 후 사회에 환멸을 느껴 허무와 쾌락에 빠진 미국의 지식인 계급과 청년들을 가리키던 말이지만, 일본 사회에서는 거품경제 붕괴 후 얼어붙은 구직 시장에서 구직 활동을 한 세대를 의미하는 용어로 쓰인다.

침착하시던걸요. JAXA*직원도 그렇게 말했는데."

"추락하는 중에도 농담을 주고받을 수 있을 정도로 우리는 흥분 상태에서도 냉정해질 수 있거든."

농담인지 진담인지 알 수 없는 말투였지만 민간 항공사에서 JAXA의 조종사로 선발되어 국제우주정거장에서 체류한 경험도 있는 남자가 하는 말이다. 진실성은 충분하다.

"특별한 비결이 있습니까?"

"글쎄, 뭔가를 만지작거리면 잠시나마 긴장을 풀게 되더라고. 예를 들면 이런 거."

이토가 가슴팍 주머니에 꽂혀 있던 볼펜을 꺼낸다.

몸체는 알루미늄 재질인데 목제 그립이 감겨 있어 궐련 같은 모양새다.

"이건 끝에서 불빛이 나와."

이토가 펜촉을 돌리자 소리도 없이 심이 나왔다. 동시에 끝부분이 빨갛게 빛난다. LED가 삽입되어 있나 보다.

"노크식**과 달리 트위스트식이라 소리도 안 나고 겉보기에도 변화를 쉽게 알 수 있으니까 손으로 만지작거리기에는 안성맞춤이지?"

* Japan Aerospace Exploration Agency. 일본 우주항공연구개발기구

** 버튼을 누르면 심이 나오는 방식

하세는 이토에게 어깨를 바짝 대고 볼펜의 구조를 뚫어지게 들여다본다. 그러나 정작 궁금한 건 따로 있다.

"천체 관측이 취미인가요?"

끝부분에 LED가 달린 필기구가 특별히 진귀한 건 아니다. 의료나 건축, 경비 등 어두운 곳에서 하는 작업에 폭넓게 쓰이는 물건이다. 그중에서도 천체 관측에 많이 사용된다.

사람의 눈은 어두운 곳에서 30분 정도 있으면 서서히 어둠에 적응되는 암순응이 일어난다. 그 상태에서 광량光量이 많은 백색 LED가 켜지면 눈이 밝음에 적응되는 명순응을 일으켜 주변이 잘 보이지 않게 된다. 반면에 붉은색 LED는 명순응이 잘 일어나지 않으므로 별빛을 관찰하기에 최적이다.

"아내와 딸아이가 선물로 준 거야. 완치는 어려운 병이지만, 무사히 현장으로 복귀했다는 데 의의를 두고. 우주가 아주 캄캄한 줄 아나 봐."

"술 끊은 지 이제 7년 된 건가요?"

"치료를 시작한 건 10년 전이지. 이제야 현장으로 돌아왔네."

알코올 체크는 바로 두 시간 전에 했다. 평소에도 술을 마시지 않는 하세는 물론, 이토도 수치는 완전히 0이었다. 이토는 회사에 들어오고 나서 0이 아닌 수치가 나온 적이 없다. 발효한 쌀겨에 절인 채소절임이나 에너지 음료 같은 것도 물론

먹지 않고 무엇을 먹든 반드시 영양성분표를 살피는 철저한 모습을 보였다.

덕분에 의사가 발급한 건강진단서 내용도 양호했다. 현재의 이토는 일반 성인 남성보다 깨끗한 몸 상태를 유지하고 있다.

"우리 회사에서 실적만 쌓고 다른 곳으로 가시면 안 돼요. 기장님만큼 뛰어난 분은 좀처럼 찾기 힘드니까."

"그런 생각은 해본 적 없는데. 나이도 있고, 지금은 어쨌든 눈앞의 일에 집중할 뿐이야. 그리고……."

이토의 얼굴이 해맑게 풀어진다.

"이 회사는 마음이 편해. 파트너도 좋은 녀석이고, 이직할 이유가 하나도 없다고."

그가 다시 어깨를 두드리자 몸 안쪽이 어쩐지 간질간질해진다. 오래전 TV로 보며 동경했던 조종사에게 인정을 받으니 은근히 기분이 좋다.

"게다가 우리 딸은 이제 갓 대학에 들어갔어. 한창 돈 들어갈 때거든. 무엇보다 아버지로서 멋진 모습을 보여줘야지. 우주에서 일하는 건 그러기에 제격이잖아?"

"저는 여행자로 참가하고 싶었는데 말이죠. 하기야 1만 명 중에 다섯 명 추첨이니, 만만찮게 어려웠겠지만. 이번에 당첨된 사람들은 정말 운이 좋네요. 특히 무료 초대권에 당첨된 고등학생."

참가자는 모두 여섯 명인데 그중 한 명은 무료 초대권 당첨자였다.

3000만 엔이라는 요금은 우주여행치고는 저렴하지만, 일반인이 지불하기에는 부담되는 금액이다. 그래서 되도록 많은 사람에게 기회를 주려는 취지에서 초대권을 마련한 것이다.

"나는 분명 유명인이라도 참가시켜서 광고판으로 쓸 줄 알았어. 선전은 좀 뻔뻔해야 하는 법이니까."

"예상보다 훨씬 많은 응모자가 몰렸던 것 같은데 굳이 광고할 필요도 없지 않았을까요?"

"그래도 이번에는 처음부터 밑지는 걸 각오한 모니터링 여행이잖아. 다음 여행에 탄력을 받기 위해서라도 나카타라면 그 정도는 할 줄 알았는데……."

그때 두 사람 사이를 비집고 스피커에서 목소리가 들려왔다.

"여기는 스페이스포트 기이. 호프(HOPE!!)호, 들리나?"

목소리의 주인공은 방금 이토가 언급한 나카타였다. 개발부문의 수장이자 회사 창립 멤버로 하세보다 다섯 살 아래다. 직급으로는 상사이지만 희한하게 성격이 맞아 지금은 상하 관계를 떠나 자주 같이 어울린다.

이번 여행에서 나카타는 지상팀을 총괄하는 역할을 맡

았다.

"여기는 호프호 부기장 하세. 스페이스포트 기이와의 연락 수신 상태, 양호."

"둘이서 너무 다정하게 굴지 마. 여직원들이 아까부터 행복한 비명을 지르고 있으니까."

"관람료는 제대로 받은 거야?"

하세가 농담하자 스피커를 통해 웃음소리가 들려온다.

"나중에 발사용으로 징수해놓을게. 슬슬 시간 됐어."

9시 10분.

드디어 엔진이 굉음을 내며 출발을 준비한다.

"안내 방송 부탁드립니다, 기장님."

이토는 쑥스러운 듯 미소를 짓고는 심호흡했다.

"안녕하십니까. 기장 이토입니다."

기내 스피커를 통해 이토의 하이 바리톤 음성이 흘러나온다.

"오늘 당사의 첫 우주여행에 참가해주신 여러분 감사합니다. 이번 여행은 모니터링 여행이라 승객 여러분께서 여러 불편한 점이 있을 것이라 예상되지만, 그 이상으로 여행을 즐기실 수 있도록 저희 직원 모두가 최선을 다해 임하겠습니다. 다행히 화창한 날씨의 도움으로 우주선을 발사하기에는 최적의 날을 맞았습니다. 우리 우주선은 잠시 후 출발할 예정이오니 안전벨트를 허리의 낮은 위치에서 매주시기 바랍니다. 우주 호텔 '스타더스트'까지의 비행시간은 다섯 시간 15분으로 예정되어 있습니다. 그럼 즐거운 여행 하시기를 바랍니다."

단순한 말이지만 이토는 한 마디 한 마디를 음미하는 듯 보였다.

9시 15분.

마침내 이륙 시각이다. 이토의 조종으로 우주선이 움직이기 시작한다.

전체 길이 16미터, 무게는 연료를 포함해 18.6톤, 최대 수용 인원 열두 명으로 언뜻 보면 날렵한 형태의 비행기와 다르지 않은 모습이다. 바로 이것이 하세가 소속된 유니버설 크루즈사가 총력을 기울여 개발한 유익有翼 완전 재사용형 우주선 '호프(HOPE!!)'호다. 정확히 느낌표 두 개까지가 정식 명칭이다.

"Runway 1, cleared for take-off(1번 활주로 이륙 허가)."

관제실이 있는 스페이스포트 기이에서 이륙 허가가 떨어졌다.

"Roger, cleared for take-off(알았다, 이륙 허가 완료)."

응답하는 이토의 목소리에 긴장감이 감돈다.

지시를 따라 기체가 천천히 활주로를 달리기 시작한다. 폭굉(데토네이션) 엔진이라는 이름대로 격렬한 소음과 진동이 좌석 시트를 통해 전해져 온다. 곧바로 이륙 결정 속도에 도달했고 몸이 뒤로 당겨진다.

이제부터는 중단할 수 없다. 할 생각도 없다.

"Rotate(회전)."

하세의 신호에 이토가 말없이 곧바로 스위치를 넣는다. 기수機首*가 올라갔다. 몸이 붕 뜬 것 같은 감각에 빠져든다.

"Positive climb(고도 상승)."

하세가 이륙 성공을 알리자, "Gear up(준비)" 하고 이토가 즉시 차륜을 격납한다.

이제 앞유리창에 보이는 건 파란 하늘뿐이다.

일반 비행기와 마찬가지로 수평 이륙을 달성한 기체는 고도를 쑥쑥 올려나간다. 바로 아래 내려다보이는 것은 혼슈 최남단인 시오노미사키**와 그 옆의 기이오시마섬이다.

1초마다 풍경의 축척이 줄어든다. 지도에서 보던 거랑 똑같다, 하는 감상에 빠진 사이에도 기체는 계속해서 고도를 올린다.

정신을 차리고 보니 구름이 내려다보이는 곳까지 다다랐다.

* 항공기의 앞머리

** 일본 와카야마현 기이반도 남단에 돌출한 곳

"여기는 스페이스포트 기이. 호프호. 이제 곧 준비하라."

지상의 나카타가 통신을 보내온다.

모니터를 보니 고도는 10킬로미터를 넘어가고 있었다. 두 사람은 안전벨트를 다시 한번 확인하고 좌석 깊숙이 자세를 고쳐 앉는다.

숨을 들이마시고, 이토가 가볍게 자기 뺨을 두드린다.

"여기는 호프호. 최종 확인을 실시한다."

순서대로 엔진 상태를 확인한다.

호프호는 거의 자동 운전으로 비행하지만 사람의 점검이 꼭 필요하다. 가장 무서운 것은 섣부른 확신과 이 정도면 되겠지 하는 방심이다. 이 두 가지 착오로 과거에 얼마나 큰 사고가 초래되었던가. 매뉴얼 순서에 따라 하나하나 꼼꼼히 손가락으로 짚어가면서 확인한다.

문제될 것은 하나도 없다. 모니터 화면으로 객석을 확인하니 승객들도 좌석에 앉아 안전벨트를 꼼꼼하게 맨 상태다.

이토가 다시 마이크를 들었다.

"고도 15킬로미터에 도달하였습니다. 지금부터는 제트엔진에서 로켓엔진으로 전환합니다."

터치 패널로 되어 있는 모니터 화면을 조작하자 기체가 머리를 더 올리기 시작한다. 거의 수직으로 올라간 순간, 확연하게 엔진음이 바뀌고 속도가 더욱 빨라진다.

이것이 바로 하세가 회사 동료들과 심혈을 기울여 개발한 연소 변환 모드 엔진의 진가다. 제트엔진으로 수평 이륙 후, 대기가 희박해지는 고도 15킬로미터에서 로켓엔진으로 전환한다. 더 효율적으로 우주에 갈 수 있게 한 이 방식은 기술의 결정체다.

바로 그때 하세는 몸이 무거워지면서 터져 나오려는 비명을 꿀꺽 삼켰다. 우주선에는 지금 3G*의 중력이 가해지고 있다. 이는 평균적인 제트코스터의 중력 세기와 같아서 하세는 체중이 210킬로그램까지 불어나는 것을 느꼈다. 호흡까지 무겁다. 의식하지 않으면 숨이 멎을 것 같다.

훈련을 받지 않은 인간이 견딜 수 있는 중력은 약 4~5G라고 한다. 그 아슬아슬한 지점까지 밀고 나가도록 호프호는 계속 속도를 높였다.

불현듯 사위가 한층 더 어두워졌다. 아차 싶어 하세는 앞 유리창 너머를 응시했다. 그토록 파랗던 하늘이 명도를 극도로 낮춘 듯 짙어졌다. 눈앞에는 짙은 감색의 어둠이 펼쳐져 심연을 더했다.

갑자기 엔진이 멈췄다. 관성으로 우주선은 계속 나아갔다. 그러다 속도가 떨어지면서 마치 브레이크를 밟은 것처럼 몸

* 기호 G로 나타내는 중력상수(Gravitational constant)는 질량을 가진 두 물체 사이에 작용하는 힘과 관련된 상수로, 만유인력상수라고도 한다.

이 살짝 앞으로 쏠렸다. 중력의 크기에 따른 압박감이 파도처럼 빠져나가 막혀 있던 혈액이 힘차게 흐르기 시작한 것 같은 해방감이 든다. 급기야 무게감이 거짓말처럼 사라지고 안전벨트로 고정되어 있는데도 몸이 붕 뜨는 듯한 느낌에 휩싸였다.

깜박깜박 흩날리는 기묘한 빛이 시야에 들어왔다. 바닥에 쌓여 있던 먼지가 조용히 떠올라 빛을 반사하는 것이다. 이 상태에서 다시 가라앉을 것 같지가 않다. 즉 이건…….

그때 이토가 오른쪽 어깨를 톡톡 두드렸다.

"이거 봐."

뒤를 돌아보자 이토의 볼펜이 허공에 떠 있다. 펜 끝의 붉은색 LED를 반짝거리며 공중에서 빙글빙글 회전한다.

하세는 아무 말 없이 안전벨트를 풀었다. 지금껏 의식하지 않았던 힘이 해방되는 느낌이 든다.

"결국 해냈네, 하세. 자네의 꿈이 이루어졌어."

이토가 엄지를 치켜세우고 웃는다.

순간, 우주에 왔다는 실감이 엄청난 기세로 온몸을 휘감았다.

"……드디어 왔구나."

저도 모르게 무심코 말이 흘러나왔다.

창밖에는 쪽빛도 칠흑도 아닌 복잡한 색이 끝없이 이어지고 있다. 우주라고 해서 그저 까맣기만 한 것이 아니라 그 안에는 탁하지 않은 미묘한 농담이 있었다.

왔구나. 드디어 우주에 왔어. 어린 시절부터 꿈꿔왔던 장소에.

잡념 따위 파고들 여지가 없을 정도로 그저 눈앞의 끝없이 펼쳐지는 공간을 넋을 잃고 바라본다.

박사 연구원 시절에 논문을 표절당한 일쯤은 이제 아무래도 상관없다. 취업 빙하기 시절에 서류 전형에서만 60군데 넘게 떨어진 일도, 비정규직으로 일하던 곳에서 나이 어린 정규직 직원에게 무시당한 일도, 박사 과정을 수료하고도 워킹 푸어*라고 비웃음당한 일도, 친구와 공동 설립한 회사에서 쫓겨난 일도, 잃어버린 세대라느니 불운의 세대라느니 놀림받은 일도, 언제까지 꿈만 꾸고 있을 거냐고 여동생에게 훈계를 들었던 일도, 코로나 사태로 손을 떼려는 투자처에 가서 무릎 꿇고 엎드려 머리를 조아렸던 일까지도. 지금, 그 모든 것이 과거의 일이 되었다.

끝도 없이 영원히 빨려 들어갈 것 같은 심연이 이어지고 있다. 그 속에 불빛 몇 개가 여기저기 흩어져 있었다.

별들의 빛일 텐데 하세는 다소 위화감이 들어 미간을 찡그

* 정규직이나 비정규직으로 일을 하면서도 생활보호 대상 수준의 수입밖에 얻지 못하는 저소득층을 가리키는 말. '일하는 빈곤층'이라고도 한다.

리다가 퍼뜩 깨달았다. 별빛이 깜박거리지 않는다. 이곳엔 대기가 없으니 빛의 굴절이 일어나지 않아 별은 우주에서 깜박이지 않는 것이다. 지식으로는 알고 있었지만 직접 눈으로 보고 확인한 사실에 전율이 일 것 같다. 정말로 우주에 온 것이다.

그 감동을 깨뜨리기라도 하듯 느닷없이 경보음이 울려 퍼졌다.

순식간에 심장이 날뛴다. 분명 최종 확인에서는 아무런 문제가 없었는데……!

하세는 곧장 지금까지의 절차를 머릿속으로 떠올렸다. 실수로 이어질 만한 것으로 짐작되는 건 없다.

"여기는 스페이스포트 기이. 무슨 일인가, 호프호."

스피커 너머로 나카타의 목소리가 날아든다. 이쪽을 불안하게 하지 않으려고 배려한 차분한 어조다.

"객실에서 경보기가 울렸다. 누군가 호출 버튼을 누른 모양이다."

이어지는 이토의 냉정한 목소리가 하세에게 여유를 주었다.

곧장 객실 상황을 모니터 화면에 띄우자, 탑승객들이 한 사람을 걱정스럽게 살펴보고 있었다.

"다녀오겠습니다!"

큰 소리로 외치면서 하세는 객실로 가려고 자리에서 일어섰다. 그 순간, 무중력으로 인해 몸이 붕 떠오르며 머리를 박았다.

이토가 여느 때와 같은 어조로 말을 건네왔다.

"침착해. 심호흡하고. 힘들 때 근성은 도움이 되지 않는다고 아까도 내가 말했잖아. 힘들 때일수록 지금 해야 하는 일에 집중해."

하이 바리톤의 음성에는 묘한 설득력이 있다.

"무슨 일이 있었는지는 모르지만 지금은 승객분들이 불안해하고 있을 거야. 그런 얼굴로 나가면 괜히 불안감만 증폭시킬 거라고."

그의 말에 하세는 두 손으로 마른세수를 하듯 얼굴 근육을 풀어주었다. 그런 뒤 될 수 있는 한 크게 심호흡을 반복했다.

이토가 싱긋 웃었다.

"무사히 호텔에 도착하면 커피로 건배하자."

"네!"

하세는 이번에야말로 문자 그대로 조종실을 튀어 나갔다.

"가이드님! 이쪽이에요!"

객실에 들어서자마자 안경을 쓴 여성이 긴박한 목소리로

그를 불렀다. 미야하라 에리라는 이름의 승객으로, 착용 사인이 꺼지지 않은 안전벨트를 답답하다는 듯 꽉 쥐고 있었다.

다른 참가자 네 사람도 눈을 감은 채 축 늘어진 남자의 모습을 살피고 있었다.

하세는 고개를 끄덕이고, 조심스럽게 지면을 발로 밀었다. 또 머리를 박고 싶지는 않았다.

좌석에 달린 손잡이를 꽉 잡고 허공을 헤엄쳐 다가가자 짧게 깎은 머리에 짙은 수염을 잘 다듬은 남성 승객이 눈을 감고 있었다. 마사키 게이고다.

옆자리에 앉은 정장 차림의 남자, 야마구치 하지메가 경직된 목소리로 설명했다.

"조금 전까지도 들떠 있었는데 갑자기 눈을 희번덕거리더니 정신을 잃었습니다."

중력의 세기를 버티지 못했던 걸까? 잘 모르겠지만, 이곳은 이미 우주다. 판단 실수는 용납되지 않는다.

하세는 자신에게 경고하듯 이토의 말을 머릿속으로 반복했다. 지금 불안한 건 승객들이다. 어쨌든 자신이 가장 냉정해야 한다.

"마사키 씨! 대답해보세요! 마사키 씨!"

강습 때 배운 응급 구호 조치대로 했지만 대답이 없었다.

이어서 호흡을 확인하기 위해 입가에 귀를 바짝 댔다. 그

러자,

"푸…… 휴."

들려온 것은 희미한 숨소리였다.

"……자는 중?"

하세가 중얼거렸다.

마사키의 뒷자리에서 안경 쓴 남자, 사와다 나오키가 주뼛주뼛 말을 걸었다.

"그러고 보니 조금 전에, 어젯밤 흥분해서 한숨도 못 잤다고 했어요. 정신을 잃고 그대로 잠들어버린 게 아닐까요?"

"에이 뭐야, 사람 놀라게!"

사와다의 옆에서 초로의 남성이 안도하며 웃었다. 그의 이름은 시마즈 곤으로, 뒤로 묶은 머리카락이 흔들렸다.

"다행이다……. 저, 깜짝 놀라서 심장이 멎는 줄 알았어요."

미야하라도 안심했다는 듯 가슴을 쓸어내렸다.

반대로 미야하라의 옆에 앉은 10대 후반의 여학생, 사나다 아마네는 여전히 깜짝 놀란 표정 그대로 시선을 창밖으로 돌렸다.

가이드의 가장 중요한 역할은 승객을 무사히 지상으로 돌려보내는 것이다. 출발하자마자 탈이 생기면 여행 자체에 찬물을 끼얹게 된다. 잠이 든 거라면 특별히 큰 문제는 아닐 터다.

게다가 이 모니터링 여행에 참가하기 위해 모든 승객은 건강진단서를 의무적으로 제출했다. 그러니 지병도 없는 건강한 신체를 가진 사람일 것이다.

하세는 마사키가 맨 안전벨트를 느슨하게 풀어 편하고 안정된 자세로 만든 다음, 최대한 밝은 목소리로 말했다.

"여러분, 여길 보세요. 우리는 무사히 우주로 진출했습니다."

그러면서 창문을 가리켰다.

그곳에는 우두커니 서 있는 파란 행성, 지구가 있었다.

"TV에서 본 것과 똑같네."

미야하라의 감상에 공감이 갔다.

옆에서는 사나다가 해맑게 스마트폰으로 사진을 찍고 있다.

뒤늦게 시마즈도 SLR 카메라를 꺼냈다.

사와다는 진지한 모습으로, 야마구치는 뭔가 나른한 표정으로, 저마다 지구를 내려다보고 있다.

이들이 바로 이번 여행의 참가자다. 응모가 쇄도하는 바람에 추첨으로 뽑힌 사람들이다.

하세는 선발에 관여하지 않았지만, 나카타를 포함한 지상팀이 무작위로 추첨했다고 들었다. 이 여행이 초저가 우주여행임을 내세우고 있어서인지 특별히 부유층 같아 보이는 인물은 없다. 하세는 그 점이 기쁘다. 자신과 비슷한 극히 평범한 사람이 우주에 올 수 있게 되었다는 사실이.

"이 풍경을 보고 싶었어요. 경계선 없는 이 풍경이."

감회에 젖은 목소리는 야마구치의 것이었다. 그는 하세의 시선을 알아채고는 흥분한 모습을 감추려는 듯 어깨를 으쓱했다.

"나도 스마트폰을 가져올 걸 그랬나. 여행에 전화기를 가져오는 건 멋없다고 생각해서 두고 왔는데 새삼 후회가 되네요."

"그럼 제가 찍은 사진을 나중에 보내줄게요."

흥분했는지 시마즈가 목소리를 높여 말했다.

야마구치가 미소로 응답함과 동시에 창문 멀리서 기묘한 실루엣이 나타났다. 원과 역삼각형으로 이루어진 남자 화장실 마크에 천사의 고리가 달린 모양새의 건축물이다. 그 중심부를 버팀목 같은 구조물이 관통하고 있고 지구에 가까운 쪽 끝에는 사각형 오브제 같은 것이 붙어 있다.

그곳이 바로 우리의 목적지, 우주 호텔 '스타더스트'다.

2

우주 호텔 스타더스트는 높이—라고는 해도 우주 공간에서 상하좌우는 의미없지만— 약 240미터의 초고층 건축물이다. 50층짜리 빌딩과 비슷한 높이로, 실제 지상 건축물로 비유하자면 도쿄도청 제1 본청사나 후쿠오카 타워와 맞먹는 높이를 자랑한다.

지구 쪽을 아래라고 한다면 최상층의 둥근 공간에는 호텔 전반을 관리하는 관리실이 있다. 화장실 마크로 본다면 얼굴에 해당하는 위치다. 방범과 방재는 물론 위성 브로드밴드* 등의 관리를 맡고 있다. 외벽의 태양광 패널과 우주 공간에서는 귀중한 물도 관리하고 있기에 이곳은 에너지 공급 구역이

* 대량의 정보를 고속으로 전송하는 유무선 정보 통신 시스템 또는 서비스

라고 불렸다.

그 둘레를 이루는 천사의 고리 부분, 문자 그대로 링 구역이라 불리는 공간이 호텔 시설이다.

링은 직경 약 140미터, 원둘레 약 440미터로 총 스물네 개의 객실 모듈과 열 개의 직원용 모듈, 그 외에 레스토랑과 사무실로 이루어져 있다.

화장실 마크의 몸통 부분에 해당하는 장소는 공용 구역이라고 불리는 공간으로 오락 시설과 기업형 연구실이 설치되어 있다.

최하층의 사각형 오브제가 바로 우주선을 접현*하는 승강장 구역이다. 현재 최대 접현 수는 네 대이지만 앞으로 확장 공사를 해 늘어날 예정이다. 그 밖에 자재 보관용 창고 등도 이 구역에 있다.

거의 자동 운전 시스템인 호프호에서 반드시 기장이 조종해야 하는 것이 딱 세 가지 있다. 이륙, 착륙, 우주 호텔과의 도킹 작업이다.

우주 호텔 스타더스트는 초속 약 7.9킬로미터로 비행 중이다. 거기에 우주선을 자동 조종으로 도킹시키기에는 아직 기술이 따라오지 못했다. 그만큼 섬세한 작업이 요구된다는 뜻

* 비행기나 배를 다른 비행기나 배, 탑승교 등에 바짝 붙여 대는 것

이며 사고 발생률이 가장 높은 순간이기도 하다.

재시도는 할 수 있지만 시도 횟수가 늘어나는 만큼 연료와 산소의 소비량도 늘기 때문에 위험도가 커진다. 되도록 한 번에 성공할 필요가 있으므로 압박감이 이만저만이 아니다. 강철 심장을 지닌 베테랑 기장이 필요한 이유는 바로 이를 위해서다.

숨을 죽이며 이토가 조종간을 잡는다.

모니터 화면에 바깥 상황이 표시된다.

무음 상태로 우주 호텔에서 탑승교가 뻗어온다.

그 다리를 향해 호프호의 배 부분이 신중하게 다가간다.

화려한 움직임은 없지만 지금 실행되는 것은 매우 높은 기술력을 요하는 섬세한 작업이다. 우주선을 우주 호텔의 속도에 똑같이 맞추고 그대로 합체하는 것이기 때문에 혹시라도 실수로 기체와 호텔이 부딪친다면 큰 사고로 이어진다.

우주에서의 사고는 죽음으로 직결된다.

이중 삼중으로 안전 대책을 세우고 있다고는 하지만 예상치 못한 일은 언제든 일어날 수 있다. 작은 흠집 하나로 공기가 새어 나갈 가능성도 있기에 이토는 신중하게 조종간을 기울였다.

훈련에서는 몇 번이고 성공했지만 막상 실제 상황이 되니 옆에서 보기만 해도 긴장된다.

신중하게, 또 신중하게…….

마침내 호프호가 탑승교에 닿았다.

이토의 입꼬리가 올라간다. 동시에 우주선이 고정되는 느낌이 든다.

"스페이스포트 기이, 여기는 호프호. 일본 시각 14시 30분. 예정대로 우주 호텔 스타더스트에 접현 완료."

"이쪽에서도 확인했다. 축하한다, 호프호."

스피커 너머로 안도의 목소리와 동시에 박수 소리가 들려왔다.

하세가 처음으로 이토의 어깨를 두드린다.

"성공하셨네요, 기장님."

"어어."

그저 수긍할 뿐인 목소리가 어렴풋이 떨린다.

하세가 조용히 손을 내민다. 두 사람의 손이 소리를 내며 마주 잡힌다.

하지만 여운에 잠겨 있을 여유는 없다. 하세는 가이드의 의무를 다하기 위해 객실로 향했다.

"여러분, 우리 우주선은 우주 호텔에 도착했습니다. 지금부터 이동할 예정이오니 제 뒤를 따라와 주세요."

잠든 마사키를 등에 업고 하세는 승객 전원을 탑승교의 연결문으로 인솔했다.

지급받은 스마트 워치로 잠금장치를 해제하자, 다섯 평 크기의 널찍한 공간이 나왔다.

여기서 하세를 포함한 전원이 자석 부츠로 바꿔 신고 허리에 채우는 안전벨트를 장착한다. 자석 부츠는 목이 긴 편상화 스타일로 여간해서는 벗을 수 없게 되어 있다.

시설 내부는 무중력이거나 저중력이기 때문에 사람이 걸어 다닐 수 있도록 바닥에 자석이 붙는 소재가 깔려 있었다. 자석 부츠를 우주선 안에서 신지 않았던 건 자력이 운행 중인 계기計器에 영향을 미쳐서는 안 되기 때문이다.

자석 부츠를 신더라도 어느 순간 몸이 허공으로 뜨기는 한다. 몸이 떴을 때 잡을 만한 것이 있으면 다행이지만 없을 경우에는 누군가 도와주러 올 때까지 아무것도 할 수 없다. 그런 상태에서 커다란 화물이 날아오면 도망칠 수도 없어 부딪히고 만다.

그래서 시설 안에서는 여기저기 설치된 손잡이에 안전벨트의 후크를 걸어 이동하도록 되어 있다.

잠든 마사키를 제외한 전원이 준비를 마친 것을 확인하고 나서 하세는 호텔 쪽 문을 열었다.

눈앞에 나타난 것은 그야말로 별세계였다. 호화롭다, 이 한 마디로 설명되는 공간이 그곳에 펼쳐져 있었다.

터미널 전체는 투명한 돔으로 덮여 있어 우주가 훤히 다 보인다. 늘 밤인 것 같은 정취가 있지만, 링 모양의 조명이 촘촘히 박혀 있어 어둡게 느껴지지 않는다.

이 조명은 혹시 링 구역을 본뜬 걸까? 백색 LED가 주를 이루지만 군데군데 빨강과 노랑, 파랑과 녹색도 있어서 규칙성이 있는 건지 무작위로 설치된 건지는 모르겠다. 조명이 돔에 난반사되어 마치 만화경 내부에 있는 듯한 느낌이다. 광량도 적절하게 조절되어 화려하면서도 거부감은 들지 않는다.

중앙에는 아날로그 시계가 자연스레 배치되어 있다. 시곗바늘이 2시 45분을 가리키는 것으로 보아 호텔 안에서는 일본 시간이 적용됨을 알 수 있었다.

"어서 오십시오."

목소리에 뒤를 돌아보니 호텔 직원 세 명이 준비를 마치고 기다리고 있었다.

"유니버설 크루즈사의 투어 참가자분들이시지요? 우주 호텔 스타더스트에 오신 것을 환영합니다. 저는 지배인 스가야마입니다."

하세보다 나이가 조금 많을까? 새치 하나 없는 머리카락을 깔끔하게 뒤로 넘긴 남자가 고개를 숙인다. 그 동작 하나에서도 세련됨이 느껴지고 호텔 측의 수준 높은 서비스가 엿보인다.

스가야마가 하세의 등에 업힌 마사키를 보고 옆에 있던 직원에게 신호를 보냈다. 도킹 전부터 연락이 된 터라 그들이 하세를 대신해 마사키를 옮겨주었다.

하세는 마사키를 맡기며 한숨 돌렸다. 무중력하에서도 질량이 없어지는 것은 아니니 사람을 업고 이동하는 것은 힘들었다. 어떤 순간에는 방향 전환조차도 쉽지 않다. NASA의 수중 훈련이 이제야 절실히 이해된다.

"그럼 뒤를 부탁드립니다."

마사키뿐 아니라 투어 참가자들은 각자 배정된 방으로 호텔 직원들의 안내를 받기로 되어 있다. 그 후 저녁 식사가 시작되는 18시까지는 자유 시간이다.

호텔 직원들을 따라 모두 엘리베이터로 향했다. 한 걸음 내디딜 때마다 신발 바닥에 접착테이프가 붙은 채 걷는 듯한 느낌이 든다. 덕분에 그들의 움직임은 펭귄 무리를 연상케 했다.

승객을 배웅하고 나서 하세는 뒤늦게 나온 이토에게 말했다.

"그럼, 먼저 가서 준비하고 있겠습니다."

"부탁해. 나도 객실 청소와 수하물 반입이 끝나는 대로 갈게."

우주산업은 2040년에는 시장 규모가 100조 엔까지 성장할 것으로 전망되는데, 유니버설 크루즈사는 아직 작은 규모의 중소기업이다. 코로나 사태 때는 제휴사가 철수하는 바람에 거의 도산할 뻔하기도 했다. 경비 절감을 위해서는 기장도 잡무를 할 수밖에 없다.

하세는 하세대로, 이후에 있을 원격회의 전까지 관련 자료를 정리해두어야 한다. 그걸 바탕으로 이토와 가볍게 협의한 다음 지상팀과 연락을 취할 예정이다.

일단 하세는 자신의 백팩을 등에 메고 이토의 보스턴백을 손에 들고서 배정된 방으로 향했다. 익숙하지 않은 자석 부츠와 살짝 씨름하며 엘리베이터에 탔더니 여기에도 안전벨트를 고정하는 손잡이가 있었다. 거기에 벨트를 연결한 뒤 호텔이 있는 층의 버튼을 눌렀다.

엘리베이터가 움직이기 시작하자 중력이 생긴 것을 알 수 있었다. 지구상에서도 엘리베이터가 올라가면 몸이 아래로 눌리는 감각이 있는데 그 느낌이 더 강하게 든다.

이동 속도는 느리다고 할 정도였다. 너무 빠르면 멈출 때 관성의 법칙이 강하게 작용해 몸이 벽에 부딪히기 때문이다. 지상의 평균 속도보다 느리게 설정되어 있다. 향후 운용 상황을 보고 속도 변경도 검토될 것이다.

어쨌거나 지금은 플랫폼 구역과 직통인데도 5분가량 시간이 걸리는 듯하다.

얼마 안 있어 천사의 고리 부분, 즉 링 구역에 도착했다.

문이 열린 순간, 한층 더한 별세계가 펼쳐졌다.

두꺼운 양탄자. 단순하면서도 고급스러운 느낌이 감도는 인테리어. 벽과 유리창은 얼룩 하나 없이 구석구석 청소가 잘 되어 있다. 지상의 고급 호텔과 비교해도 손색이 없다.

굳이 트집을 잡는다면 세간살이가 없다는 것 정도일까? 저중력 상태에서는 물건이 쉽게 날아가버리기 때문이다. 대신에 그림이 몇 점 걸려 있었는데 벽에 확실하게 고정돼 있었다.

걸음을 내딛기 시작하자 몸이 약간 나른함을 느낀다. 엘리베이터 내부보다 강한 중력이 작용하고 있었다.

링 구역은 항상 회전 중이므로 원심력에 의해 인공적으로 중력을 생성하고 있다. 중력 크기는 대략 지구의 6분의 1로 거의 달과 같다. 우주를 즐기라는 콘셉트에 따라 설정된 것이다.

하세는 시험 삼아 통로에서 힘껏 땅을 굴러보았다. 순간 시야가 급상승했다. 트램펄린이라도 탄 것 같은 기세로 몸이 붕 떴고 이래서 천장 높이가 3미터 가까이 되는구나 싶었다.

전 객실 스위트룸을 콘셉트로 내세운 것에 걸맞게 객실도 눈이 휘둥그레질 만큼 고급스럽다.

하지만 하세는 그런 모든 것을 무시하고 쏜살같이 커튼을 열었다.

창밖에는 우주가 펼쳐져 있다.

줄곧 참았던 스마트폰을 꺼내 사진을 마음껏 찍었다. 그런 다음 스마트폰을 창틀에 세워 동영상 모드로 전환했다. 우주에서 바라보는 일출과 일몰을 녹화하고 싶었다.

내내 창문에 붙어 있을 수는 없지만 이렇게 두고 쭉 녹화하면 그 안에 찍히겠지.

그때 왼팔에 찬 스마트 워치가 소리를 내며 진동했다. 알림 기능이 켜져 16시 30분부터 원격회의가 있음을 전해왔다. 우주선의 비행 자료를 지금부터 정리해야 한다.

집중해서 정리한 덕분에 작업은 30분 만에 끝났다.

하세는 한숨 돌리며 이토의 보스턴백에서 건배용 커피를 꺼냈다.

가지고 온 커피 원두와 헝겊 필터는 이토의 취향이다. 아내가 아침 식사 뒷정리를 하는 동안 커피를 내리는 것이 일과라고 했던가. 시간을 들여 드립 커피를 내린다고 한다. 딸은 쓴맛을 싫어해서 같이 마셔주지 않는다고 투덜대기도 했다. 오늘 특별히 그 커피를 내려주겠다는 것이다.

과연 중력이 6분의 1인 상태에서 내리는 커피는 어떤 맛일까. 뜨거운 물이 원두를 빠져나가는 속도가 느려질 테니 맛의 농도에도 당연히 차이가 있을 것이다. 아니면 상관이 없을까?

비행기에서는 기압 때문에 맛을 연하게 느끼는데, 우주 호텔 내부는 딱 1기압으로 유지되고 있다. 승객의 부담을 조금이라도 줄이는 건 물론이거니와 우주 호텔에서 일하는 사람들을 위해서라도 될 수 있는 한 지상과 같은 환경을 조성할 필요가 있었다.

인간의 몸은 완전한 무중력 환경에서 살기에는 맞지 않는다. 혈액순환도, 근육과 뼈에 의해 몸을 지탱하는 구조도 전부 중력이 있기에 가능한 설계다. 실제로 우주비행사가 무중력하에서 일주일가량 지냈더니 심장의 크기가 작아졌다는 보고 사례도 있다.

애초에 호텔 말고는 산소가 없고 방사선만 그득한 위험 지대이기도 하다. 그 영향이 더 막대하다. 우주 호텔 스타더스트는 외벽에 방사선 차단 물질을 어마어마하게 두껍게 메워 넣는 기술로 그 문제를 해결했다.

그렇게까지 해서 왜 인류는 우주로 가는 걸까?

하세 자신에 관해 말하자면, 그것은 세계 평화를 위해서였다. 인류의 역사는 전쟁의 역사였다. 그 원인 중 하나가 에너지 쟁탈전이라고 하세는 생각한다. 만약 자유롭게 쓸 수 있는 에너지가 무궁무진하게 있다면? 그것도 청정하고 환경을 파괴하지 않는 에너지를 전 세계에 배분할 수 있다면 지금보다는 전쟁이 줄어들지 않을까?

이를테면 태양광 발전으로 지구 전체의 에너지를 축적할 수 있다면 말이다. 에너지 문제를 해결할 정도의 전기량으로 치면, 과거에는 약 130만 제곱킬로미터 넓이의 태양광 패널이 필요했다. 고비 사막과 거의 비슷한 면적이다.

그렇게 커다란 것을 설치할 수 있는 장소는 우주뿐이다. 그러니 우주로 가져가자.

이것이 하세가 생각한 에너지 문제의 해결책이었다. 우주는 날씨가 불안정하지 않기 때문에 발전 효율 면에서도 뛰어나다. 다행히 태양광 패널의 효율도 비약적으로 높아져 이젠 고비 사막 정도의 면적도 필요하지 않게 되었다.

이것의 실현은 꿈같은 이야기가 아니다. 현실화하려면 우선 인간이 부담 없이 우주에 갈 수 있는 환경을 만들어야 한다. 태양광 패널을 쏘아 올려 색종이처럼 펼치는 방법도 생각은 해봤지만 그런다 해도 최종적으로는 사람의 손으로 조정할 필요가 있다.

취업 빙하기 세대라 우여곡절은 있었지만 하세가 우주 비행을 목표로 하는 벤처 기업에 입사하고 신형 엔진 개발에 몸담아온 데에는 다 그런 뜻이 있었다.

아니다. 그보다 더 근원에는 어릴 적 할아버지가 데려가준 캠핑이 있다. 그때 올려다본, 유리 파편을 뿌려놓은 듯 별이 가득한 밤하늘은 지금까지도 마음 깊숙이 새겨져 있다. 할아버지가 말씀하시길, 당시 하세는 밤하늘로 손을 뻗어 별을 잡으려 했다고 한다.

그 반짝이는 빛이 지금 창밖에 있다. 그때보다 훨씬 가까이에. 깜박거리지도 않고.

우주에 있음을 실감하면서 이토를 기다리는데…… 30분이 지났다.

"늦으시네."

무심코 중얼거리고는 스마트 워치를 본다.

16시 10분. 예정대로라면 한참 전에 사전 협의를 시작했을 시간이다. 이제 20분 뒤면 지상팀과의 원격회의가 시작된다.

이토는 이유 없이 늦을 성격이 아니지만 일정보다 안전을 우선하는 면이 있었다.

'무슨 일 있는 건가?'

신경이 쓰여 태블릿을 집는다.

우주 호텔은 넓어서 스마트 워치에 길 잃음 방지 태그 기능이 달려 있었다. 애플리케이션을 이용하면 호텔의 와이파이를 이용해 있는 곳을 특정할 수도 있고 통화도 가능하다.

태블릿에 우주 호텔의 지도를 띄우고 이토가 있는 곳을 검색한다. 이상하게도 호텔 직원들이 있는 곳은 표시되는데 이토의 아이콘은 오프라인을 나타내는 회색으로 되어 있다.

통화 버튼을 터치했지만 역시 연결되지 않는다.

우주 호텔의 네트워크 시스템은 호프호와 마찬가지로 위성 브로드밴드를 사용한다. 안테나가 외벽에 설치되어 있고 거기서 LAN(근거리 통신망) 케이블을 통해 전체 시설의 무선 공유기와 이어져 있었다.

호텔 안에 있으면 어디에서든 연결이 될 테지만 장소에 따라서는 전파가 잘 터지지 않는 곳이 있을지도 모른다.

의아하게 생각하면서 하세는 방을 나갔다.

단순히 늦는 거라면 괜찮지만 뭔가 문제가 있다면 큰일이다. 일단 승강장 구역으로 내려가본다.

사람은 없다. 셀프 접수 카운터도 지금은 전원이 꺼져 있어 새까만 화면을 보여줄 뿐이다.

"이토 기장님, 어디 계세요?"

텅 빈 공간에 하세의 목소리가 울린다.

대답은 없다. 그때 갑자기 어디선가 새콤달콤한 냄새가 코를 간지럽혔다. 그러고 보니 쌓여 있는 화물 중에 과일과 채소가 있을 것이다.

어쩌면 짐을 내리느라 시간이 걸리는 걸지도 모른다. 작업이 끝나기를 기다릴 게 아니라 먼저 나서서 일을 도우러 왔어야 했다.

여전히 위화감은 있지만 무중력에도 조금은 익숙해졌다. 바닥을 두 발로 박차고 공중을 헤엄치듯이 이동해 손잡이를 붙들고 자석 부츠로 착지한다.

화물실로 가봤지만 이토의 모습은커녕 아무것도 없다.

이미 전부 다 옮겼을 것이다. 그럼 창고에 있는 건가?

승강장 구역에는 머지않아 가동할 연구실과 수송 사업을 위한 커다란 창고가 병설되어 있다. 신선한 채소 등의 식재료도 그곳에 넣어두게 되어 있다.

엘리베이터의 반대편, 승객의 시야에서는 사각지대가 되는 위치에 직원 전용 구역의 문이 있었다. 스마트 워치를 그 문의 IC 단말기에 대면 열리게끔 되어 있다.

……그래야 하는데, 반응이 없다.

이상하다 싶어 문고리를 돌려보니 문이 잠겨 있지 않았다. 이토가 열어놓고 그냥 둔 건가?

고개를 갸웃거리며 안으로 이어지는 통로로 걸어 들어갔다.

창고는 냉동, 냉장, 상온의 세 종류로, 차례대로 제1창고, 제2창고, 제3창고라고 불렸다.

제1창고에는 아무도 없었다. 유리로 된 문이라 안을 들여다보긴 했지만 제대로 들어가 확인한다. 사방 25미터 정도 면적에 화물이 운반된 흔적도 없다.

그 옆 제2창고도 마찬가지였는데, 마지막 제3창고로 가자 짐이 흩어져서 둥둥 떠 있었다. 크고 작은 수납 상자, 보관 용기, 그것들을 고정하지 못하고 풀어진 밴드에다 채소와 과일, 물탱크 등이 떠 있다.

역시 그랬구나, 싶었다. 예상했던 대로 짐을 다 쏟아버린 것이다. 과일 냄새는 점점 더 진해지고 있다.

이런 와중에 배에서 꼬르륵 소리가 울렸다. 그러고 보니 점심을 못 먹었다. 마사키를 챙기느라 급급해 까맣게 잊고 있었던 것이다. 나중에 호텔 직원에게 부탁해 뭐라도 좀 만들어달라고 해야지. 커피로 기념 건배를 한다면 달콤한 간식을 곁들이는 것도 좋겠다.

그 순간, 얼핏 공중에 떠다니는 화물에 섞여 사람 모습을 한 뭔가가 헤엄치듯 흔들리는 것이 보였다.

그게 무엇인지 인식하기까지 몇 초의 시간이 필요했다.

공중에 떠 있는 것은 바로 이토였다.

흐트러진 짐을 정리하는 것도 아니고, 마치 모든 걸 내던지고 우주 유영을 즐기기라도 하는 듯 떠다니고 있다. 그때 몸이 빙그르르 돌아 이쪽을 향했다.

혼탁한 눈동자는 아무것도 응시하지 않는다. 앞으로 쑥 내민 두 팔은 어중간하게 벌어진 채 힘이 빠져 있다.

하세는 이미 이성적으로는 무슨 일이 일어났는지 알아차렸다. 그러나 감정이 따라가질 않는다.

떠 있던 몸이 방향을 바꿨다.

몸에는 줄 같은 것이 감겨 있다. 무중력하에서 떠 있기 때문에 운동 에너지가 쉽게 사라지지 않아 그 줄이 팽팽하게 당겨질 때마다 몸이 방향을 달리했다.

줄로 보인 그것은 하세도 착용하고 있는 안전벨트였다. 그게 이토의 목에 뱀처럼 휘감겨 있다.

이토는 무중력 공간에서 목을 매고 죽어 있었다.

· 제2장 ·

우주 호텔 스타더스트

1

"잠자코 있으라니 그게 무슨 말이야?"

동료의 말이 믿어지지 않아 하세는 성난 기색을 띠었다.

옆에서 바라보는 스가야마의 얼굴이 파랗게 질려 있다.

"말 그대로의 의미야. 이토 씨의 죽음을 승객에게 전할 필요는 없어. 지상에 돌아올 때까지 얼버무려줬으면 해."

이렇게 대답하는 나카타의 목소리와 표정에 고뇌가 가득하다. 본심이 아닌 것은 분명하다. 회사에서 내린 결정이리라.

"자네랑은 얘기가 안 되겠어. 사장님을 불러줘."

하세는 태블릿 화면에 비치는 나카타를 노려보았다. 말해봤자 소용없다는 건 알고 있지만 항의하지 않을 수 없다. 나타카보다 이걸 지켜보는 스가야마 쪽이 더 난감한 얼굴로 고개를 떨군다.

"사장님은 지금 기자회견 중이야. 그 정도는 알고 있겠지? 일정표를 함께 짰으니까."

"그래, 여기서도 생중계를 보고 있어. 당연히 중단시킬 줄 알았는데 말이지."

어떻게 해도 목소리에 빈정대는 기색이 역력하다.

이토의 죽음은 이미 사장에게까지 전달되었을 것이다. 그런데도 매스컴의 질문에 웃는 얼굴로 답변하고 있다.

"지금 기자회견 따위를 하고 있을 때가 아니잖아? 기장님은 살해된 걸지도 모른다고."

옆에서 숨을 들이쉬는 소리가 들린다. 한 박자 늦게 태블릿을 통해서도. 근소하게 시간이 지연되는 것이 답답하다.

아까부터 하세는 타살 가능성을 주장하며 나카타와 언쟁을 하고 있었다.

"너무 성급한 결론이야. 사고이거나 자살일 가능성도 있잖아."

"사고의 가능성은 제일 먼저 추측했지. 그런데……."

하세는 노트북으로 CCTV의 영상을 재생했다.

무중력 상태에서 작업 중에 갑자기 몸의 균형을 잃고 화물을 모조리 쏟아버리는 이토의 모습이 보인다. 그 후 어지럽게 흩어진 짐이 천장에 설치된 CCTV에 걸려 렌즈를 가렸다.

무중력이라서 생긴 예상치 못한 문제였다. 지상에서라면

시야를 차단하는 물체가 천장의 CCTV 위치까지 날아오리라고는 생각지 못한다. 심지어 계속 걸려 있으리라고는 상상도 할 수 없는 일이다.

그러고 나서 영상 속에 이토의 모습이 보인 것은 이미 숨진 뒤였다. 목에 안전벨트가 감긴 채 부유하듯이 축 늘어진 몸이 허공을 떠다니고 있었다.

"이 영상으로 봐서는 뭐라고 말 못 하겠지? 그래서 사고사와 자살, 그리고 타살 가능성까지 전부 의심해보고 나서 타살이라는 결론을 내린 거야."

"통로 쪽 영상은?"

"죄송합니다. 그쪽에는 카메라를 설치하지 않았습니다."

스가야마가 고개를 숙인다.

"원래 그곳은 직원 전용 구역이라서요."

직장 내 CCTV 설치는 직원의 스트레스 증가로 이어진다는 연구 결과도 있다. 그러지 않아도 우주 공간, 그것도 폐쇄 공간에서는 스트레스가 쌓이기 쉽다. 따라서 필요한 장소 외에는 CCTV를 설치하지 않기로 한 터였다.

대신에 어떤 이변이 감지되면 스마트 워치가 인식해 담당 부서에 보고하도록 되어 있다. 이를테면 직원의 심박수가 내려갔을 경우 등이다.

물론 외벽 작업을 할 때처럼 위험이 수반되는 장소나 직원 전용 구역 이외의 장소에는 카메라가 다수 설치되어 있다.

"공기는? 뭔가 차질이 생겨 공기 순환이 원활하지 않아 진공 상태에서 질식했을 가능성 같은 건 없어?"

나카타의 질문에 스가야마는 조용히 고개를 저었다.

"지하, 편의상 그렇게 말합니다만, 창고의 지하에 있는 관리실도 확인했지만 딱히 이상은 없었습니다. 제 스마트 워치에도 알림이 없었고요."

그 관리실에는 에어컨 관리 장치뿐 아니라 전기를 보존하는 배터리 탱크도 즐비하다. 우주 호텔은 모든 것이 전기로 작동되기 때문에 지하 말고도 여기저기에 크고 작은 배터리 탱크가 숨겨져 있다.

"애초에 창고가 진공 상태였다면 안에 들어간 순간 나도 죽었을 거야. 아니, 기압 차 때문에 문도 안 열렸겠지."

"그럼, 자살 가능성은?"

"그거야말로 있을 수 없어."

몸을 앞으로 내밀며 하세는 딱 잘라 말한다.

"잘 생각해봐. 이토 씨는 무중력 상태에서 목을 맸다고. 자살할 인간이 그런 어리석은 짓을 할 리가 없잖아. 이곳은 **목을 매달아 죽기에는 세상에서 가장 부적합한 장소**니까. 꼭 목을 매고 싶다면 지상에서 하거나 링 구역에서 해야지."

하세도 조금 전에 검색해서 알게 된 것이지만, 경동맥은 약

2킬로그램, 추골동맥*은 약 16킬로그램의 무게가 실리면 막혀버린다고 한다. 이토의 체중은 약 70킬로그램이니까 링 구역에서 자살하는 건 충분히 가능하다. 더 확실하게 하려면 주머니에 추라도 넣으면 된다.

그러나 무중력인 창고에서는 아무리 추를 넣는다 해도 목은 조여지지 않는다.

"무엇보다, 이토 씨가 이 일에 얼마나 사활을 걸었는지 회사 사람들도 다 알잖아."

이토의 과거와 그가 갖고 있었던 증상은 회사에서는 이미 알려진 사실이었다.

비판이나 의혹이 있다면 실력으로 증명하고 싶다는 것이 이토의 바람이었기 때문이다. 아침, 점심, 저녁으로 알코올 수치 체크를 하고 싶다고 말을 꺼낸 사람도 본인이고 부정이 발생하지 않도록 반드시 타인 앞에서 실시하겠다고 한 사람도 본인이다.

이토는 민간 항공사의 조종사를 거쳐 JAXA의 우주비행사가 된 경력이 있다.

조종사로서 우수했고 JAXA에서의 근무 태도에 대한 평판도 좋았다. NASA에서의 훈련도 가장 우수한 성적을 받았고

* 내경동맥과 추골동맥이 뇌에 혈액을 공급한다.

국제우주정거장에도 체류한 경험이 있는 엘리트 중의 엘리트다.

그러나 그 국제우주정거장에서의 날들이 이토의 인생을 꼬이게 했다.

임무가 힘들었던 것은 아니다. 가혹한 훈련을 버틴 자만이 우주를 경험할 수 있던 시대다. 어려운 일은 있었지만 마지막까지 무탈하게 마쳤다.

그가 떠안고 있던 고민은 가족에 관한 것이었다. 우주로 가기 직전, 이토는 부모님과 형을 교통사고로 잃었다. 절연하다시피 한 가족이었지만 실제로 잃고 나자 정신적으로 타격이 심했던 모양인지 자유 시간이 되면 가슴에 구멍이 뚫린 것처럼 허탈했다고 한다.

이토의 형은 선천적으로 여러 장애를 지니고 있었다. 그래서 이토는 부모님이 늘 형에게 붙어 있느라 자신을 챙겨준 기억은 거의 없다고 했다. 이토 본인도 철들 무렵부터 형을 챙겼다. 기저귀를 갈아준 적도 있다.

그런 생활이 싫어 이토는 난폭한 학창 시절을 보냈다고 한다. 방과 후 활동에서 복싱으로 괴로움을 달랬던 때는 좋았지만, 고등학교 시절에는 고향의 질 나쁜 아이들과 어울리면서 교사의 눈 밖에 나고 부모님에게 야단을 맞아 급기야 더는 견디지 못하고 집에 들어가지 않게 되었다.

'어디론가 멀리 가고 싶다.'

어느 자리에선가 들은 이야기인데, 그 무렵 이토는 항상 그런 생각에 사로잡혀 있었다고 한다.

'하지만 어디로? 어디든 좋으니 어쨌든 고향을 떠나고 싶어. 가능하면 돌아오지 않아도 될 만한 이유도 있었으면 좋겠다.'

비행기 조종사가 되면 집에 가고 싶어도 갈 수 없게 된다는 사실을 알게 된 건 고등학교 2학년 때였다.

그 후 이토는 무섭게 공부한 끝에 규슈공업대학에 입학했다. 대학 시절에는 학업에 힘썼고 마침내 대기업 민간 항공사에 자사 양성 조종사로 입사했다.

'두 번 다시 본가에는 돌아가지 않을 것이다.'

그런 마음으로 일을 계속했고 실제로 이토가 본가에 얼굴을 비춘 것은 결혼한다는 통보를 하러 약혼자를 데려갔을 때뿐이었다.

그때도 식사는 한 시간도 채 되지 않아 끝났다. 형이 소란을 피운 것이다. 평소와 다른 상황에 스트레스를 받아 짜증을 부렸던 모양이다.

원래 그렇다는 건 알고 있었지만, 결혼을 알리는 경사스러운 자리에서도 형이 우선시되는 상황에 결국 인내심이 한계에 다다랐다.

입학식도 졸업식도 운동회도 학예회도 소풍 도시락도, 전부 형 때문에 엉망이 됐다.

그러니 이제 본가는 버린다.

그렇게 굳게 다짐했는데……. 딸 미소라가 태어난 뒤로 생각이 바뀌었다.

조그만 손이 자신의 손가락을 꽉 쥔 그 순간부터 이토의 인생은 자신만의 것이 아니게 되었다.

부모가 되어봐야 비로소 부모의 마음을 이해할 수 있다. 그런 지극히 평범한 말을 마음속 깊은 곳에서 실감한 것이다.

딸에게 무슨 일이 있으면 어떻게 해서든 헌신적으로 보살필 것이다. 만사를 제쳐놓고 딸을 우선할 것이다. 일을 그만둬야 하는 상황이었다면 그렇게 했다.

육아 휴직을 한 이토는 갓난아이를 돌보는 일이 얼마나 고된지 절실하게 이해했다. 아이는 안아줄 때까지 울음을 멈추지 않고 이제 좀 자는가 싶으면 한밤중에 깨서 보챈다. 두 시간마다 깨서 분유를 먹고 잠시 한눈파는 사이에 세탁물을 뒤집어놓는다. 다시 분유 먹일 준비를 하고 잠이 들면 또다시 한밤중에 울어대며 부모의 잠을 깨우고, 제때 트림을 하게 해주지 않으면 토하기 일쑤다.

이러한 일을 더욱이 부모 한 명이 감당한다는 건 정말이지 말도 안 되는 이야기다.

생각이 거기까지 미치자, 그제야 비로소 형을 돌본 부모님의 심정을 이해할 수 있었다.

이 임무가 끝나면 고집부리지 말고 먼저 연락을 해야겠다. 그런 생각을 하던 차에 세 사람은 영영 돌아오지 않을 사람이 되고 말았다.

이제 화해는 할 수 없는 건가……. 영혼이 지구로 끌려가는 듯한 감각에 빠져 점차 수면 시간이 줄었다.

그래서 술로 도피하게 되었다고 한다.

공식적으로 발표된 바와 같이 국제우주정거장은 알코올 반입을 금지하고 있다. 에탄올의 휘발성 물질이 정밀기계에 지장을 주거나 화장실의 물 회수 시스템에 악영향을 줄 가능성이 높아서다. 구강 청결제나 향수, 항균 티슈조차 금지되어 있다.

금지해서 범죄가 사라진다면 경찰은 필요없다.

주스 상표가 붙은 병에 브랜디를 담는다거나 비닐봉지에 와인을 넣어 책 속을 파서 숨긴다거나 호스 양 끝을 묶어 보드카를 넣는 등등, 국제우주정거장에는 이런저런 수법으로 알코올이 반입되고 있었다.

처음에는 잠을 자기 위한 한 잔이었다.

이토가 자꾸 뒤척이며 잠들지 못하자 러시아인 우주비행사가 술을 권한 것이 계기였다. 그러던 것이 어느샌가 술을 마셔야만 잠들 수 있게 되었고 심지어 업무 중에까지 몰래 마시게 된 것이다.

다행히 음주가 문제를 일으키기 전에 임기가 끝났다. 사고나 실수 없이 모든 임무를 완수하고, 이토는 지구로 돌아왔다. 다른 조종사들도 음주가 발각될 만한 말은 입 밖에 내지 않았다.

진짜 지옥은 이때 시작되었다.

일본인 우주비행사로서 활약한 이토는 연일 JAXA의 홍보 모델로 나라를 떠들썩하게 했다.

사람들 앞에 서야 하는 긴장감을 감추기 위해 술을 마셨다. 자신의 순서가 끝나면 안도감에 또 술을 마시고, 과도한 스케줄의 피로를 풀기 위해 마셨다. 술에 기댔다는 죄책감을 술로 무마하고, 잠들기 위해 술을 찾는 것이 습관이 되었다.

그러다 보니 어느새 술을 마시는 시간보다 술을 마시지 않는 시간이 더 짧은 상태가 되어버렸다.

그래도 역시 우주비행사로 선발된 사내인 만큼 의식은 또렷했기에 음주 상태란 걸 들키지 않았다고 한다. 평소에도 몸가짐을 단정히 했기 때문에 술 냄새를 덮기 위해 사용한 향수도 의심받지 않았다.

그래서 오히려 알코올중독이 발견되는 걸 늦춘 셈이 되었다.

피를 토하고 쓰러져 병원에 실려 가고서야 감출 수가 없게 되어 결국 이토는 아내에게 모든 것을 털어놓고 치료 시설에 입원했다.

하세가 이토를 만난 때는 치료를 시작하고 2년이 지났을 무렵이었다. 회사의 조종사 후보를 찾던 중에 과거 국제우주정거장까지 간 엘리트 조종사가 은퇴나 다름없는 상태가 되었다는 사실을 알고 인맥을 동원해 자리를 마련한 것이었다.

그 식사 자리에서 이토의 증상을 들은 하세는 충격을 받았다. 그의 활약을 TV 너머로 바라보며 동경했던 만큼 감정이 요동쳤다.

더욱 놀랐던 점은 이토가 현장 복귀에 의욕을 보였다는 것.

고문이나 코치가 아니라 아직 현역에 있고 싶다, 우주비행사였던 시절에 태어난 딸도 아직 어리다, 그러니 이제라도 아빠의 멋진 모습을 꼭 보여주고 싶다. 술로 탁해진 눈동자는 그런 빛을 완전히 잃지는 않았다.

하세는 곧장 이토를 고용하자고 회사에 제안했다.

그는 실제로 우주에 가본 적 있는 조종사다. 그 경험은 아무나 얻을 수 있는 것이 아니다.

당시의 유니버설 크루즈사는 지금보다도 규모가 작고 엔진 개발도 난항에 부딪히던 때라 에이스 조종사를 고용할 여유는 없었다.

하지만 그는 어쨌든 알코올중독자다. 고용을 반대하는 사람이 더 많았다. 그럼에도 하세는 이토를 고용할 경우의 이점을 설명하며 끈기 있게 설득했고 결국 대다수 직원의 뜻을 돌려놓았다.

불행 중 다행이었던 것은 그나마 술로 인한 불상사를 일으킨 적이 없다는 점이었고, 이토에게는 그것이 조종사를 할 수 있도록 붙들어준 끈이었다.

우주여행을 목표로 내세운 벤처 기업에 이만큼 맞춤한 인물은 없다.

특히 하세의 회사에서 개발한 우주선은 일반 비행기처럼 제트엔진으로 수평 이륙을 하고 대기가 희박한 곳에서부터 로켓엔진을 점화하는 연소 변환 모드를 탑재할 예정이었다.

양쪽을 다 경험한 적 있는 이토를 위해 존재하는 듯한 기체다.

이토는 이토대로, 사회와의 연을 이어갈 수가 있다.

알코올중독을 비롯해 모든 중독에 완치란 없다. 죽을 때까지 치료 생활이 계속된다. 그 과정에서 고립과 몰이해는 가장 큰 적이다. 자신을 이해해주는 사람이 있고 일할 수 있는 기회가 주어진다는 건 치료로도 이어지는 일이었다. 설령 월급이 전성기 시절의 절반에도 못 미친다 해도 유니버설 크루즈사에서 일하는 의미는 있었다.

쌍방의 이해가 잘 맞아 이토는 입사를 결정했다.

처음에는 전염병 환자 보듯 대하는 동료들이 많았으나 이토는 그런 것을 실력으로 잠재웠다. 자신의 증상을 숨김없이 밝혔고, 경험자만이 알 수 있는 우주의 생활 방식을 반영하는 등 여행 계획에도 기대 이상의 활약을 보였다.

그렇게까지 해서 돌아온 우주이고 아직 한참 더 일해야 한다고 결의를 새롭게 다졌었는데, 느닷없이 자살이라니 절대 그럴 리가 없다.

"최근 몇 년간 나는 그 누구보다 이토 씨와 함께한 시간이 많았어. 사모님보다도. 이토 씨가 자살 같은 걸 할 사람이 아니라는 걸 알아."

하세는 부기장 겸 가이드가 된 뒤로 줄곧 이토에게 훈련을 받았다. 관련 법규 강의를 시작으로 비행기 조종법부터 VR을 이용한 이륙, 착륙, 도킹 작업의 시뮬레이션과 불시착을 가정한 생존 훈련까지, NASA에서 이루어지는 훈련은 얼추 다 머릿속에 새겨져 있었다.

"자네 알잖아. 아니 회사 사람들 다 알고 있을 거야. 기장님이 어떤 마음으로 이 일에 매달렸는지."

몇 시간 전에 본 이토의 웃는 얼굴이 떠올라 하세는 목소리가 떨렸다.

이토에게 이번 일은 결승점이 아니라 새로운 출발선이었다. 인생을 끝낼 이유는 어디에도 없다. 그런데 어째서 이런 일이…….

"알았어. 그럼, 살인이라고 가정하자."

나카타의 목소리가 평소보다 크고 높다.

"그게 무슨 의미인지는 알지? 그 말인즉 살인범은 당신이거나 투어 참가자 중에 있다는 소리라고."

"내가?"

스마트 워치에 내장된 전자 태그에 의해, 스가야마를 포함한 호텔 직원들의 알리바이는 성립되었다. 호프호에서 내린 이후 하세가 이토의 시신을 발견할 때까지 호텔 직원은 아무도 승강장 구역에 내려오지 않았다. 스마트 워치를 마음대로 풀거나 소유주가 아닌 사람이 장착하면 바로 알 수 있게도 되어 있다.

또한 반응이 없었던 이토의 스마트 워치는 고장 난 상태라 하세와 헤어진 지 30분쯤 뒤부터는 행방을 추적할 수 없었다. 초기 불량이었던 건지 전원이 켜지지 않았다.

알리바이가 없는 건 하세와 투어 참가자들뿐이다.

"그렇구나……. 그래, 그런 거였어. 그렇게 되는 거네."

이론상으로는 자신도 의심받을 수 있다는 걸 이해하지만, 그럼에도 막상 동료에게 그런 지적을 당하니 복잡한 기분이 든다.

"그렇다면 더더욱 일단 중단하고 경찰 수사를……."

"그건 안 돼. 절대 중단하지는 않을 거야."

분명 약간의 시간차가 있어야 할 텐데 나카타가 즉답한다. 하세가 무슨 말을 할지 알고 있었던 거다.

"자살이라고 하는 것도 이유 없이 그냥 하는 소리가 아니야."

이쪽에서 반론하기 전에 나카타가 태블릿 너머에서 무언가 조작한다. 화면 공유기가 작동하고 목을 맨 이토의 사진이 화면에 나타났다.

상황을 기록해두기 위해 하세가 촬영한 사진이다.

그 사진이 확대되면서 목에 감긴 안전벨트가 강조된다.

"이봐, 그만해."

"안전벨트 주위를 봐줘. 어떻게 돼 있어?"

하세의 신음에도 아랑곳없이 나카타가 마우스 커서를 해당 부분에서 빙글빙글 돌렸다.

"어떻냐니, 무슨 뜻이야?"

"할퀸 흔적이라든가 상처가 있어 보여?"

질문의 의도를 이해하지 못한 채 하세는 보이는 대로 대답했다.

"아니, 안전벨트가 파고든 흔적은 있지만 달리 상처라 할 만한 건 안 보이는데. 그게 왜?"

"아까 이 사진을 이쪽에서 대기 중인 의사한테 보여줬어."

고객과 직원의 건강 상태 변화에 대비해 지상팀에는 반드시 의사가 한 명 이상 상주하도록 되어 있다.

"그 의사가 그러더라고. 요시카와 선*이라고, 끈 같은 걸로 목이 졸리면 사람은 반사적으로 그걸 떼어내려고 목의 피부를 막 쥐어뜯는다고 해. 그것도 상당한 힘을 줘서."

듣고 보니 드라마인가 영화에서 그런 설명을 들은 기억이 있다. 애니메이션이나 만화책에서 봤는지도 모르겠다.

"만약 누군가 목을 졸랐거나 사고로 벨트가 목에 감긴 거라면 요시카와 선이라고 하는 교살흔이 있어야 해. 하지만 이토 씨의 목에는 그게 없어. 목 뒤쪽에 벨트가 조여든 흔적도. 이건 엄연한 경찰의 수사 방법이야. 자살 가능성은 충분히 있어."

하세는 몇 초간 주저하다가 요시카와 선의 이미지를 검색했다.

처음에는 선로 이미지만 나왔으나 추가로 '교살'을 입력해 재검색하자 자색이나 검붉은색으로 변색된 상흔의 사진이 연달아 나왔다.

섬찟한 기분이 들어 바로 브라우저를 닫았다. 할퀸 상처에 대해 잘 모른다고는 생각했지만 이렇게까지 처참하리라고는

* 일본 경시청의 감식과장이었던 요시카와 조이치가 피해자의 목에 난 상처를 타살의 증거로 발견한 뒤 학회에 발표한 것에서 유래한 명칭이다.

예상하지 못했다.

"사고나 살인이라면 나도 곧장 공표해야 한다고 생각해. 같은 원인으로 승객이 다치기라도 하면 그거야말로 회사의 신용이 실추되는 일이니까. 하지만 자살이라면 사정이 다르지. 지금 전 국민이 이 투어를 주목하고 있어. 이런 상황에서 유족이 어떤 일을 겪을지 생각해봐."

"하지만 아까도 따님이 대학에 갓 입학했기 때문에 아직 한참 일해야 한다고 했는데……. 그런데 자살이라니."

"보험금을 노린 걸지도 모르잖아."

하세는 고함을 치고 싶었지만 그럴 수 없었다. 나카타의 말에도 일리는 있기 때문이다. 게다가 그렇게 말한 본인도 영 내키지 않았던 듯 고개를 숙이고 있다.

돈을 위해서라면 아무 거리낌 없이 더러운 짓을 하는 사람들이 있다는 건 굳이 말해주지 않아도 잘 알고 있다. 이토는 그런 교활하고 비겁한 행위와는 동떨어진 인물이지만, 만일 빚이라도 있다면 보험금을 노렸을 가능성을 아주 배제할 수는 없다.

"하세 씨가 그랬지. 무중력하에서 목을 매는 건 바보 같은 짓이라고. 나도 같은 의견이야. 일반적으로는 누구나 그렇게 생각할 거야. 그래서야. 웬만해선 이런 말 하고 싶지 않지만……."

"뭔데, 말해줘."

다음 말을 재촉하지만 무거운 침묵이 이어진다. 통신이 끊어진 건가 싶던 찰나, 나카타가 입을 열었다.

"자살의 경우, 보험금이 안 나오거든."

"그러니까, 사고로 보이게끔 자살했다는 말이야? 보험금 때문에?"

"그야 그렇잖아. 무중력 공간에서 목을 맸고 교살흔도 없어. 딸은 이제 갓 대학에 입학해서 아직 돈이 필요하고. 무엇보다도 짐을 다 쏟아서 카메라의 시야를 막은 것은 본인이야. 내가 아니라도 당연히 의심을 할 만해."

나카타의 가설은 적어도 이치에는 맞았다. 보험금을 노린 사기로는 상투적인 수단이기도 하고 이번 여행에 걸린 보험금이 상당히 고액인 점도 잘 안다. 게다가 사고 발생 장소가 우주라면 경찰이나 보험회사의 조사가 어려운 만큼 더더욱 사고로 처리되기 쉬울 터이다.

"자살이었다면, 그거야말로 우리 문제야. 이토 씨는 우리 회사 직원이니까. 고객에게 그 사실을 알려서 기분을 망칠 필요는 없지 않을까?"

우리에게 책임이 있다면 고객이 마지막까지 기분 좋게 여행하게 하는 것이 도리다.

"그리고, 만약 이 투어가 실패한다면 민간 우주여행사로서의 자격 박탈은 확실해. 틀림없이 회사는 도산할 거야."

한층 더 심각한 목소리로 말하며 나카타가 머리를 감쌌다. 아마 이쪽이 본심이리라.

하세가 소속된 유니버설 크루즈사는 규모로 보자면 중소 벤처 기업이다. 이런 회사가 우주 비행을 실현하기까지는 어마어마한 노력이 필요했다.

이미 우주 비행 사업은 다른 곳에서 기선을 잡고 있다. 미국과 중국은 물론, 일본에서도 대기업 여행사가 손을 대고 있었다. 거대 기업에 정면 승부를 던져봤자 승산이 있을 리 없다.

그래서 기획한 것이 1인당 3000만 엔이라는 초저가 우주여행이다.

이번 여행은 우주 호텔을 새롭게 건설한 고이와이 건설, 호텔의 소유주인 데이토 관광과 협업하고, 우주항을 소유한 와카야마현과 협의를 거쳤다. 그렇게 갖은 고생과 경비 절감 끝에 밑지는 비용이기는 하지만 홍보를 목적으로 한 모니터링 여행을 기획함으로써 끝내 실현할 수 있었던 프로젝트다.

이 고비를 극복하고 초저가로 안전하게 우주를 이용할 수 있다는 점을 어필한다면 우주 공간을 경유하는 탄환 수송이나 무중력 연구 시설로의 송영까지 실적과 함께 보여줄 수 있는 셈이다.

사고나 살인 따위가 있어서는 안 되는 것이다.

나카타는 창립 멤버라서 경영에 더더욱 민감했다. 적어도 각 관계사와 이야기될 때까지 발표를 미루거나 자살로 매듭짓고 싶어 하는 심정은 이해할 수 있다.

하지만 그렇게 되면 이토의 명예를 지킬 수가 없다.

우주여행에서 조종사가 자살했다고 밝혀지면 강한 비난은 피할 수 없을 것이다. 심지어 이토는 알코올중독이었다. 조사하면 병원에 다닌 기록도 금세 알 수 있다.

매스컴에서는 신나서 떠들어댈 게 분명하다.

이토가 얼마나 노력했는지를 알고 있는 만큼, 흥미 위주로 과거를 들춰내 그를 가십거리가 되게 하는 건 용납할 수 없다.

하세는 의자 등받이에 몸을 기대고 천장을 올려다본다.

둘의 주장은 끝까지 팽팽하다. 어떻게 해야 좋을까…….

"저기……."

그때까지 조심스럽게 상황을 지켜보고 있던 스가야마가 말을 꺼냈다.

"저도 예정대로 투어를 계속해야 한다고 생각합니다."

"어째서죠?"

"살인인지 사고인지 자살인지, 그걸 판단하는 건 우리가 아니니까요."

스가야마가 단언한다.

"지상에서도 뭔가 사건이 일어나면 우선은 경찰의 대응을 기다리지 않습니까. 호텔 측이 먼저 나서서 공표하는 일은 없고 멋대로 수사를 하지도 않습니다."

"바로 그거야. 우리는 그저 일개 시민이니까."

나카타가 무겁게 고개를 끄덕인다.

"게다가 운영진 측에서 일어난 문제는 고객과는 관계가 없습니다. 참가하신 분들은 당연히 여행을 즐겨주셔야 하고 어떤 상황이든 최선을 다해 고객을 모시는 것이 저희의 일입니다."

"하지만 그 안에 살인범이 있을지도 모르는 일입니다."

"방금 말씀드린 대로, 판단은 경찰이 합니다. 확실한 증거라도 있다면 모를까."

그 말에 반론할 수가 없어 하세는 하려던 말을 꿀꺽 삼킨다.

"이토 기장님이 자살했다고 단정하는 건 아닙니다."

잘 타이르듯 스가야마가 말을 이어갔다.

"다만, 지금은 아무리 생각해도 결론이 나지 않으니까요. 손님에게 실제 피해가 있었던 것도 아니고 우선은 맡은 일에 최선을 다하자고 제안하는 겁니다."

속에서 감정이 마구 요동친다. 안전을 생각한다면 당장 고객을 지상으로 돌려보내야 하지만, 스가야마의 말에도 일리는 있다.

"그렇다고는 해도 기장님이 돌아가셨다는 사실만큼은 공표해야 한다고 생각합니다. 사실을 숨기면 사람들은 뭔가 꺼림칙한 게 있어서 그런다고 생각하는 경향이 있으니까요. 단 2박이기는 하지만, 조종사가 없어진 사실을 숨길 수는 없습니다."

하세는 고개를 끄덕이고 내일 일정을 뇌리에 떠올렸다.

"……무중력 유영 어트랙션은 기장님이 주도하게 되어 있어. 어차피 그때 탄로 나게 될 거야."

"그러네……."

나카타가 고개를 숙였다.

잊고 있었던 건 아니겠지만 생각이 미치지 않았던 모양이다. 그만큼 궁지에 몰렸다는 걸 알 수 있다.

"사인死因을 말할 필요는 없습니다. 구체적인 사항에 대해서는 모른다고 알리는 겁니다. 우리는 의사가 아니니 실제로도 사인은 모르잖아요. 그런 다음에 사고인지 사건인지도 말할 수 없다고, 그렇게 말씀드리면 큰 소동으로 번지지는 않을 것 같은데."

거짓말은 하지 않지만 진실도 말하지 않는다는 건가.

화면 너머에서 나카타가 크게 고개를 끄덕이고 있었다.

"이 정도가 현실적인 타협점이 아닐까? 회사를 위해서도, 이토 씨를 위해서도. 안 그래?"

즉답은 피하면서도 하세의 마음은 흔들리고 있었다.

지금이라도 투어를 중지해야 한다는 생각은 변함없지만, 하세는 본인 나름대로 우주에 거는 희망이 있다.

이 우주여행은 우주에 태양광 패널을 설치한다는 계획의 시금석이기도 했다. 우주 호텔의 외벽은 거의 태양광 패널로 만들어져 있고 필요한 전기는 전부 태양광 발전으로 조달하게끔 되어 있다.

우주 호텔 스타더스트는 이른바 제로 에너지 빌딩이다. 소비하는 에너지의 수지가 제로 또는 마이너스에 수렴하는 건물을 의미하며, 다시 말해 건물에서 소비하는 에너지를 건물 자체적으로 조달하는 시스템이다.

건물의 장소가 우주 공간이라는 특수성도 있어, 전기를 생산하지 못하게 되더라도 일주일 분량의 전력을 모아두게 되어 있다. 니켈, 코발트, 망간, 티타늄 등의 희소금속이 필요하지 않은 최신 수소저장합금 탱크 덕분에 축전량은 종래의 양과 비교해 비약적으로 늘고 있다.

그 이론상의 수치와 실측 수치 간의 차이를 조사하는 것이 이번 사전 오픈의 목적 중 하나다. 어떤 측정 결과가 나오더라도 계획을 섬세하게 조정하거나 수정하는 작업이 필요할 테니 될 수 있는 한 예정대로 진행하는 게 나을 수 있다.

어느 회사에서는 달에 태양광 패널을 깔아서 무선으로 전기를 지구로 보내는 계획을 진행하고 있다고 한다.

상대는 대기업, 우리는 벤처. 한 걸음의 퇴보가 치명상이 될 수도 있다.

"……알았어."

하세는 단념하며 고개를 끄덕였다.

마음이 무겁다.

결국 회사와 연구를 우선하고 승객의 안전은 그다음으로 하는 결단을 내리고 말았다.

하세는 스스로를 독선적이고 염치없는 인간으로 느꼈다. 아니, 느낀 게 아니라 실제로 그렇다.

"최소한 이토 씨의 명예와 가족의 프라이버시는 지킬 수 있게 해줘."

"물론이야."

나카타가 고개를 끄덕이는 것을 보고 하세는 한숨을 쉬었다.

한층 더 무겁고 긴 한숨이 태블릿을 통해 들려온다.

"다행이야, 절충안을 찾아서. 이대로 계속 평행선이었으면 위에 구멍이 날 참이었어."

나카타가 처음으로 내보이는 약한 소리에 그도 무척 힘든 상황이라는 걸 알았다.

동료가 죽었다. 침울한 것이 당연하다.

"……미안해. 자네도 입장이 있을 텐데."

"아냐, 현장에서 힘든 건 그쪽이지. 분노든 불만이든 언제고 털어놔줘."

나카타의 배려에 마음이 쓰라리다. 이토 씨라면 이럴 때 냉정하게 대응했을 텐데.

적막감이라는 말로는 다 표현할 수 없는 차가운 바람이 가슴속에 불어온다. 중력은 지구의 6분의 1밖에 안 될 텐데 몸도 마음도 무겁기만 하다.

"경찰한테만큼은 제대로 연락하고 지시를 요청해줘. 기장님을 어떻게 해야 좋을지 그것도 잘 모르겠어. 저대로 두는 것도 차마 못 보겠고."

자살이든 사고든 사건 현장에 함부로 손을 대서는 안 된다. 그 정도는 하세도 알고 있다. 할 수 있는 일은 시신의 부패가 시작되기 전에 하고 싶다.

딱 한 번, 생존 확인을 위해 맥을 짚었는데…… 남아 있던 체온이 실시간으로 식어가는 그 감촉은 한동안 잊을 수 없을 것 같다.

"그건 그런데……."

스가야마가 뭔가 깨달은 듯이 중얼거린다.

"경찰이 수사를 할 수 있을까요?"

현장은 지상에서 320킬로미터 높이만큼 떨어진 곳. 누가, 어떤 방법으로 경찰을 데리고 올 것인가.

유니버설 크루즈사에 우주선은 한 대뿐이다. 일단 귀환해서 데리러 갈 것인지, 타사의 우주선을 준비할 것인지.

그보다 먼저 이곳의 관할 기관은 어디인가. 우주항이 있는 와카야마현인가, 본사가 있는 이바라키현인가.

법률은 일본 법으로 적용되는 건지, 애당초 이곳을 일본으로 취급해도 되는지 어떤지.

하세는 그 무엇도 알 수가 없었다.

2

이토의 죽음을 알리자, 레스토랑 전체의 공기가 무음 상태로 진동하는 듯한 느낌이 들었다.

두꺼운 특수유리 너머에도 마찬가지로 무음의 세계가 펼쳐져 있었다. 지구의 아름다운 파랑과 멀리서 빛나는 별들의 반짝임, 그것들을 압도하는 어둠이 드리워 있었다.

지구의 모습은 우주 호텔의 어느 장소에나 볼 수 있었다. 공공 구역에는 전용 전망대도 있고, 각자의 방에서는 물론 여기 레스토랑에서도.

우주 호텔은 지구 둘레를 공전하고 있어 약 46분마다 일출과 일몰이 찾아온다. 식사하면서 그 광경을 바라보는 일은 지상에서는 절대 맛볼 수 없는 감동을 불러왔을 것이다.

하지만 잔물결처럼 퍼져나간 동요가 그 감상도 지워버

렸다.

초로의 사내 시마즈 곤이 재빨리 멍한 상태에서 빠져나왔다.

"저런, 조종사님이……. 이것 참, 유감이네요."

쉰일곱 살이라고 들었는데 뒤로 묶은 회색빛 머리칼 때문에 나이가 더 들어 보인다. 그런데도 눈썹과 목소리가 워낙 또렷해서인지 지친 기색은 전혀 없다.

"저기, 조종사님이 왜 죽었어요?"

질문한 사람은 기내에서 잠들었던 마사키다. 그는 저녁 식사 직전에 의식을 회복했지만 아직 속이 좋지 않아 식사에는 손을 대지 않았다고 한다.

"죄송합니다. 그건 저희도 모릅니다."

사전에 협의한 그대로 하세가 대꾸한다.

"이건 꼭 의사의 진단이 있어야 해서요. 일단은 변사로 취급된다고 합니다. 그 부분에 대해서는 저희가 경찰이 아니라 쉽사리 말씀드리기가 어려울 것 같습니다."

"흐음……."

그냥 반응하는 소리일 뿐인데 뭔가 속내가 있는 듯 들리는 것은 내 생각이 지나쳐서일까. 아니면 겉모습에서 오는 편견일지도 모른다.

마사키는 머리와 수염을 짧게 다듬었고 목에는 금목걸이

를 두 겹으로 걸치고 있었다. 청바지에 긴소매 티셔츠인 차림은 평범하지만 시선이 삐딱해 도발적으로 보인다. 어떤 난폭함이 배어 있는 것도 같다.

"변사라…… 그래. 그렇게 되는구나. 좀 무서운데."

두 손으로 안경을 고쳐 쓰며 미야하라가 앉은 자세를 바로잡는다. 미야하라는 등줄기를 꼿꼿하게 편 자세가 단정한 인상을 주는 여성으로, 갈색 재킷과 바지가 날씬한 몸의 실루엣을 돋보이게 한다.

사와다가 십자성호를 긋고 묵도한다.

미야하라가 그 모습을 보고 놀라며 묻는다.

"사와다 씨, 가톨릭 신자예요?"

"세례는 받지 않았지만 성경은 저의 애독서입니다."

사와다의 목소리는 특유의 외모와 어우러져 예민하게 들렸다. 얼굴 생김새는 단아하지만 흐트러짐 없이 곱게 매만진 머리칼, 얇은 입술, 다소 홀쭉한 뺨, 긴장한 듯 보이는 눈동자가 고집 센 예술가의 분위기를 풍긴다. 응모 서류에는 하세보다 두 살 아래인 마흔두 살이라고 적혀 있는데, 연상이라 해도 될 법한 인상이다.

"기장님의 종교가 뭔지는 잘 모르지만, 기도해주시면 감사하겠습니다."

하세는 애도해주는 마음이 고마워서 고개를 숙였다.

이토는 불단에 향을 올리고 크리스마스를 즐기고 신사에서 하는 새해 첫 참배를 빠뜨리지 않는, 종교에 별다른 경계가 없는 타입이었다. 부인이 임신했을 때는 세계 각국에서 순산을 기원하는 부적을 사 모았다고 들었다. 그러니 분명 가톨릭 신자의 기도도 받아줄 것이다.

안쪽에서 누군가 손을 들었다.

"그럼 혹시 투어는 중단되는 건가요?"

큰 키를 주체하지 못하는 듯 의자에서 긴 다리를 뻗으며 질문한 사람은 야마구치 하지메다. 일부러 기른 건지 그저 자르지 않았을 뿐인지, 뻗친 머리카락 끝이 목소리에 맞춰 흔들린다.

시선도 옷차림도 딱히 특이한 점은 없다. 그럼에도 야마구치는 묘하게 매혹적인 분위기를 띠고 있었다. 정장 차림에 회색 셔츠를 약간 헐렁하게 입고 있어서일까. 넥타이 없이 단추도 잠그지 않은 채 옷깃이 한껏 풀어져 있다. 얼굴 윤곽이 또렷하고 눈썹이 진해서인지 연극배우라고 해도 순순히 믿을 것 같은 화려함이 있다.

"그러게요. 사람이 죽었으니 돌아가는 편이 좋을 것 같아요."

미야하라가 굳은 목소리로 말하며 고개를 끄덕였다.

예상했던 말에, 하세와 스가야마는 얼굴을 마주 보고 서로 눈빛으로만 고개를 끄덕였다.

"아닙니다, 부디 이대로 여행을 즐겨주세요. 저희 직원이 사망한 것은 승객분들의 여행에는 관계없는 일이니까요."

"아니, 잠깐만요. 관계가 없다니."

마사키가 언성을 높이자 우악스러움이 더욱 도드라졌다.

"조종사가 죽었잖아요? 지구에는 어떻게 돌아갑니까?"

앗, 하고 몇 사람이 소리를 냈다.

"조종은 저 혼자서도 가능합니다. 원래 우주선은 거의 자동 운전이라서요. 게다가 저는 우주선 개발 멤버라서 기체에 대해서는 기장님보다 제가 더 잘 압니다."

억지 논리라는 건 스스로도 알고 있다. 지금 이 얘기가 맞는다면 F1의 정비공들은 전부 레이서를 겸하고 있어야 한다.

그렇다고 해서 완전히 거짓말인 것도 아니다. 이토보다는 부족하지만 하세도 조종사로 부끄럽지 않은 기량은 갖추고 있다.

"그럼 가이드님도 운전면허를 가지고 있는 겁니까?"

마사키의 질문에 하세는 고개를 저었다.

"우주선에는 운전면허 같은 공식 자격증은 없습니다."

하나같이 어안이 벙벙한 표정이다.

우주 관계자에게는 상식이지만 일반적으로는 아직 알려지지 않은 건지, 이 얘기를 하면 매번 다들 놀란다. 면허도 없이 우주선을 운전한다는 것이 얼른 이해가 가지 않는 것이리라.

"하지만 걱정하실 필요는 없습니다. 이건 미국도 마찬가지인데, 그 대신 훈련을 수료한 사람에게는 NASA의 권한으로 조종 허가를 내줍니다. 물론 저도 NASA의 훈련을 받았습니다."

"오호, 재미있네요. 훈련을 받으면 허가가 나오는 거라면 그냥 면허를 발급하면 좋을 텐데."

미야하라의 말에 모두가 고개를 끄덕인다. 단 한 사람, 야마구치만 어깨를 으쓱하며 말했다.

"신생 산업이 지닌 숙명이죠, 법이 미처 따라오지 못하는 것은."

확실히 일본의 우주산업 관련 법은 뒤처져 있다. 향후 그 규모가 한층 더 커질 것이 예상되는 업계인데도 국가적 뒷받침 체제는 미비하다.

이토와 하세의 조종 자격증도 NASA의 훈련을 받은 뒤 두꺼운 보고 서류를 작성, 제출해 관계 부처에서 특례로 인정받은 것이다. 특히 우주산업 발전을 위해서라며 국토교통성과 관광청에는 헤아릴 수 없을 만큼 고개를 숙였다.

할 수만 있다면 이번 일을 실적으로 삼아 업계 표준이 되고 싶었는데, 이대로라면 어떻게 될지 암담해진다.

"이러한 보고 자체가 충격적이라 많이 걱정하실 줄 압니다.

다만 나중에 알고 놀라시게 하기보다는 먼저 알려드리는 편이 혼란도 적을 거라고 판단했습니다. 그러니 모쪼록 여행을 계속해주시면 감사하겠습니다."

"저는 원래 돌아갈 생각이 없었습니다."

고개를 들자, 야마구치가 옅게 미소를 띠고 있었다.

"이리저리 스케줄을 조정해서 간신히 낸 휴가거든요. 그러니 이렇게 어수선하게 돌아가고 싶지는 않습니다."

"그래요, 무슨 일 하시는데요?"

마사키가 묻는다. 단순히 호응해주는 말투였다.

"그냥 컨설팅 업계예요. 이 휴가는 2년 전부터 계획했던 겁니다. 이래 봬도 바쁜 몸이라, 최소한 1박 정도는 할 수 있게 해주세요."

2년 전이라면 하세의 회사에서 우주여행 계획을 공식 발표한 해다. 텔레비전과 잡지에서 대대적으로 홍보했기 때문에 상당히 주목을 받았다.

"그리고 치사한 소리는 하고 싶지 않지만, 나름대로 돈을 냈잖아요. 본전은 뽑아야죠."

어설픈 농담에 스스로 웃어 보이지만 아무도 따라 웃지 않는다.

"저도 겨우 얻은 휴가라서 그 마음은 이해해요."

미야하라가 소리를 높였다.

"붙여 쓰는 휴가 같은 건 낼 수가 없어서 저도 여행 자체가 15년 만이에요. 그래서 이왕 가는 거 제일 먼 곳으로 가고 싶다고 생각했던 건데 이렇게 되다니……. 내 인생은 왜 이렇게 되는 일이 없을까요?"

이유가 있어 우주여행에 응모했음을 엿볼 수 있는 불평이었다.

"그래도 안전이 더 중요한 거 아닌가요? 여기서 무리해서 진행했다가 무사히 끝나면 다행이지만, 만약 무슨 일이라도 생긴다면 어떻게 할래요?"

"그래도 오자마자 돌아갈 수는 없죠. 나는 밥도 제대로 못 먹었는데."

지금 여기서 돌아가면 나쁜 기억밖에 남지 않을 테니 마사키가 그렇게 말하는 것도 이해는 간다.

"저희 회사는 끝까지 서비스를 제공할 준비가 되어 있으니……."

하세는 승객들이 투어를 계속하기를 바라도록 어떻게든 그 흐름을 만들려 애쓴다.

"어려운 선택이구먼."

시마즈가 난감한 듯 고개를 갸웃거렸다.

"나는 이미 목적을 달성했으니 지금 돌아가도 괜찮지만, 여러분은 조금 더 우주를 만끽하고 싶겠죠?"

"목적이요?"

콕 집어 묻자 시마즈는 당황한 듯 뒤통수를 긁적였다.

"아니, 뭐 대단한 건 아니고. 난 그저 우주에 한번 와보고 싶었거든요. 덕분에 통장은 텅 비었지만."

얼버무리려는 듯한 웃음이 하세는 마음에 걸리기는 했지만 고객의 사생활에 더 깊이 들어갈 수는 없다.

"저는……."

이어서 사와다가 조심스럽지만 분명한 어조로 의견을 밝혔다.

"될 수 있으면 아직 돌아가고 싶지는 않습니다. 이 여행을 위해 많은 준비를 해왔으니까요. 안전에는 문제없는 거지요?"

"최대한 노력할 것을 약속드립니다."

하세의 말을 듣고 야마구치가 크게 고개를 끄덕이며 말했다.

"저는 오히려 분명하게 사실을 공표해줘서 신뢰할 수 있다고 생각했습니다. 이대로 투어를 계속해도 괜찮지 않을까요?"

분위기를 살피는 듯한 시선에 남자들이 고개를 끄덕인다.

"맞습니다. 괜히 숨겼다가 막상 돌아갈 때가 돼서 조종사가 없다는 말을 듣는 것보다는 훨씬 낫죠. 그렇죠, 사와다 씨?"

"네. 그랬다면 이 여행에 대한 인상은 훨씬 나빴겠죠."

"이의 없음. 투어를 계속하죠. 나도 우주에서 해보고 싶은 게 있으니까."

마사키가 크게 외치자 분위기가 좋은 쪽으로 기운다.

"……그래도 저는 역시 좀 불안해요. 물론 돈은 아깝지만, 사람이 죽었잖아요. 무섭지 않아요?"

미야하라만이 신중한 태도를 보였다.

그런 와중에 단 한 사람, 아까부터 대화에는 끼지 않고 디저트로 나온 조각 과일을 천진하게 먹고 있는 청소년이 있다. 무료 초대권에 당첨된 교토의 여고생 사나다 아마네다.

어른들만 있어서 주눅이 들어 대화에 거리를 두는 건가? 처음에는 그렇게 생각했는데 그런 것치고는 디저트를 향한 눈빛이 진지하다. 뷔페로 본전을 뽑기라도 하겠다는 듯 파인애플, 복숭아, 배, 망고, 키위 등의 과일이 연달아 입안으로 사라져간다.

그러나 몸은 놀라울 정도로 가녀리다. 미야하라보다도 키가 크고 팔다리도 길어서 마치 모델 같다.

저 몸 어디에 저만큼이나 과일이 들어가는 걸까?

"저기, 사나다 양은 어떻게 생각해?"

미야하라가 말을 걸자 사나다는 당황해서 고개를 들고 입안에 든 것을 삼켰다.

"지, 아니, 저요?"

정겨운 교토의 말투가 들려온다.

하세는 1년 정도 교토에서 지낸 적이 있었다. 취업 빙하기라고 불린 구직난 시절에 친구의 인맥을 통해 대학 입시학원의 계약직 강사로 일했다.

"불안하지 않아? 아니면 이대로 여행을 계속해도 괜찮겠어?"

어깨선까지 가지런히 자른 사나다의 머리카락이 흔들린다. 고개를 갸웃거렸을 뿐인데 윤기 나는 머릿결이 별빛을 난반사한 것 같다. 그 안쪽만 붉다. 겉에서는 보이지 않도록 염색을 한 모양이다. 하세는 전직 입시학원 강사의 습성을 못 버리고 사나다의 학교생활이나 입시가 걱정스러웠지만 입 밖에 내서 묻거나 하지는 않았다.

"저도, 굳이 한쪽을 고르자면 아직은 돌아가고 싶지 않네요."

긴 손가락, 긴 속눈썹, 가늘고 긴 눈매. 사나다의 신체 요소들은 대부분이 평균보다 길쭉하다. 그러면서도 표정이나 행동은 제 나이에 맞게 앳돼서 전체적으로 반전을 주는 인상이다.

"무섭지 않아?"

"뭐, 조금은요."

무서워하는 기색은 전혀 보이지 않고, 아쉬운 듯한 시선이 바로 앞의 멜론으로 꽂힌다. 싱싱하고 딱 알맞게 익어서 향기가 그윽한 데다 보기에도 맛있어 보이기는 하지만……. 이런 순간에도 식욕을 잃지 않는 건 젊기 때문인 건지 성격인 건지, 어느 쪽일까?

"그럼 이대로 여행을 계속하는 것에 찬성하는 거?"

"그렇기는 한데, 한 가지 궁금한 게 있어요."

"뭐든지 물어보세요."

하세가 중간에 끼어들며 질문을 재촉한다. 이 자리에서 의문을 해소하고 여행을 계속할 수 있다면 무엇이든 답변할 준비가 되어 있었다.

사나다는 긴 손가락을 턱에 대면서 다시 한번 고개를 갸웃했다.

"자살이에요, 타살이에요?"

하세는 말문이 막히고 심장이 얼어붙는 것 같았다.

투어 참가자들에게는 분명 이토의 죽음이 사고라는 것조차 전하지 않았다.

예상치 못한 질문에 사람들도 놀랐다.

그 침묵을 웃음소리와 함께 깨뜨린 사람은 마사키였다.

"잠깐, 잠깐, 아가씨. 아마네 양이라고 했나? 그거 너무 극단적인 의견이잖아. 왜 그렇게 생각하는 거지?"

성이 아닌 이름으로 자신을 거리낌 없이 부르자 사나다의 눈썹이 살짝 꿈틀한다. 하지만 사나다는 불쾌한 내색 없이 건성으로 흘려듣듯 미소를 짓는다.

"왜냐면, 일단 병이 있는 건 아니잖아요. 승객도 건강검진이 필수였는데 조종사가 죽을 수도 있는 병을 안고 비행했을 리는 없으니까."

예리한 지적이었다.

호프호는 특별한 훈련을 받지 않은 사람이라도 탑승할 수 있는 우주선이라는 게 콘셉트지만, 몸에 부담이 전혀 없는 건 아니다. 실제로 마사키는 중력의 세기를 견디지 못하고 실신했었다.

따라서 응모 조건에는 신체 건강한 15세부터 60세 미만으로 나이 제한이 있다. 발사 예정일로부터 한 달 이내에 발급된 건강진단서도 의무적으로 제출해야 했다. 조종사도 마찬가지다.

"게다가 만약 사고였다면 같은 사고가 일어나지 않도록 우리한테도 주의를 당부했겠죠. 그런데 그러지 않았다는 건 자살이거나 타살일 가능성이 있어 뭔가 감추려는 거 같은데…… 어떻게 생각하세요?"

사나다의 물음에 하세는 참지 못하고 헛기침을 했다.

"아니, 이게 일반적인 여행이고 일반 호텔이었다면 그렇게까지 신경 쓰이지 않겠지만 여기는 우주잖아요."

사나다의 손가락이 벽면의 통유리창을 가리킨다.

마침 지구에 해가 저물어가는 참이었다. 빛이 빨려 들어가듯 사라지는 광경은 신비로워 보여야 하는데 지금은 마음까지 어둡게 물들이는 듯 느껴진다.

"그러니 불안한 요소는 하나라도 줄이고 싶어서요……."

하더니, 말을 멈추고 하세에게 시선을 보낸다.

덩달아 사람들의 이목이 집중되고, 하세는 입안이 바싹 마른 상태로 입을 꾹 다물었다.

"……말해봐요, 가이드님?"

마사키가 당황하며 물었다. 사나다를 제외한 전원이 똑같은 눈빛으로 하세를 바라보았다. 불안과 기대가 뒤섞인 눈빛이다. 아마도 살인의 가능성을 명백히 부정해주기를 바라는 것이리라.

당연한 반응이다. 살인자가 있다고 하면 이 여행을 느긋하게 즐길 수 없을 테니.

그런데도 하세는 같은 말을 반복할 수밖에 없었다.

"죄송합니다. 저희도 잘 모릅니다. 명확하게는 답변해드릴 수가 없습니다."

하세는 실내 온도가 2, 3도 내려간 느낌이 들었다.

"그래요?"

사나다의 눈이 미소를 머금은 채 더 가늘어진다.

속내를 간파당한 기분이 들어 심장이 서늘해졌다.

"그럼 첫 번째 질문으로 돌아가서, 이대로 여행을 계속하는 게 좋을지 어떨지 물으셨죠?"

"어? 으응."

갑작스럽게 질문이 날아오자 미야하라가 멈칫했다.

"조종사님이 돌아가신 현장을 보고 난 다음에 대답해도 될까요?"

"그건 안 됩니다. 현장을 훼손하지 말라는 경찰의 지시가 있어서."

즉각적으로 부정하니 상황이 더욱 나빠진다.

불신의 기운이 하세의 몸을 휘감는다.

마사키만큼 노골적이지는 않아도 전원이 의심스러운 시선을 보낸다.

보이지 않는 손으로 몸을 제압당한 것처럼 하세는 무의식적으로 한 걸음 뒤로 물러나 있었다.

그때 스가야마가 귓속말을 해왔다.

"이렇게 된 이상 어쩔 수 없습니다. 어설프게 감춰서 살인이라고 의심받는 것보다 사실을 말하는 편이 좋지 않을까 싶은데요."

"하지만……."

반론하려 하자 압박이 더 거세진 느낌이다. 미세한 표정 변화마저도 승객에게 의심을 불어넣는 분위기다.

어쩔 수 없는 건가…….

고민을 뒤로한 채, 하세는 사실대로 고했다.

"……이토 기장은 목을 맨 상태였습니다."

말이 떨어짐과 동시에 숨을 들이마시는 소리가 들린다.

사와다가 얼굴을 확 굳히더니 앉은 채로 상반신을 뒤로 젖히며 목소리를 높였다.

"목을 매달아? 자살입니까?"

딱 봐도 동요하고 있다. 이미 얼굴이 창백하다.

"모르겠습니다. 저희도 당혹스러워하던 중이라."

"왜 숨기려고 한 거예요?"

마사키가 의문을 제기하자 하세는 단호히 부정했다.

"숨기려고 한 것은 아닙니다. 정말로 몰라서 그런 거예요."

"목을 매달았다면 당연히 자살 아니에요? 뭘 모른다는 겁니까?"

"현장은 무중력 상태입니다. 목을 매달아도 죽을 수가 없어요."

동시에 여기저기서 놀라는 소리가 터져 나왔다.

"그렇지. 우주에는 중력이 없으니까. 그렇다면 목을 매달아도 죽을 수 없겠구먼."

"그럼 살인이라고요? 아니죠?"

시마즈와 미야하라의 말은 이미 나카타와 주고받았던 내용과 거의 똑같았다. 의문스럽게 생각하는 지점은 누구나 비슷한 모양이다.

그래서 교살흔 같은 설명도 가감 없이 할 수 있었지만, 별로 기분 좋을 이미지는 아니니 검색은 하지 않는 편이 좋겠다고 하세는 덧붙였다.

납득이 가지 않는 듯 미야하라가 안경 너머로 미간에 주름을 잡았다.

"하지만 사고라면 교살흔인가 하는 게 있을 리가 없잖아요?"

"네. 그래서 자살인지 타살인지 사고인지 알 수가 없는 겁니다. 더욱이 사인은 프라이버시에 관한 문제이기도 해서 그 부분은 덮어두고 설명할 수밖에 없었습니다."

하세의 설명에 납득한 사람은 없는 듯 보였다.

미야하라가 진중하게 고개를 젓는다.

"역시 무중력 상태에서 목을 맨다는 건 말이 안 돼요. 안전을 위해 지금 당장 돌아가야 하는 거 아닌가요?"

논란이 다시 불붙으려고 한다.

보다 못한 스가야마가 끼어들어 소리 높여 말했다.

"여러분 진정하세요. 방금 부기장님이 말씀하셨지만, 저희는 경찰도 의사도 아닙니다. 억측으로 사인을 말씀드릴 수는 없어요. 그런 저희의 입장을 이해해시길 바랍니다."

하지만 동요는 진정될 기미가 보이지 않는다.

초 단위로 불신이 커지는 것이 피부로 느껴진다. 시선 하나 하나가 숨 막힐 정도로 압박을 해온다.

이대로 아무 말도 안 하고 있다가는 지상으로 돌아가게 될 것 같다.

게다가 이 이상 따지고 들다가 자칫 기세에 휘말려 이토가 과거에 알코올중독이었다는 사실이 알려지면 이야기만 더 복잡해질 것이다.

하세는 마음을 정하고 입을 열었다.

"하기야 무중력인 우주에서 목을 매다니 참 이상한 일이죠. 그래서 저는…… 사고라고 생각합니다. 살인이라고는 생각하지 않아요."

이 여행을 수행하기 위해, 이토의 명예를 지키기 위해서라고는 해도, 생각과 다른 말을 하는 것에 죄책감을 느낀다. 하지만 입에 담은 이상은 일단 직진할 수밖에 없다.

"몇 번이고 거듭 말씀드리지만, 경찰이 아닌 저희가 함부로 말씀드릴 수가 없습니다. 그래서 입을 다물고 있었던 것인데……. CCTV에 수상한 인물은 찍히지 않았습니다."

정확하게 말하자면, 어지럽게 흩어진 화물이 CCTV에 걸려 중요한 현장이 찍히지 않은 것이다. 거짓말은 아니지만 사실도 아니다.

불쑥 야마구치가 손을 들었다.

"그럼 그 영상을 보여주세요. 아무것도 없다는 걸 확인하면 모두의 불안이 해소될 것 같은데요?"

하세가 고개를 흔들어 보였다.

"영상을 보여드리는 건 어렵습니다. 거듭 말씀드리지만, 수사 자료가 될 물건을 경찰이 아닌 저희가 멋대로 공개할 수는 없거든요."

모든 걸 경찰 탓으로 돌리며 계속 맞받는다.

"다만 CCTV에는 살인의 장면도, 수상한 인물이 드나든 모습도 찍히지 않았기 때문에 투어를 계속할 수 있겠다고 저희는 판단한 것입니다."

간신히 분위기가 누그러진 것 같았다.

시마즈가 가슴을 쓸어내리며 말했다.

"그렇다면 살인 가능성은 낮다는 거네요. 일단은 안심이군요."

수긍한 것은 남성들뿐이었다.

사나다와 미야하라는 여전히 어딘가 수상쩍어하는 눈치다.

"가능성은 반반 아닌가? 아직 결론은 내릴 수 없을 것 같은데."

"우주에서 자살할 만한 이유로 짐작 가는 것이 있나요?"

사나다의 질문에 하세는 진심을 담아 고개를 저었다.

"아뇨. 그건 정말 있을 수 없습니다."

목소리에 왠지 힘이 들어갔다.

말이 나온 김에 하세는 이토가 지금껏 살아온 인생을 이야기했다. 알코올중독은 제외하고. 거칠게 보낸 학창 시절, 형의 장애로 인한 부모님과의 불화, 딸이 생긴 후의 심리적 변화와 가족의 사고사, 인생을 되찾기 위한 노력.

죄책감에 대한 반작용에선지 자기도 모르게 이토의 인생을 열변하며 자살만큼은 아니라고 단언하고 있었다.

이성을 되찾자 부끄러워 얼굴이 붉어졌다.

그때였다.

"당신 말이야, 가이드 양반…… 하세 씨라고 했나?"

마사키가 말하며 천천히 자리에서 일어났다.

신음하는 듯한 낮은 음성에 하세는 순간 경계 태세를 취했다.

"이거 반칙 아냐? 가족 얘기는 비겁하잖아."

"아, 저는 그런 생각으로 한 말이……."

자세히 보니 마사키의 눈이 충혈되어 있었다. 목소리도, 기분 탓인지 떨리는 것 같다.

뭐지? 하는데 마사키의 눈가에 눈물이 어렸다.

"그런 얘길 들으면 용서할 수밖에 없잖아!"

호통 치듯 내지른 목소리가 크게 떨렸다.

예상치 못한 반응에 다들 어안이 벙벙해진다.

"너무…… 슬프잖아. 안 그래요? 그토록 열심히 살았고 딸을 위해 아직 더 일해야 한다며 의욕을 불태웠는데, 그런데 죽으면 어떡하냐고!"

마사키는 이토의 인생에 완전히 마음이 동요된 듯했다.

그의 차림새나 행동으로는 상상할 수도 없어서 모두가 어리둥절한 얼굴이다.

"그런 사람이 자살할 리가 없지. 그러니 협조할게요. 조종사님을 위해서도 투어가 성공할 수 있도록 협조할게요."

"하지만 감정적으로 판단하는 건 위험하지 않나요?"

재빨리 이성을 되찾은 미야하라가 고개를 흔든다.

야마구치가 앉은 자세를 바로잡듯 헛기침을 하고 반론했다.

"하지만 하세 씨의 설명을 들으니 문제는 없을 것 같기도 합니다. CCTV에 살인의 증거나 수상한 인물도, 살인 장면도 찍히지 않았다고 하니까요."

"맞아요. 충분히 논리적인 결론이잖아. 다들 그렇게 생각하죠? 그렇다고 해요. 그게 아니면 너무 슬프잖아!"

마사키는 욕을 하면서 천장을 올려다본다.

"이런 제기랄, 안 되겠어. 눈물이 멋대로 나오네……. 보지 마. 보지 말라고, 젠장."

그의 말대로 마사키의 눈가에 눈물이 고이더니 큰 방울로 맺힌다. 중력이 작은 탓에 표면장력이 우세해 흐르지는 않는 듯하다.

마사키는 소매로 눈물을 닦고 코를 훌쩍거렸다. 금목걸이가 그 분위기에 어울리지 않게 번쩍거렸다.

의외로 눈물이 많은 마사키의 모습을 기회 삼아 하세는 한층 더 과감하게 말했다.

"안타깝게 생각하신다면 한 가지 부탁이 있습니다. 이 일은 지구에 돌아갈 때까지 비밀로 해주셨으면 합니다. 이토 기장의 유족을 위해서요. 이 여행은 최초의 초저가 우주여행이라고 해서 세간의 엄청난 주목을 받고 있어요. 유족들이 이상한 시선을 받는 일은 없었으면 합니다."

"알았어요. 그런 거라면 아무한테도 말 안 할게요. 적어도 여기 있는 동안은. 여러분도 그럴 거죠?"

모두가 여전히 어안이 벙벙한 상태다.

그런 가운데 사와다가 처음으로 고개를 끄덕이며 말했다.

"요즘은 사이버 폭력이 만연하니까요. 어리석은 짓은 하지 않는 편이 좋다고 저도 생각합니다."

야마구치가 힘없이 눈을 감으며 말했다.

“한번 인터넷상에 오른 정보는 그게 진실이든 거짓이든 사실상 사라지지 않죠. 디지털 타투*라고도 불리는 낙인이 찍혀 버리니까 정보를 차단하고 싶은 마음은 이해해요.”

“아, 그래서 아까부터 인터넷이 안 됐던 거군요.”

태연히 중얼거리는 사나다의 말에 하세는 눈이 동그래졌고 스가야마를 향해 고개를 돌렸다.

“아뇨, 인터넷은 딱히 규제하고 있지 않을 텐데요……. 그렇죠?”

“네, 물론입니다. 인터넷은 우주 공간에서는 매우 중요한 인프라예요. 어떤 일이 있어도 규제는 하지 않습니다.”

고개를 끄덕이며 답하는 스가야마를 의아해하며 사나다가 스마트폰을 꺼냈다.

“아, 진짜네. 여기서는 되네.”

그러고는 낼름 혀를 내밀었다.

“죄송해요. 제 착각이었던 것 같네요. 하지만 방에 있을 때는 갑자기 인터넷 연결이 안 됐었어요. 진짜예요.”

그렇구나. 사나다 방의 인터넷 연결이 매끄럽지 않았던 건가? 그래서 이쪽의 대응을 의심해 타살인지 자살인지를 물어 왔던 것일 테다.

* 인터넷상에 공개된 정보나 개인정보 등이 한번 확산되면 완전히 제거하기가 불가능한 것을 문신에 비유한 일본식 표현

조종사가 사망하고 인터넷이 차단됐다고 하면, 나라도 뭔가 꺼림칙한 일이라도 있는 게 아닌가 싶어 의심할 것이다.

불행한 우연이 겹쳤던 모양이다. 나쁜 일은 한꺼번에 들이닥친다고 자주 말하곤 했다.

“어쩌면 자기폭풍이 발생했던 건지도 모르겠습니다. 그때는 인터넷이 불안정해지니까. 하지만 그건 일시적인 거지, 실제로는 금방 돌아와요.”

“자기폭풍이 뭐예요?”

“태양으로부터 플라즈마가…… 다시 말해 전기 덩어리가 잔뜩 날아올 때가 있어요. 그래서 전파가 흐트러지는 거죠.”

엄밀히 말하면 좀 다르지만, 알기 쉽게 설명하자 사나다가 흠칫 놀란 듯 얼굴을 찡그렸다.

“전기 덩어리라면 감전되거나 그런 거 아니에요?”

“인체에는 무해합니다. 다만 전자기기는 위험할 수도 있어요. 고전압을 받은 것과 마찬가지라 망가지는 경우도 있거든요.”

“네? 그럼 제 스마트폰이나 태블릿도?”

“우주 호텔과 우주선은, 안전하게 외벽에 대비 장치를 설치했기 때문에 이 안에 있는 한은 문제없습니다.”

하세의 설명에 야마구치가 덧붙였다.

“오로라의 원인이 되기도 하는 현상이라 그리 희귀한 건 아니에요. 다만 지구에 도달할 만한 자기폭풍이 흔히 일어나진 않으니까. 만약 그랬다면 지금쯤 대혼란을 겪고 있겠죠."

비로소 사나다의 얼굴에서 험악한 표정이 사라졌다.

이 분위기를 굳히겠다는 생각으로 하세는 말을 이어갔다.

"정 돌아가고 싶다면 준비는 할 수 있습니다. 호텔에는 비상시를 대비해 탈출 포드*가 마련돼 있으니까요."

내내 침울한 표정이던 미야하라의 얼굴이 살짝 밝아졌다. 유사시를 대비한 장치가 있다는 걸 알고 불안이 조금 진정된 듯하다.

"최대 세 명이 탑승할 수 있는 탈출 포드가 전부 여섯 개죠. 앞으로 좀 더 늘릴 예정인데 지금은 그만큼만 준비해두었습니다. 이것을 이용하면 지금 당장 지구로 돌아갈 수 있어요."

그럼, 하고 몸을 일으키는 미야하라를 하세는 고개를 저으며 제지했다.

"그렇지만 그건 어디까지나 긴급 피난용입니다. 자동적으로 지구를 향하게끔 설정되어 있는데 어디로 떨어질지는 알 수 없습니다. 바다 위에서 며칠을 보내야 할 가능성도 있어요. 그다지 추천하지는 않습니다."

미야하라는 체념한 듯 한숨을 쉬더니 작은 얼굴을 위아래

* 대형 선박이나 우주선이 화재나 폭발 등의 긴급 상황에 처했을 때 피난에 사용되는 캡슐 또는 소형 선박을 말한다.

로 흔들었다.

"알았어요. 보험이 될 만한 것이 있다면 우선은 납득할 수 있으니까. 하세 씨를 믿겠습니다."

다행이다. 드디어 모두의 의견을 한데 모았다.

하세와 스가야마는 다시 한번 고개를 숙였다.

"감사합니다. 또한 여러분께 걱정을 끼쳐드려 대단히 죄송합니다. 하지만 이번 여행은 저희가 책임지고 완수하겠습니다. 기대해주세요."

3

녹초가 된 기분으로 침대에 뛰어든다.

중력이 약한 탓에 몸이 천천히 쓰러졌다. 매트리스 스프링이 반발력을 발휘하는 바람에 지상에서는 생각할 수 없는 높이까지 몸이 튀어 오른다.

이곳에 오기 전에는 이러한 우주 특유의 현상을 기대하며 가슴이 부풀었다. 그런데 지금은 그런 걸 즐길 여유조차 없다. 지구 중력의 6분의 1밖에 안 되는 중력조차 권태롭게 느낄 만큼 정신적인 피로감에 휩싸여 있다. 마치 영혼이 중력에 묶인 듯한 기분이다.

이대로 잠들고 싶지만 이곳의 상황을 회사에 보고해야 한다. 그런 생각에 태블릿을 들고 보니 메일이 와 있다. 회사에서 보낸 것이다.

시간을 보니 마지막 통화를 끝낸 지 5분 뒤에 온 것이다. 경찰에서 온 연락을 곧장 보내준 모양이다.

시신에는 절대로 손대지 말라고 엄중하게 명시되어 있다. 또한 찍을 수 있는 만큼 사진을 찍어놨으면 좋겠다고도.

곧 다시 연락하겠다고 적혀 있었지만 아직 다른 메일은 없다.

일단 이쪽의 상황을 전달하자 싶어 영상통화 애플리케이션을 켜려다가…… 문득 다른 생각이 들었다.

회사의 입장과 이토의 가족을 지키기 위해 그렇게 말했지만, 하세는 아직 살인의 가능성을 버리지 않았다.

만약 정말로 살인이라면, 대체 누가, 무엇을 위해, 왜 이토를, 굳이 우주에서, 무중력 공간에서 목을 매달아 죽인 것인가.

창밖을 보자 파란 지구가 고요히 서 있다.

죽일 생각이라면 저기서 하면 되는데. 그게 더 쉬울 테고.

경찰의 수사를 피하려고 일부러 우주에서 저지른 걸까?

아니다. 여행 참가자는 전원 추첨으로 선발되었다. 총 응모 건수는 1만 건에 가까웠고, 홍보를 위한 무료 초대권에는 약 20만 건의 응모가 쇄도했다.

이토를 죽이기 위해 여행에 응모했다는 것은 현실적으로 이해가 되지 않는다.

하세는 머릿속으로 이번 여행의 참가자들을 정리해봤다.

사나다 아마네. 18세. 무료 초대권에 당첨된 교토의 고등학생.

마사키 게이고. 32세. 도쿄의 전직 부동산업자.

미야하라 에리. 39세. 치바의 식당 직원.

사와다 나오키. 42세. 가나가와의 청소업자.

야마구치 하지메. 44세. 시즈오카의 프리 컨설턴트.

시마즈 곤. 57세. 후쿠오카의 간병인.

이토는 53세로 오이타 출신. 도쿄 생활을 거쳐 현재는 도쿠시마로 거주지를 옮겼다. 대학에 다니는 딸만 오사카에서 혼자 살고 있을 것이다.

하세 본인은 44세이고 이바라키 출신. 과거에는 직장을 따라 거주지를 옮겨 다녔는데 지금은 고향에 돌아와 혼자 살고 있다. 최근 몇 년간은 회사가 임대한 와카야마의 다세대 주택에서 묵는 일도 많았다.

승객 중에 이토와 면식이 있는 인물은 없는 것 같고, 그렇다면 살해 동기도 찾을 수가 없다. 게다가 이토는 원한을 사거나 금전 문제 따위를 일으킬 사람이 아니다.

묻지 마 범행이라면 동기와 무관하겠으나 굳이 우주에 와서까지 그럴 필요가 있을까? 특히 20만 분의 1의 확률로 무료 초대권에 당첨된 여고생의 경우 지나치게 비현실적이다.

그러고 보니 몇 명은 우주에 오는 것에 무언가 속셈이 있는 듯한 말을 흘렸다.

시마즈는 우주여행 자체에 목적이 있다고 했다. 그 목적도 이미 달성했다고 했는데, 설마 그게 살인이라는 건가?

마사키도 하고 싶은 일이 있는 것 같아 보였다.

사와다도 여러 가지 준비를 해왔다고 말했는데, 그것이 단순히 여행 준비를 가리키는 건지 아니면 뭔가 다른 목적이 있는 건지. 어느 쪽일까?

야마구치와 미야하라는 단순히 여행으로 여기는 듯했다.

의심하기 시작하면 끝이 없다. 살인으로 보기에는 근거가 너무 빈약하다.

하다못해 호텔 직원이 조금만 더 많았더라면 뭔가를 목격한 사람이 있었을지도 모르는데. 지금은 스가야마를 비롯한 열 명이 전부다. 요리사와 청소 담당자를 포함한 인원이다.

아무리 연수를 겸한 시범 운영이라고는 해도 원칙적으로는 호텔을 무리 없이 운영할 수 있는 인원이 아니다. 손님이 여섯 명밖에 없기에 가능한 숫자다. 아니, 이것도 빠듯할 것이다.

호텔 측도 실은 좀 더 많은 직원으로 시범 운영을 실시하고 싶어 했던 것 같다. 하지만 예산 문제와 우주에 대응할 수 있는 인재 육성의 어려움 탓에 이 인원이 되었다고 들었다.

호텔 직원들의 알리바이는 모두 확인했다. 그중에 묻지 마

범행의 범인일 가능성은 없었다.

이제 와 새삼스럽지만, 나카타의 말을 통감한다.

자살이 아니라 살인이라면 가장 의심스러운 건 바로 하세 본인이다.

이토와는 양호한 관계를 유지했다고 생각하지만, 때론 지나치게 엄격한 훈련에 화가 나기도 했다.

우주복 테스트를 위해 핀란드에서 실시한 눈 속 캠핑에서는 불곰에게 습격당할 뻔했고 죽을힘을 다해 도망치느라 음식을 분실했을 때는 정말이지 원망스러웠다.

지금이야 웃으면서 하는 이야기지만 마음속으로 욕을 한 적이 한두 번이 아니다.

무엇보다 하세는 사망한 이토의 최초 발견자다. 얼마든지 위장 조치를 할 수 있는 입장이기도 하다. 실제로 경찰 수사가 시작되면 엄중하게 추궁해올지도 모른다.

그러나 하지 않은 일에 괜스레 겁먹을 필요는 없을 것이다.

조금 전 레스토랑에서도 이토의 죽음과 지금까지 있었던 일의 경위를 제대로 설명했기에 최종적으로는 여행의 참가자 전원을 납득시킬 수 있었다. 이렇듯 성실히 대응하면 된다.

마지막으로 '어떻게' 죽였는지를 생각해본다.

이것이 가장 불가해하다.

이토는 무중력하에서 목을 매고 있었다.

살인이라고 의심하는 이유 하나는 바로 이 불가해함에 있다. 나카타와 여행 참가자들에게도 말했지만, 자살하려는 인간이 무중력 공간에서 목을 매는 방법을 선택할까? 꼭 목을 매고 싶었다면 중력이 발생하는 링 구역에서 하면 된다. 지상 중력의 6분의 1이라고는 해도 그편이 확실하다.

만약 자살이라면 무슨 이유에서였을까? 사고라면 대체 어떤 사고였고?

아무리 생각해도 답이 나오지 않는다. 피곤한 탓도 있어 더 이상은 머리가 돌아가지 않았다.

일단은 경찰이 요청한 대로 현장 사진을 찍어야겠다. 이건 머리를 쓰지 않아도 할 수 있는 일이니까. 그렇게 생각하고 태블릿을 한 손에 들고 복도로 나서는 순간,

"꺅!"

사람의 형체와 부딪혔고 상대방이 놀라서 뒷걸음질 쳤다. 그런데 움직임이 강했는지 발에 걸려 넘어지듯 뒤로 날아갔다.

"위험해!"

하세는 허둥지둥 손을 뻗었다.

지상에서라면 늦었겠지만, 사람의 형체는 엉덩이부터 천천히 지면으로 주저앉았고 가까스로 팔을 붙잡았다.

"중력이 작다는 걸 깜박했네……."

사나다였다. 하세에게 팔을 붙들린 채 레스토랑에서 그랬듯이 혀를 쏙 내밀며 민망해했다.

서서히 저중력 상태에 적응하고는 있지만, 사소한 부분에서 겪는 지상과의 차이에 놀라기 일쑤다. 약간 힘줘서 바닥을 찼을 뿐인데 몸이 날아오르는 등, 찰나의 움직임에 생각지도 않은 방향으로 몸이 흘러간다. 지금의 사나다처럼 뒷걸음질쳤을 뿐인데 자빠져버리는 일도 더러 있다.

자석 부츠를 신고서도 이런데, 만약 이게 없다면 어떻게 됐을까.

“죄송해요. 노크하려고 했는데 갑자기 문이 열려서.”

“저야말로 알아차리지 못해서 죄송합니다. 무슨 용건인지요?”

“아, 용건이라기보다는 좀 물어보고 싶은 게 있어서요.”

“뭔데요?”

“역시 제 방에서는 인터넷 연결이 안 돼요.”

투정 부리듯 입술을 삐쭉 내밀고는 손에 들고 있던 태블릿을 보여준다.

“이거 어떻게 안 될까요?”

“갑자기 그렇게 말씀하시면…….”

아까는 자기폭풍 탓으로 돌렸지만 지금도 계속 안 되는 거면 설비 고장인가?

사나다 방은 하세의 바로 옆방이라 호텔 직원에게 말하러 가는 것보다 편하다고 생각해 이쪽으로 왔을 것이다.

"일단 제 방의 인터넷 상태를 좀 봐주시겠어요?"

"네? 지금요?"

사나다가 팔을 잡아당기는 바람에 곧장 옆방으로 끌려 들어갔다.

호텔 객실 중 하나라고는 해도 여자 방에 들어가도 되는 걸까? 그것도 고객의 방에.

하지만 그런 걸 신경 쓰는 건 하세뿐인 듯 사나다는 침대에 걸터앉아 손짓을 한다.

어려서 무방비한 것일까? 그렇다면 더더욱 하세 스스로 조심해야 한다. 상대는 거의 자식뻘에 가까운 나이 차가 나는 여자아이지만, 천박한 사람들의 억측은 늘 따라다니는 법이니까.

하세는 문을 열어둔 상태로 사나다에게 다가갔다.

되도록 여기저기 두리번거리지 않으려고 주의한다. 그럼에도 테이블에 놓인 전자 키보드가 눈에 들어왔다. 그리고 벗어둔 옷가지도.

'위험해.'

유심히 보고 있다고 생각하기라도 하면 큰일이다.

서둘러 시선을 돌렸더니 사나다가 태블릿을 들이밀었다.

"봐요. 전파가 전혀 안 잡히죠? 왜 그럴까요?"

역시나 태블릿은 인터넷에 연결되어 있지 않았다. 정상적으로 작동한다면 하얗게 불이 들어와야 할 와이파이 아이콘이 꺼져 있다. 혹시 몰라서 사나다가 웹 브라우저를 열어보지만, '인터넷에 접속되어 있지 않습니다'라는 표시만 뜰 뿐이다.

사나다가 고개를 갸웃거리자 붉게 염색한 안쪽 머리카락이 언뜻언뜻 보인다. 검은색과 붉은색의 격자 문양으로도 보였다.

"저, 우주에서 키보드 연주하는 모습을 라이브로 방송하고 싶어서 이 여행에 응모했거든요. 그런데 인터넷 연결이 안 된다면 우주에 온 의미가 없잖아요. 어떡하죠?"

"급한 일이라면 다른 장소에서 라이브 방송을 하는 것도 괜찮을 것 같은데요. 공용 구역에 있는 전망대라든가. 지구를 배경으로 해서 라이브 방송을 하면 더 많은 사람이 봐주지 않을까요?"

"아, 그럴지도 모르겠네요. 하지만 다른 사람이 나오거나 하면 안 되고, 제가 노래도 부를 거라서 될 수 있으면 개인실에서 하고 싶어요."

"그렇다면 방을 바꿀 수 있는지 호텔 측에 물어볼게요."

내선을 사용하려다가 퍼뜩 생각이 났다.

일반 교환기를 이용한 내선 전화는 관리의 번거로움을 고려해 연결하지 않았다. 고장이 났을 때 간단한 수리로 끝나면 다행이지만 전선의 노화 등으로 전체 교체가 필요해질 경우 업자를 부르려야 부를 수 없기 때문이다.

그런 이유로 이 우주 호텔 스타더스트에서는 스마트 스피커를 이용한 인터넷 통화만 된다. 그 인터넷을 지금 쓸 수가 없는 것이다.

어쩔 수 없다. 전파를 잡을 수 있는 곳으로 돌아가서 스마트 워치로 스가야마에게 연락을 해야겠다.

둘이서 사나다의 방에서 나와 하세의 방으로 돌아왔다.

곧장 스마트 워치로 통화하려고 하는데…….

"이상하네……. 와이파이가 연결이 안 되네."

"네? 이 방도요?"

태블릿과 노트북으로도 확인해보지만, 와이파이의 전파 자체가 발생하지 않는 듯했다.

"조금 전까지 썼는데……."

아니다. 메일이 와 있던 건 나카타와의 통화가 끝나고 5분이 지나서였다. 확인한 게 조금 전이지, 인터넷이 언제까지 되었던 건지는 알 수 없다.

레스토랑에서 돌아왔을 때 이미 끊어져 있었던 걸지도 모른다. 혹은 사나다의 방에 가 있는 사이에 끊어졌을지도 모른다.

하지만 사나다는 레스토랑에 오기 전에 인터넷 상태가 이상했다고 말했었다.

어느 타이밍에 인터넷이 끊어졌는지는 알 수 없다.

"다른 장소로 이동해봅시다."

방에선 와이파이가 잡히지 않아도 호텔 전체에 전파가 흐르고 있을 터다. 복도를 조금 걸으면 금방 인터넷에 연결될 것이다.

하지만 링 구역을 한 바퀴 빙 돌아도 와이파이는 반응을 보이지 않는다. 원둘레 440미터가 통째로 그렇다.

무슨 영문인지 의아해하고 있을 때 가까이에 있는 문이 열렸다.

"아, 하세 씨. 마침 잘 만났네요."

마사키였다.

표정에 불만이 어려 있었는데, 갑자기 히죽히죽 웃으며 하세와 사나다를 번갈아 보았다.

"아마네 양도 같이 있었구나. 뭐야 두 사람, 친해진 거야?"

놀리는 목소리에 하세는 고개를 저으며 쓴웃음을 지었다.

하지만 사나다는 빙그레 미소만 지을 뿐 아무 말도 하지 않았다.

나만 수상한 관계를 감추고 있는 것처럼 보이는 건 아닐까? 전혀 그런 거 아닌데.

"무슨 일 있습니까?"

하세가 사무적으로 물었다.

"아, 그게, 인터넷이 안 되네요."

예상한 대답이었다.

링 구역 일대의 인터넷이 불통이 되면 다른 승객과 직원도 알아차리는 게 당연하다.

이건 공유기가 고장 났다거나 그런 얘기가 아닌 것 같다.

우주 호텔에서 인터넷은 전기나 산소와 마찬가지로 중요한 인프라다. 이게 없으면 지상과의 연락도, 직원들 간의 소통도 할 수 없게 된다. 따라서 그걸 한 구역에서 통째로 쓸 수 없다는 건 있을 수 없는 일이다.

혹시 다른 구역도? 그렇다면 큰 문제다.

"호텔 직원에게 물어보겠습니다. 잠시 기다려주시겠어요?"

"그건 괜찮지만…… 어쩐지 수상하지 않아요?"

"무슨 의미죠?"

"그건 됐으니까 빨리 알아봐줘요. 이유를 알게 되면 밤늦게라도 상관없으니 바로 알려주세요."

일부러 묘한 웃음을 남기고 마사키는 자기 방으로 돌아갔다.

인터넷 불통의 원인으로 짐작 가는 것이 있는 걸까?

불안함에 가슴이 두근거려 하세는 호텔 직원을 찾으려고 다시 레스토랑으로 향했다. 그 바로 옆에 직원 전용 구역으로 통하는 문이 있기 때문이다.

직원 전용 구역에는 직원 숙박 시설과 대기실 같은 방이 있다. 그곳으로 가면 누군가 있을 것이다.

레스토랑은 이미 영업이 종료되었고 비상등만 켜진 상태였다. 맞은편의 매점도 마찬가지로 자동판매기만 가동 중이다. 음료뿐 아니라 컵라면이나 핫도그 같은 간식도 파는 모양이다.

그걸 보자 순간적으로 허기를 느꼈다. 이래저래 점심도 저녁도 끼니를 놓쳤으니 그럴 법도 하다. 이따가 뭘 좀 사 먹어야겠다고 생각하고 그대로 지나쳐 문을 열고 넓은 통로로 걸어갔다.

"이건 명백한 규칙 위반입니다."

느닷없이 날카로운 목소리가 들려왔다.

여러 사람의 기척을 느끼고 걸음을 멈추자 모퉁이 맞은편에서 심각한 목소리가 이어졌다.

"이것은 분명 예측할 수 없는 사태입니다. 지상으로 돌아갈 준비를 하는 편이 좋지 않을까요?"

"맞아요. 사망자가 발생했는데 그 원인을 알 수 없는 이상 고객의 안전을 최우선으로 해야 합니다."

"그 점에 대해서는 아까도 얘기했잖아. 안전 면에서는 몇 번이나 확인했다고."

바로 옆방에서 스가야마가 다른 직원들의 항의에 몰리고 있는 모양이다. 이토의 사망으로 안전에 관한 의문을 제기하는 목소리가 나오는 듯하다.

조금 전 자신도 여행 참가자들과 비슷한 상황을 겪었던지라 하세는 속이 쓰렸다.

"그렇게 여러 번 확인하고 문제없다고 결론을 내렸는데도 사망자가 나왔습니다. 뭔가 간과한 게 있다는 뜻이에요."

"지배인님, 지금이라면 아직 늦지 않았어요. 이런 말씀을 드리는 게 실례인 줄 알지만, 돌아가신 분이 조종사라 다행이지 않습니까. 만약 승객이었다면 우주 호텔만이 아니라 우리 회사 자체의 신용을 잃게 되는 거라고요."

스가야마가 어떤 얼굴을 하고 있을지 알 것 같았다.

더 이상 어떻게 할 수가 없어 숨이 막힌다.

"자네들도 원해서 여기 온 거잖아? 프로로서 마지막까지 최선을 다해주지 않겠나?"

"물론 저희야 일개 직원입니다만, 그렇다고 해서 그게 곧 윗선의 명령에 무조건 복종한다는 뜻은 아닙니다. 저희도 일에 대해서는 자긍심을 갖고 임하고 있습니다."

분명하게 의견을 밝히는 목소리가 부럽다. 직원으로서나

한 인간으로서도 바른 자세라고 생각한다.

호텔 직원은 모두 엘리트라고 들었다. 이번 여행에서는 승객이 일본인뿐이지만, 언젠가는 외국인도 많이 찾아올 것이다. 직원은 다양한 외국어를 구사하는 것은 물론 다방면의 교양도 갖추고 있을 것이다.

그런 직원들이기에 옳다고 생각하는 바를 주저 없이 말할 수 있는 것이다.

"게다가 처음에는 열흘 뒤에는 일단 지상으로 돌아간다고 했잖습니까? 아무리 스케줄이 지연된 걸 보완하기 위해서라고는 해도 벌써 2주일째입니다. 건강에 문제가 없는지도 걱정이에요. 회사에서는 저희를 일회용으로 취급할 셈인가요?"

"그건……."

스가야마도 확실하게 대답하지 않는 것으로 봐선 뭔가 생각이 있는 걸까? 일에 대한 책임감과 직원들의 의견 사이에 끼어서 난처한 듯하다.

"업무 규칙에는 우주 호텔에 체재하는 기간이 보름을 넘어서는 안 된다고 되어 있습니다. 내일이면 이 규정도 위반하게 되는 거예요. 상황이 이렇게 됐으니 전원이 한꺼번에 귀환해야 합니다."

규칙은 직원의 건강 문제를 고려해 만든 것일 테다. 타당한 내용이다.

게다가 인간은 폐쇄된 공간에 장기간 갇혀 있으면 평정심을 유지하기가 어려워진다. 이것은 JAXA나 NASA도 초기 단계부터 중요하게 여겼던 부분이라 채용 테스트에서도 폐쇄 공간 실험은 반드시 이루어지고 있었다.

특히 일본인은 단합을 중시한 나머지 감정을 과하게 억누르는 경향이 있다고 한다. 그 정도가 지나치면 억울한 심리 상태가 되거나 감정이 폭발해서 타인에게 스트레스를 풀거나 주위를 위험에 빠뜨리는 행동을 하기 쉬워진다는 우려가 제기되어왔다.

직원 전용 구역에 CCTV를 적게 설치한 것도 이런 이유에서다. 폐쇄 공간 실험에서 CCTV를 향해 파괴적인 행동을 하는 사람이 상당히 많았다.

직원들의 스트레스가 폭발하면 어떻게 될까…….

하세는 직원들을 달래고 싶은 충동이 올라왔지만 꾹 누르고, 사나다와 함께 불편한 기색으로 입을 계속 다물고 있었다.

무거운 분위기는 사실 고작 몇 분간이었는데도 터무니없이 길게 느껴져, 마침내 직원들이 방에서 나갔을 때는 손바닥에 땀이 배어 있었다.

잠시 상황을 살핀 뒤 하세는 아무렇지 않은 듯 태연하게 방 안을 엿보았다.

문은 없고 책상과 의자가 널찍하게 여럿 늘어서 있다. 대기실 같은 장소답게, 안쪽에서 스가야마가 축 늘어져 고개를 떨구고 있었다.

탁자에는 냉동 라자냐와 주먹밥이 놓여 있는데 둘 다 완전히 식었다는 걸 보기만 해도 알 수 있었다. 식사 도중에 궁지에 몰리는 바람에 손을 대지 못한 것으로 보인다.

하세는 미안한 마음이 들었지만 기척을 냈다.

스가야마는 시선을 천천히 이쪽으로 돌리다가 부랴부랴 자세를 고쳐 앉았다.

"하세 님과 사나다 님? 어쩐 일이십니까?"

"쉬시는 중에 죄송합니다. 실은……."

조금 전에 오간 대화를 전혀 못 들은 척하고 사정을 설명했다.

"……인터넷이요? 아, 정말이네요."

스가야마도 자신의 스마트 워치를 살피고서야 처음으로 그 사실을 알아차린 모양이다. 역시 사태의 심각성을 이해했는지 표정이 굳는다.

"언제부터 연결이 안 됐는지 아세요?"

"아뇨, 저희도 방금 알았습니다. 스가야마 씨는 전혀 눈치 못 채셨어요?"

"오늘 여러 가지로 일이 좀 많아서……."

이제야 라자냐와 주먹밥을, 간식이 아닌 저녁으로 먹고 있을 정도다. 하세와 마찬가지로 저녁 먹을 여유도 없었으리라. 거기다 부하 직원들이 그런 식으로 달려들었으니 지쳤을 수밖에 없다.

시간은 이미 일본 시간으로 오후 9시에 가까웠다. 아무 일이 없어도 하루의 피로가 몰려올 시간대다. 직원 대부분은 근무표에 따라 업무를 마친 모양이다. 스가야마 본인도 이제 잠자리에 들어 내일 기상 후 오전 7시부터 일할 예정이었다고 한다.

겨우 휴식을 취하려는 때에 상담할 얘기를 꺼내자니 마음이 내키지는 않지만 그냥 놔둘 수도 없다.

"인터넷 관리는 어떻게 되고 있습니까?"

"저도 거기까지는……. 배선이나 설정 관련된 것들은 외부에 위탁하고 있어서요. 원활하지 않은 부분이 있으면 지상의 위탁업자가 연락을 해오게끔 되어 있습니다."

"혹시,"

사나다가 뭔가 눈치채고 미소를 지었다.

"그 연락도 인터넷으로 오는 건 아니겠죠?"

"……그런 경우도 있습니다."

대답하기까지 걸리는 잠깐의 정적에 불안감이 커진다.

아무래도 인터넷을 완전히 사용할 수 없는 경우까지는 생각하지 못했던 모양이다. 하지만 말투로 봐서는 다른 연락 수단이 있는 것도 같다.

"그럼 인터넷이 아예 안 될 경우에는 어떻게 연락을 받나요? 일반 휴대전화는 못 쓰잖아요?"

"네, 일반 통신사의 전파는 여기까지 도달하지 않으니까요. 하지만 유사시를 대비해 이리듐 위성*을 이용한 전화가 있어서 지상과의 연락은 가능합니다."

다행이다. 연락 수단이 전부 단절된 것은 아니다.

안도하는 마음에 하세는 몸을 앞으로 쑥 내밀며 말했다.

"인프라가 단절되는 건 종류를 막론하고 심각한 사안입니다. 지금 당장 지상에 연락합시다. 설마 밤이라 영업이 종료됐다거나 하는 건 아니겠죠?"

"아뇨, 24시간 운영할 겁니다."

이미 스가야마는 일어나서 걸어가고 있다.

그 뒤를 따라 바로 옆방으로 들어간다.

문에는 '지배인실'이라는 표찰이 붙어 있다.

방 크기는 객실과 거의 같지만 침대는 없다. 소파와 넓은 목제 책상이 놓여 있고 세련된 사무실처럼 정돈돼 있다.

스가야마가 책상에 놓인 유선전화의 수화기를 들고 버튼

* 1990년대 초 미국 모토로라사가 개발한 저궤도 인공위성

을 누른다.

스가야마의 얼굴이 금세 굳는다.

수화기를 내려놓았다가 다시 건다.

무슨 일인지 하세와 사나다는 바로 알 수 있었다.

“설마 연결이 안 되는 건가요?”

“통신관리실로 가보죠.”

질문에는 답하지 않고 스가야마가 달려 나갔다.

얼마나 서두르는지 고객이 보는 앞인데도 저중력 상태를 능숙하게 이용해 책상을 뛰어넘었다.

문자 그대로 복도로 뛰쳐나가 직원 전용 통로 안쪽으로 향했다. 그러자 더 위쪽 구역으로 갈 수 있는 계단이 나왔다.

그러고 보니 다른 구역에는 계단이 없었다.

중력이 존재하는 곳은 링 구역뿐이기 때문일 것이다. 무중력하에서라면 날아가는 편이 빠르다.

계단을 예닐곱 개 정도 가볍게 점프하며 올라가서 문을 연다. 그러자 다른 곳과는 확연히 다른 분위기의 공간이 펼쳐졌다.

우선 천장이 낮다. 그것만으로도 고급스러움이 확 줄어든다. 공간의 여유가 얼마만큼 심리적으로 작용하는지 하세는 이때 처음 깨달았다.

바닥에는 PVC 장판이 깔려 있고 호텔이라기보다는 일반

사무실에 가깝다.

나름 평수도 제법 넓어 긴 복도에 문 몇 개가 나란히 있었다.

“이곳은 에너지 공급 구역이라고 해서 호텔 전체의 보수 관리를 담당하는 곳입니다.”

아무도 없는 복도를 걸어가면서 스가야마가 설명한다.

“사전 오픈이라 아직은 없지만, 시설이나 비품을 수리하는 부서도 언젠가 여기서 가동할 예정입니다.”

지상의 호텔에도 그런 부서는 존재했다. 뭔가 고장 나거나 파손됐을 경우, 일일이 기술자를 부르는 것은 시간도 걸리고 비용도 비싸기 때문이다.

고급 호텔이라면 창업 당시의 모습을 보존하기 위해 그 호텔에 특화된 기술과 지식을 결합한 전문 부서를 두는 경우도 있다. 예를 들어 리가 로열 호텔이나 제국 호텔이 대표적이다.

그러나 우주 호텔 스타더스트에서는 훨씬 중요한 일이 있다. 물, 산소, 전기, 인터넷을 관리하는 일.

말할 것도 없이 어느 하나만 빠져도 생명이 위태로울 만큼 고객과 직결되는 것이다. 특히 물과 산소는 아무리 여유가 있어도 낭비할 수 없다.

장래에는 먹거리도 포함해 우주에서 직접 생산하고 소비

할 수 있도록 하는 것이 목표지만 현재로서는 전기 이외의 에너지는 지상에서 수송해오는 것에 의지할 수밖에 없다.

"굉장하네요. 이걸 관리하려면 인원이 어느 정도 있어야 하나요?"

"원래는 서른 명으로 근무표를 짜서 항시 스무 명 이상 근무할 수 있도록 합니다. 하지만 지금은 사전 오픈이라 저를 포함해 다섯 명이 관리하고 있습니다."

스가야마와 사나다가 자연스럽게 대화를 나누고 있지만, 이곳은 원래 보안 문제로 일반 승객은 들어올 수 없는 장소다. 마음이 초조해서인지 피로한 탓인지 스가야마는 그 사실을 미처 알아차리지 못한 듯하다. 하세도 줄곧 지적할 기회를 놓치고 있었다.

"스무 명이 있어야 할 곳에 다섯 명이 전부라니, 그거 악덕기업 아니에요?"

"……뭐, 그렇죠. 지금은 어쩔 수가 없네요."

거침없는 사나다의 말에 스기야마는 씁쓸한 웃음을 모호하게 짓더니 발걸음을 멈췄다. 바로 앞에 '통신관리실 A'라는 표찰이 붙은 문이 있다. 안으로 들어가자 이제껏 본 적 없는 기재들이 빽빽하게 늘어서 있고 여기저기에 전선이 무수히 뻗어 있다.

벽 쪽의 철제 선반을 연다. 한 10년 전의 모델처럼 투박한 디자인의 휴대전화가 거치대에 들어 있었다. 이것이 위성 전화인 모양이다.

"엄청 투박하네요. 옛날 휴대전화 같아요. 이런 거 교과서에서 본 적 있는데."

"교과서……."

사나다가 무심코 내뱉은 말에 하세와 스가야마는 나란히 말문이 막혔다.

안테나는 두껍고 액정 화면은 작은 데다 표시되는 건 흑백의 글자뿐이라 확실히 초창기 휴대전화가 떠오르는 디자인이다. 그래도 하세가 중학생이던 시절에는 최첨단 기기였다.

"그런데 왜 이런 곳에다 넣어두는 거예요? 들고 다니지 않으면 휴대의 의미가 없잖아요?"

"위성 휴대전화는 위성으로부터의 전파를 직접 단말로 수신하기 때문에 실내에서는 사용할 수 없습니다. 그래서 안테나를 설치하고 유선으로 거치대에 연결한 다음 거기서부터 전화선을 깔아 지배인실의 아날로그 전화기로 연결해요."

"지배인실에 놓아둔 유선전화는 그런 용도였군요. 내선은 인터넷 통화밖에 없을 텐데 그게 왜 있는 건지 궁금하기는 했습니다."

"원래는 저걸로 지구에 전화를 걸 수 있는데…… 어쩌면 어디선가 선을 끊었을지도 모르겠네요. 여기서 직접 지구에 전화를 걸어보겠습니다."

거치대에 장착한 채로 스가야마가 위성 휴대전화를 조작한다.

그런데 잠시 후 다른 위성 휴대전화를 꺼내더니 거치대에 다시 연결했다. 아마도 예비품일 것이다.

그러고는 똑같이 버튼을 누른다. 몇 번이고 거듭해서…….

하지만 아무리 기다려도 변화는 없고, 스가야마의 얼굴만 파랗게 질렸다.

보다 못해 하세가 입을 열었다.

"저기, 단순하게 이곳이 통화 이탈권이라서 그렇다고는 생각할 수 없을까요? 고도나 궤도의 문제로 전파가 닿지 않아서라든가."

"아뇨, 위성 전화에 통화 이탈권이라는 건 존재하지 않습니다. 66개의 위성이 지구 위를 구석구석 커버하고 있기 때문에 어디에 있어도 연결되는 것이 특징이거든요. 고도 320킬로미터에 있는 이 우주 호텔도 이리듐 위성이 커버하는 범위에 있습니다. 이리듐 위성은 고도 780킬로미터 위치에 있으니까요."

요컨대 생각할 수 있는 것은 세 가지다.

이리듐 위성이 고장 났거나, 안테나 같은 기재가 파손됐거나, 위성 휴대전화가 망가졌거나.

그 많은 위성이 고장 났다고 보기는 어렵다.

휴대전화의 본체도 보기에는 정상적으로 기능하고 있다.

"……아무래도 거치대 고장인 것 같네요. 전원은 들어와 있지만 정상적으로 작동하지 않는 듯합니다."

전류가 흐르고 있음을 나타내는 램프는 켜져 있었다. 하지만 어느 버튼을 눌러도 아무 반응이 없다.

"스가야마 씨, 인터넷을 관리하는 것도 이 방입니까?"

"아뇨, 옆의 B실입니다."

스가야마의 안내대로 옆방으로 향한다. 이쪽에는 '통신관리실 B'라는 표찰이 붙어 있다.

안에는 PC와 거대한 선반에 수납된 업무용 허브가 빽빽이 늘어서 있다. 허브에서는 다 셀 수도 없을 만큼 많은 LAN 케이블이 뻗어 나와 있는데, 확인해야 하는 것은 발신 계정의 위성 모뎀이다.

안테나에서 받은 전파는 이 모뎀을 통해 허브로 연결되고 거기서부터 LAN 케이블을 이용해 각 공유기로 이어져 있다.

그런데 그 모뎀이 전혀 작동하지 않고 있다.

"그럴 리가……."

그 이상의 말은 나오지 않고 스가야마는 그저 멍하니 망가진 모뎀을 바라보고 있었다.

하세도 뭐라고 말해야 좋을지 알 수가 없어 침묵한다.

단순히 심각하다고 말할 사안이 아니다.

지상과의 교신 수단이 끊어진 것이다.

"이거, 망가진 걸까요? 아니면 누군가 **망가뜨린** 걸까요?"

마치 하세의 생각을 그대로 베낀 것처럼 사나다가 고개를 갸웃거리며 묻는다.

경직된 스가야마가 그 옆얼굴을 바라본다.

하세는 선불리 대답할 수가 없어 그쪽으로 시선조차 주지 못했다.

"그거야 뻔하지."

느닷없는 목소리에 세 사람 모두 화들짝 놀랐다.

주춤주춤 뒤를 돌아보자 마사키가 장승처럼 우뚝 버티고 서 있었다.

어느 틈에……. 전혀 눈치채지 못했다.

마사키는 입가를 일그러뜨리고 턱을 살짝 치켜올렸다.

"모뎀과 전화기가 이렇게 타이밍 좋게 동시에 고장이 나다니, 웬만해선 있을 수 없는 일이잖아요?"

기자재의 고장에 대해서도 알고 있는 듯하다. 줄곧 뒤를 밟고 있었는지도 모른다.

"혹시 누가 우리를 감금한 거 아니에요?"

"그게 무슨 의미예요? 뭐 짚이는 거라도?"

"감금한 사람이 누구냐고 묻는 거라면 그건 나도 모르죠.

하지만 왜 이런 일을 했는지 그 이유라면 알 것도 같은데."

자못 거드름을 피우며 얘기하는 모습에 마음이 술렁거린다.

사안이 중대하다. 시간 낭비할 여유가 없다.

"마사키 씨, 아는 것이 있으면 알려주세요."

마사키의 입꼬리가 올라간다. 허영심에 들뜬 인간 특유의 웃음이다.

그 입이 열리려는 순간, 난데없이 요란한 사이렌 소리가 울려 퍼졌다. 귀청을 찢는 듯한 격렬한 소리에 모두가 깜짝 놀라 몸이 굳는다.

이어서 지면이 가볍게 흔들린 것 같았다.

구석에 놓여 있던 소화기가 제대로 고정되지 않았었는지 붕 떴다가 지면에 떨어졌다.

우주에서 지진이 일어날 리는 없다. 그런데도 연이어 쿵, 쿵, 두 번 더 호텔이 흔들렸다. 소화기가 또 낮게 튀어 올랐고 사람과 부딪히기 전에 하세가 그것을 눌렀다.

"뭐예요, 지금?"

엄청난 흔들림은 아니었지만, 사나다가 꺼림칙한 듯 눈썹을 찡그린다.

"혹시 운석이나 우주 쓰레기에 부딪히거나 그런 건가?"

사나다의 걱정은 현실적으로 일어날 가능성이 낮다. 우주 호텔처럼 질량이 큰 물체는 우주 쓰레기와 다소 부딪힌 정도로는 미동도 하지 않는다. 게다가 외벽과 도킹 부분에는 충격흡수 장치가 몇 겹이나 설치되어 있다.

"지금 이 진동은 내부에서 일어난 것 같지 않나요?"

"이 바로 밑은 혹시……?"

하세의 물음에 스가야마는 핏기가 가신 표정으로 달리기 시작했다.

뒤를 쫓아가보지만 중력이 지구의 6분의 1이라 달리기가 어려워 속도를 낼 수가 없다.

반면에 이곳에 머문 기간이 긴 스가야마는 능숙하게 저중력에 적응해 있었다. 몸이 지나치게 날아오르면 천장에 손을 짚어 지탱하고 반동을 일으켜 가속한다. 계단을 한달음에 뛰어내려도 균형을 잃지 않는다. 마치 닌자 같다.

가는 도중, 조금 전의 소리와 진동이 걱정됐는지 나머지 여행 참가자 전원이 복도에 나와 서서 이야기를 하는 모습과 딱 마주쳤다.

그들이 말을 걸어와도 스가야마는 그대로 그 옆을 지나쳐 빠져나갔다. 하세도 뒤를 계속 쫓았다.

하세는 그가 피난 유도등을 따라 이동하고 있다는 것을 알아차렸다.

"설마…… 아니겠지?"

어떤 예감이 스쳐, 하세는 달리면서 신음한다.

스가야마가 비상구로 뛰어 들어갔다.

그 뒤를 따라가자, 마치 거대한 드럼 세탁기 같은 해치*가 눈에 들어온다.

총 여섯 개가 있는데 그중 하나를 스가야마가 살펴본다. 안은 텅 비었고 아무것도 없다.

다만 무언가 설치됐던 흔적이 보였는데 딱 봐도 튼튼해 보이는 문이 약간의 틈도 없이 꽉 닫혀 있었다.

다른 두 개의 해치도 확인해보니 내부가 텅 비어 있다. 나머지 세 개에는 큰 원뿔형의 작은 보트가 수납되어 있었다.

스가야마가 그 자리에 풀썩 주저앉는다.

"스가야마 씨, 이건……?"

하세가 물어보지만 스가야마는 대답이 없다. 바닥에 주저앉아 벽에 기대어 고개를 숙이고 있다.

잠시 후 마사키와 사나다가 따라왔다.

"아니, 갑자기 뛰어나가면…… 어떡해요?"

"무슨 일, 있어요?"

숨을 헐떡이면서 묻지만, 역시나 스가야마는 입을 꾹 닫고 있다.

* 갑판의 승강구. 사람이나 화물 출입을 위해 설치한다.

그 후 나머지 참가자들이 하나둘 찾아온다.

야마구치, 시마즈, 사와다, 미야하라. 전원이 모였을 때 하세가 재차 물었다.

"스가야마 씨, 무슨 일이 있는 건지 말씀해주세요."

고개를 든 스가야마의 표정은 당장이라도 울음을 터뜨릴 듯 일그러져 있었다.

"탈출 포드가 사용되었습니다. 그것도 세 개나."

"그럴 리가, 어떻게요? 대체 무슨 일이 일어난 겁니까?"

물어보면서도 무슨 일이 벌어진 건지 짐작은 갔다. 다만 그것이 사실이 아니기를 강력히 바라면서.

하지만…….

"저희 직원들이 달아난 것 같습니다."

모두가 숨을 삼킨다.

말도 안 돼, 하고 중얼거린 줄 알았는데 목소리조차 나오지 않았다.

4

희한하게도 우주에 있어도 공기가 무거워질 수 있는 모양이다. 아무도 입을 열지 않았다.

스가야마는 그 후 어찌어찌 레스토랑까지 이끌려오기는 했으나 고개를 숙인 채 탁자만 쳐다보며 꿈쩍도 않고 있었다.

하세도 차라리 그렇게 마음을 놔버리고 싶었다.

하지만 스가야마에게 선수를 빼앗겼으니 그렇게 할 수도 없다. 둘 다 쓸모가 없어지면 고객의 안전은 누가 책임지겠는가. 스스로를 특별히 책임감이 강한 사람이라는 생각하지 않지만, 지금 해야 할 일이 무엇인지는 알겠다. 하세는 현 상황을 다시 한번 머릿속으로 정리했다.

조종사가 미스터리한 죽음을 맞았고, 지구와 연락은 안 되고, 호텔 직원은 고객을 두고 귀환해버렸다.

인터넷은 우주선의 위성 브로드밴드도 사용할 수 없게 되었다. 통신 설비 전원이 켜지지 않기 때문이다.

분해해보지 않아 알 수 없지만, 이렇게까지 전자기기의 고장이 계속되면 고의적인 행위라고 충분히 의심할 수 있다.

다행히 엔진과 장비 조작 계열은 무사했다.

범인도 지구에 돌아갈 수 없게 되는 건 곤란할 테니.

어려운 상황이지만 우주선은 무사하다. 절망적이기만 한 것은 아니다.

그래도 승객들은 동요하고 있다. 그들을 진정시키기 위해 마주하려는 그 순간,

"'업무 규칙에 따라 귀환하겠습니다.'"

사나다의 목소리가 침묵을 깼다.

뒤를 돌아보니 사나다가 카운터 의자에 걸터앉으면서 손에 든 편지지에 시선을 떨구고 있었다.

"'회사와 직접 담판 짓겠습니다. 저희는 먼저 귀환할 테니 지배인님은 고객들과 우주선으로 돌아오세요. 이렇게라도 하지 않으면 지배인님은 움직이지 않을 것 같습니다.'"

"뭐야 그게?"

미야하라가 묻자 사나다가 코웃음을 쳤다.

"지배인실에 놓여 있었어요. 아마 직원들이 남긴 메모 같아요. 불리하다 싶으면 도망치는 건 어른들의 주특기니까."

"오, 제법인데. 아마네 양, 혹시 세상에 절망했다거나 분노를 품고 있다던가 뭐 그런 건가?"

놀리는 마사키에게 사나다는 싱긋 미소를 지어 보인다.

과연 마사키는 눈치챘을까?

아까부터 사나다의 눈이 전혀 웃지 않는다는 것을. 입꼬리만 살짝 올릴 뿐이지 눈은 오히려 한층 더 날카로워져 있었다. 그 미소에는 칼날 같은 차가움이 있다.

왠지 도저히 그냥 있을 수가 없어 하세는 일동을 향해 고개를 숙였다.

"불편을 끼쳐서 죄송합니다. 설마 이런 일이 생기리라고는……."

"큰일이 벌어지긴 했네요. 하지만 가이드님도 예상할 수 있는 일은 아니었을 것 같으니, 책망하거나 하지는 않습니다."

시마즈가 다정한 목소리로 말하며 어깨를 두드려준다.

"고맙습니다. 반드시 끝까지 책임지고 대응하겠습니다."

"저기,"

미야하라가 두 손으로 안경의 위치를 바로잡으면서 시선을 집중시킨다.

무슨 말을 하려는 건지 하세는 알고 있었다.

"이렇게 된 이상, 역시 지금 당장 지구로 돌아가는 것이 좋지 않을까요?"

"지당한 말씀입니다. 저도 그렇게 제안하려던 참이에요. 더 이상은 고객의 안전을 보장할 수 없으니까요."

이번만큼은 반대할 수 없다.

회사의 뜻은 모르겠지만, 하세도 그 방법밖에 없다고 생각하고 있었다. 게다가 먼저 도망간 건 호텔 직원들이다. 여차하면 호텔 측에 책임을 물을 수도 있다. 그런 교활한 생각을 하는 자신이 혐오스럽다 느끼지만, 회사 측을 설득할 근거 자료는 될 것이다.

미야하라가 안도하며 가슴을 쓸어내린다.

그런데,

"잠깐. 나는 아직 돌아갈 생각이 없는데."

마사키가 즉시 반대하며 허리를 일으켰다.

"3000만 엔이나 냈는데 이렇게 끝난다는 건 납득이 안 되지."

"환불 문제라면 지금 당장 확답은 드릴 수 없지만 회사와 의논해서……."

"그런 거 아니에요. 그정도 푼돈이야 안 받아도 그만이라고."

"거참 호기롭구먼. 3000만 엔이 푼돈이라니."

시마즈가 놀라워하자 마사키는 의기양양해져 입꼬리를 치켜올렸다.

"돈이라면 넘칠 정도로 있죠. 그야 제프 베이조스나 워런

버핏에 비하면 코딱지만큼이겠지만, 한 번쯤 인생을 다시 시작할 수 있는 돈이라면 저도 좀 있거든요."

3000만 엔짜리 우주여행에 응모할 정도의 경제력을 갖춘 사람이다. 이상할 것은 없다.

그런데 마사키의 말에 걸리는 부분이 있다.

"그 말, 이상하지 않아요?"

의문을 입 밖으로 꺼낸 건 사나다였다.

"마사키 씨, 3000만 엔이나 냈는데 이렇게 여행이 끝나버리는 건 납득할 수 없다고 방금 말씀하셨잖아요? 그런데 돈 문제가 아니라는 건 모순 아닌가요?"

"그야 아깝다는 생각은 한다는 얘기지. 시궁창에 버리는 거랑 낭비하는 건 비슷한 듯해도 의미가 다르잖아?"

거짓말을 하거나 대충 둘러대는 건 아닌 듯하다.

그러고 보니 마사키는 그 밖에도 뭔가 알쏭달쏭한 말을 했었다. 그래, "계속하죠. 나도 우주에서 해보고 싶은 일이 있으니까"라고 했던가? 게다가 각종 기자재의 고장에 대해서 뭔가 짚이는 점이 있었던 것 같다.

이렇게 된 이상 침묵하고 있을 수는 없다.

"……마사키 씨, 하고 싶은 일이 있다고 말씀하셨었죠? 그게 대체 무엇인가요?"

마사키가 히죽, 웃음을 지었다.

"나는 진실을 밝히고 싶거든요."

"진실?"

반응을 보인 것은 사와다였다. 그때까지 말없이 과정을 지켜보고만 있었는데, 어쩐지 수상쩍다는 듯 미간을 찌푸리고 있다.

"뭡니까, 진실이라는 게. 우리와 관계있는 거예요?"

"있죠. 있다마다요. 어쨌든 우리는 모두 속고 있는 거니까. 그게 뭔지 알고 싶어요?"

"어차피 말하고 싶으면서."

미야하라의 비아냥에 마사키는 기쁜 듯 웃는다.

"하하, 들켰나요?"

"……그래서 뭡니까? 그 진실이라는 게."

거드름 피우는 태도와 이야기가 좀처럼 진행되지 않는 모습에 안달이 났는지 사와다가 노려보는 듯한 시선으로 신음했다.

"잘 들으세요, 다들. 들으면 놀랄걸요?"

여전히 거드름을 피우며 마사키가 상체를 뒤로 젖힌다. 그러고는 모두의 얼굴을 차례로 바라보며 충분히 주목받고 있음을 음미한 다음 만반의 준비를 하고 발표했다.

"지구는 원래 평면이에요. 정부는 그 사실을 줄곧 숨기고 국민을 속이고 있죠. 나는 그걸 증명하기 위해 우주여행을 신청한 겁니다."

"뭐라고요?"

하세가 자제심을 총동원해 할 수 있는 말은 그뿐이었다.

지구가? 평면?

순간 사람을 놀리는 건가 싶었으나 아무리 봐도 마사키는 진지하다.

"그래서 지구가 둥글다는 설은 틀렸다는 겁니다."

같은 말을 단어를 바꿔 되풀이한다. 역시 정말로 그렇게 생각하는 모양이다.

사와다가 눈을 동그랗게 뜨고 물었다.

"진심이에요?"

'제정신이에요?'라고 묻고 싶었던 것이리라. 그 정도로 사와다는 심각한 표정이다.

"당연히 진심이죠. 애초에 지면이 둥글다느니 하는 말이 더 이해 안 가는 거 아니에요?"

뭐라고 반응해야 좋을지 알 수가 없어 하세는 그저 목구멍으로 계속 말을 삼킬 뿐이었다.

"후후."

낮고 작은 웃음이, 그것도 비웃는 소리가 고막을 자극한다.

뒤를 돌아보니 야마구치가 어깨를 들썩이고 있었다.

"아 실례. 그런데…… 후후. 하하하!"

시선을 눈치채고 그는 항복하듯 두 손을 가볍게 들어 올린다. 그래도 웃음은 진정되지 않아서 야마구치는 흔들리는 목소리로 이어서 말했다.

"얼마나 대단한 이유가 있나 했더니, 고작 지구평면설이라고요? 설마 정말로 지구평면론자가 있을 줄이야. 나는 당연히 인터넷에 떠도는 농담인 줄 알았어요."

잔뜩 비아냥거리는 말에도 마사키는 오히려 가엾다는 눈빛으로 되받아친다.

"아, 뭐 그런 반응일 줄 예상은 했어요. 자기 머리로 생각하는 게 불가능한 사람들은 다들 같은 반응이네요."

무시하는 태도인데도 전혀 타격이 없는 건 지구평면설이 황당하기 짝이 없기 때문일 것이다.

"그렇군요. 그럼 당신은 자기 머리로 생각해서 지구평면설이라는 진리에 도달했다, 뭐 그런 말씀인 거네요?"

야마구치의 비아냥에도 마사키는 자신만만하다.

"이래 봬도 제가 머리는 좋거든요. 그렇지 않으면 이 나이에 억만장자는 될 수 없었겠죠."

"아하, 억만장자라. 자산이 억을 넘는 사람이란 말이죠? 대단하구먼."

"다시 말해, 돈과 시간이 남아돌아서 음모론에 심취했다는 말인가요? 멍청한 평화주의자가 바로 이런 경우를 말하는 거였네요."

"저기, 지금 그 얘기가 필요한가요?"

미야하라가 안경을 고쳐 쓰면서 탄식한다.

"호텔 직원들이 모두 도망갔고 지구와는 연락도 할 수가 없어요. 우리가 지금 의논해야 하는 건 그것 말고도 많지 않을까요?"

"자자, 끝까지 한번 들어보자고요. 마사키 씨가 어떤 이론으로 무장하고 있을지 무척 흥미롭네요. 세계에는 가난을 벗어나기 위해 교육을 필요로 하는 빈곤층이 있는데, 적어도 의무교육은 받을 수 있는 일본인이 지구평면설을 주장하다니 말이죠."

"마사키 씨도 마사키 씨지만, 야마구치 씨도 어지간히 취미가 고약하시네요."

미야하라의 따끔한 지적을, 야마구치는 어깨만 으쓱하고 그대로 받아넘긴다.

그러는 사이, 모두를 혼란에 빠뜨린 장본인은 시마즈를 상대로 부자 되는 요령을 전수하고 있었다.

"이러니저러니 해도 일본은 역시 토지와 건물이에요. 월세 수입이 최고라니까요. 은행이 부동산 말고 다른 담보로 돈을 빌려줍니까? 무슨 말인지 아시겠죠? 토지랑 건물을 가진 사람이 제일이에요."

"이야, 재밌네요."

사나다가 예의 그 미소를 띤 채 마사키를 쳐다봤다.

"부동산으로 돈을 번 사람이 지구평면론자라니, 무슨 우화 같아요."

"그걸로 지구가 평평하다고 증명됐나요?"

야마구치의 도발에 마사키는 불쾌하다는 듯 콧소리를 냈다. 입가를 일그러뜨리고 팔짱을 낀다.

사람들 뒤에는 커다란 삼중 유리창이 보란 듯이 우주의 풍경을 과시하고 있었다.

"결정적인 증거라는 게, 참 쉽지가 않네."

푸른 행성을 뒤로 하고 마사키는 의외로 겸허하게 대답한다.

"마사키 씨, 혹시 제 태클을 기다리는 건가요? 그렇다면 좀 더 알기 쉽게 멘트를 해주셔야죠. 저는 오사카 사람이 아니라서 리액션을 잘 못하는데."

사나다도 말투는 부드럽지만 가차 없다. 창밖 풍경을 손가락으로 가리키면서 당당하게 마사키를 무시한다.

그러나 마사키는 굴하지 않는다.

"이런 건 당연히 CG잖아. 다들 게임 같은 거 안 해요? 이 정도는 영화에서도 쓰이잖아요."

"하긴 요즘 영화는 워낙 생생하니까."

"잠깐만요, 시마즈 씨. 쓸데없는 말로 괜히 이야기를 복잡하게 만들지 마세요."

미야하라의 제지에 시마즈가 당황해서 양손으로 자기 입을 막지만, 이미 늦었다.

"그렇다니까요. 요즘은 개인도 그럴싸한 CG를 만들 수 있다니까. 정부와 NASA가 작정하면 이 정도를 못 만들 리가 없죠. 다들 속고 있는 거예요. 지구가 평면이라는 걸 숨기려는 정부에게 말이죠."

마사키가 신나서 목소리를 높인다.

그때 부드러운 말투지만 음성은 정반대로 차가운 말이 미끄러지듯 들어왔다.

"혹시나 해서 말인데요,"

목소리의 주인공은 사나다였다.

"마사키 씨, 백신을 맞으면 마이크로칩이 삽입된다느니 DNA가 갱신된다느니 하는 말을 믿는 분인가요?"

어떻게 수습해도 모욕을 감출 수 없는 말에 주변 사람들이 얼어붙는다.

그러나…….

"이봐, 백신 반대파인 히스테리 집단과 나를 똑같이 취급하지 말아줘. 이쪽은 엄연히 과학적 근거에 기반해서 얘기하는 거니까."

마사키는 그렇게 서두를 깔고 이번에는 아폴로 11호의 달 표면 착륙 사진이 얼마나 수상한지를 놓고 열변을 늘어놓기 시작했다. 공기가 없는데 성조기가 펄럭이고 있다는 둥, 복수의 그림자가 평행하지 않은 것으로 보아 광원이 여러 개 있었다, 즉 달에 간 게 아니라 스튜디오에서 촬영된 거라는 둥…….

하세는 도중에 듣는 걸 포기하고 하늘을 올려다보았다. 이렇게까지 확신이 강할 수 있다니 부럽기까지 하다. 강철 멘털이다.

“솔직히 나는 당신들이 말하는 우주라는 장소에 왔다는 생각도 안 하고 있거든요. 애초에 우주가 존재한다는 증거도 없으니.”

우주가 존재하는 증거가 없다……. 또다시 예상도 못 한 주장이었다. 유리창 너머로 보이는 풍경을 CG라고 호언장담할 정도니까 그렇게 말한대도 이상할 것은 없다.

이상할 건 없지만 어떻게 반응해야 할지 난감하다.

“저기요! 이 얘기, 계속할 작정인가요?”

질렸다는 듯 미야하라가 언성을 높인다.

이미 어색한 분위기가 감돌았다.

그렇게 뭔가 사연이 있는 것마냥 굴었으면서 이런 황당무계한 소리라니, 듣느라 시간을 허비했다는 생각밖에 들지 않는다.

사나다는 싫증이 났는지 자기 머리카락을 만지작거리며 놀고 있다. 안쪽 붉은색 머리카락이 슬쩍슬쩍 보였다.

"이 중에 정부 관계자가 있어서 우리를 속이려고 하는 거예요. 우주여행 같은 걸 기획하다니 말이죠. 지구가 평면인 것을 숨기려고 날 재워서 납치한 거잖아. 눈을 떴더니 낯선 침대 위에 있던걸요. 국가 권력을 이용하면 못 할 게 없지, 안 그래요? 나는 이 음모를 파헤칠 때까지 돌아가지 않을 겁니다."

너무나 얼토당토않은 주장에 모두가 체념한 듯 시선을 돌린다.

"아니라는 거예요? 그럼 다들 뭘 위해 우주에 온 거예요? 시마즈 씨도 뭔가 꿍꿍이가 있는 듯한 말을 했잖아요?"

"저요?"

시마즈의 눈이 번쩍 커진다.

"목적을 달성했다느니 뭐 그랬잖아요. 그거, 지구가 평면이라는 걸 들키지 않도록 손을 썼다는 거 아니에요?"

시마즈는 난처한 듯 머리를 긁적이며 마사키를 쳐다본다.

"아니라고 해도 안 믿어줄 것 같은데."

"얘기하는 내용에 따라 다르죠."

"내 사적인 얘기로 여러분의 귀한 시간을 뺏는 것도 내키지 않고. 그리고 얘기해도 그게 진짜인지 아닌지 증명할 방법도 없거든요."

부드럽게 거절하지만 마사키는 물고 늘어질 기미다.

"마사키 씨, 이제 그쯤에서……."

하세도 궁금하기는 했다. 하지만 고객의 사생활이다. 무리하게 들춰내는 건 좋지 않다고 말렸지만, 시마즈 본인이 손을 흔들며 제지했다.

"뭐, 그다지 즐거운 이야기는 아니지만 그래도 괜찮다면 들어주세요."

모두의 이목이 집중되자 쑥스러워하면서 시마즈는 다시 머리를 긁적인다.

"저는 아내와 아들의 성묘를 하고 싶었습니다."

그 말을 알아들은 사람은 하세뿐이었다.

"혹시 우주장을 하셨습니까?"

"네."

시마즈의 표정이 어딘가 씁쓸하다.

"우리 부부에게는 오랫동안 자식이 좀처럼 안 생겼었어요. 그러다 어렵게 아들을 하나 낳았는데 소아암으로 일찍 하늘나라에 가고 말았네요. 그 아이는 병원에서 줄곧 하늘만 쳐다봐서 그랬는지 우주비행사가 되는 게 꿈이었어요. 그래서 적어도 유골만이라도 우주에 보내주자 싶어서……."

주변 공기가 다시 조용히 일렁인다.

“아, 신경 쓰지 마세요. 숙연한 분위기는 저도 싫습니다. 게다가 이건 어찌할 수 없는 일이었으니까요.”

말은 그렇게 하지만 시마즈의 눈가에는 무언가가 맺혀 희미하게 반짝거렸다.

“아내도 암으로 2년 전에 떠났습니다. 우연히도 아들의 기일과 같은 날이었어요. 아내의 유골도 똑같이 우주로 보냈습니다. 그게 유언이었거든요. 지상에도 묘는 마련했지만, 저는 아내와 아들이 우주에 있다고 생각해요.”

“그래서 성묘라고 하셨군요.”

하세의 숙연한 목소리에 시마즈가 고개를 끄덕인다.

“우주여행 참가자를 모집한다는 걸 봤을 때는 운명이구나 싶었습니다. 여행 일자가 둘의 기일과 겹쳤거든요. 솔직히 금전적으로 여유는 없지만 이 기회를 놓치면 두 번 다시 우주에 못 갈 것이고 성묘도 못 하겠다 싶어서 신청했어요. 우주 호텔의 방과 전망대에서 충분히 우주를 바라보았습니다. 이토록 아름다운 곳에 두 사람이 있다고 생각하니 구원받은 기분이었어요. 그러니 목적은 달성했고 곧장 돌아가게 되더라도 후회는 없다고 한 것입니다.”

말이 끝남과 동시에 조금 전과는 다른 의미로 고요한 공기가 묵직하게 드리워졌다.

울적한 분위기가 싫다고 말한 건 시마즈 본인이다. 그럼에도 그의 말 한 마디 한 마디에는 여전히 잊히지 않은 가족을 향한 깊은 애정과 슬픔이 새겨져 있다.

동시에 아름다운 스토리로 광고에도 사용할 수 있겠다고 생각했다.

딱 나카타의 취향이기도 하다. 설마, 정말로 **자의적인 선발**이 있었던 건가?

모두가 숙연한 가운데 어디서 코 훌쩍이는 소리가 났다.

처음에는 작게, 그러다 점점 커지면서 컹컹거리는 소리에 모두의 시선이 그쪽을 향한다.

소리의 주인공은 마사키였다.

"이런…… 안 된다니까. 젠장. 아이들 아픈 얘기는 못 참는데…… 이건 반칙이지. 젠장."

흘러내린 콧물을 들이마시느라 지저분한 소리를 내더니 급기야는 눈물이 뚝뚝 떨어져 소매로 닦아낸다.

그 모습에 전원이 멍하니 놀란다.

부랴부랴 스가야마가 휴지를 가져오자 마사키는 남의 눈도 의식하지 않고 힘껏 코를 풀더니 간신히 평정을 되찾았다.

붉어진 눈시울과 코끝을 보고 미야하라는 말문이 막혔다.

"마사키 씨는 도통 어떤 분인지 모르겠네요."

"그러고 보니 조종사님의 이야기를 들었을 때도 비슷한 반응이었죠. 눈물이 꽤 많은가 봐요."

반대로 야마구치는 우습다는 듯 어깨를 들썩거렸다.

"그러는 야마구치 씨는 왜 오셨는데요?"

아직 고이는 눈물을 손끝으로 닦으면서 마사키가 야마구치에게 물었다.

야마구치는 태연하게 대답했다.

"말했잖아요, 휴가라고. 일이 바빠서 어렵게 휴가를 냈거든요. 다행히 돈은 있었고요. 바빠서 여유를 부릴 수가 없었어요. 결혼도 안 했고 딱히 먹는 거에 흥미가 있는 것도 아니고 이렇다 할 물욕도 없어서요. 굳이 꼽자면 정장 정도랄까, 나름 구색을 갖춘 물건으로는."

"그러게, 손목시계도 오래된 거네요."

마사키가 지적하자 야마구치는 왼팔에 찬 손목시계를 만졌다.

"빈티지스럽고 멋있네요. 저도 손목시계에는 신경을 많이 쓰는지라."

마사키가 팔을 내밀고는 소매를 걷었다. 검은색 문자판에 메탈 밴드로 된, 사뭇 고급스러워 보이는 손목시계를 차고 있었다.

"역시 쿼츠는 정통이 아니잖아요? 사나이라면 태엽이지."

손목시계의 동력은 두 종류로 나뉜다. 태엽 장치로 움직이는 기계식과 건전지로 움직이는 쿼츠식이다. 쿼츠식은 시간의 정밀도가 매우 높고 동시에 저렴하게 제작할 수 있어 요즘은 이쪽이 주류가 되었다.

하지만 전통적인 기계식에는 쿼츠식보다 외양상 힘을 주기 좋다는 장점이 있다. 두꺼운 바늘을 움직이는 것이라서 가시성이나 디자인의 자율성은 이쪽이 더 높다.

"기계식이 지닌, 장인의 기술이 담긴 아름다움이랄까. 역시 시계라면 이래야죠."

"아니, 그렇게 단정 지으면 안 되죠."

이의 제기라도 하는 것처럼 시마즈가 목소리를 높인다.

벌써 소매를 걷어서 흰색 손목시계를 자랑스러운 듯 올려 보였다.

"역시 지샥(G-SHOCK)이 최고예요. 튼튼해서 좀처럼 고장도 안 나고, 업무용으로나 개인적으로도 유용하게 쓰고 있다니까요. 게다가 디자인도 멋지죠. 이거 봐요."

아닌 게 아니라 시마즈의 시계는 눈길을 끈다.

본체부터 밴드까지는 흰색이고 테두리 부분은 유치해 보이지 않는 무지개색이다.

"어? 그거, 혹시 아이서치*와 협업한 한정판 모델 아니

* 돌고래와 고래에 관한 교육 리서치 등을 토대로 해양 자연의 중요성을 알리는 활동을 전개하는 단체

에요?"

"잘 아시네, 마사키 씨. 알아봐주니 기쁘네요."

시마즈의 시계는 LED 불빛의 스위치와 밴드의 잠금장치 부분에 고래의 형상이 그려져 있다. 젊은 층을 겨냥한 느낌도 들지만 디자인 자체는 무난하고 기본적인 형태라 특별히 이질감은 없다.

"기계식도 좋지만 도구는 모름지기 기능이죠. 방수되지, 전파로 항상 정확한 시간을 표시해주지, 아주 약간의 빛으로 전기도 만들 수 있고, 모든 기능을 안정적으로 사용할 수 있으니 얼마나 고마워요."

아무래도 두 사람 모두 시계에 대해서는 일가견이 있는 모양이다.

그러나 야마구치는 흥이 오른 두 사람에게 쌀쌀맞은 태도로 응수했다.

"이건 제 취향으로 차는 게 아니라 추억이 있는 물건입니다."

낡은 손목시계를 어루만지는 손과 시선이 오래전 과거를 되짚는 듯하다.

"저는 조부모님 손에 자랐어요. 아, 참고로 동정은 필요 없습니다. 부모님은, 죽었다는 연락은 없었으니까 어디엔가 분명 살아 있을 거예요."

복잡한 가족사는 간단히 넘기고 야마구치는 설명을 계속한다.

"시즈오카의 과일 농가에서는 어릴 때부터 농사일을 돕는 게 당연했어요. 제가 워커홀릭이 된 건 그 시절의 영향일지도 모르겠네요. 그때 할아버지가 찼던 시계가 바로 이겁니다."

별다른 특징이 없는 손목시계다.

원래는 흰색이었을 둥근 문자판이 크림색으로 변색되었다. 가죽 시곗줄만 새것인 이유는 줄을 교체했기 때문일 것이다. 화려함이나 고급스러움은 없지만 실용적이고, 동그란 디자인이 편안함을 준다.

"낡을 대로 낡았고 골동품적인 가치도 없지만, 저에게는 무엇과도 바꿀 수 없는 소중한 시계입니다. 과수원도 집도 전부 없어졌으니 조부모님이 남겨준 건 이것뿐이에요. 고장 날 때마다 몇 번이고 고쳐서 쓰고 있어요."

손목시계를 보는 시선이 복잡한 빛으로 흔들린다. 이런저런 추억이 떠오르는 것이리라.

"흐음, 그럼 지금 하는 일은 뭔데요?"

"분쟁 해결 컨설팅입니다."

야마구치는 간결히 대답했지만, 그 내용은 너무나도 현실과 동떨어진 것이었다.

하세가 고개를 갸웃거리며 묻는다.

"저기 그러니까…… 무엇을 하는 건가요? 그 분쟁 해결이라는 게."

"말 그대로예요. 무장 해제, 분쟁 예방, 난민 지원이라는 세 가지 활동을 통해 세계 평화 구축을 목표로 하고 있습니다."

구체적으로 어떤 일을 하는지 모르겠지만, 이 직업 역시 홍보 효과로 하는 일이라는 생각이 든다.

"갑자기 이야기의 스케일이 커졌는데요?"

시마즈가 감탄하듯 놀란다. 다른 사람들도 마찬가지로 눈을 동그랗게 뜨고 있었다.

야마구치가 그렇지도 않다고 말하고 싶은 듯 어깨를 으쓱한다.

"저는 원래 엔지니어였습니다. 다양한 나라에 가서 상하수도와 태양광 발전 같은 인프라를 정비하는 회사에서 근무했었죠. 그런데 일개 기업에서 할 수 있는 일에는 한계가 있어서 UNHCR로 이직했습니다."

"UN…… 뭐예요, 그게?"

마사키가 고개를 갸웃거린다.

"유엔난민기구입니다."

"알아요. 유니세프의 난민 버전이죠?"

미야하라의 발언에 야마구치가 쓴웃음을 지으며 고개를 끄덕인다.

"어설픈 암기법이긴 하지만, 뭐 틀리진 않네요. 유니세프는 유명한데 이쪽은 아직 인지도가 낮아서 아쉬워요. 난민이면 어린이뿐 아니라 그 가족에게도 지원이 가기 때문에 사람들이 좀 더 관심을 가져주었으면 좋겠는데……."

한숨 섞인 목소리와 함께 어깨가 축 처진다.

"지금의 일을 하게 된 것은 유엔난민기구에 들어가고 나서예요. 분쟁해결학을 배우고 실천했습니다. 그 지식과 경험을 살리려고 15년 전쯤부터 일본의 비영리 법인에서 일했는데, 그것도 2년 전에 그만두고 지금은 프리랜서로 일하고 있어요."

"프리랜서 분쟁해결사……인가요?"

대단한 일이라는 건 알겠지만 실감이 나지 않아서 하세는 그저 단어를 반복할 뿐이다.

반면 눈을 반짝인 사람은 사나다였다.

"그런 직업이 있군요. 구체적으로는 어떤 일을 하나요?"

고등학교 3학년이니 장래와 연관 지어 생각할 만도 하다. 여름방학의 이 시기라면 이미 지망할 학교는 대강 정했겠지만, 그 후의 일은 아직 여러 선택지가 있을 테니까. 관심을 보이는 것도 이해가 된다.

"무장 해제(disarmament), 동원 해제(demobilization), 사회 복귀(reintegration)를 뜻하는 각각의 알파벳 머리글자를 따서 DDR

이라고 부르는 프로그램을 실시했었어요."

"단어의 의미로는 어렴풋이 알 것 같은데……."

입술에 집게손가락을 대면서 사나다는 살짝 고개를 기울인다.

"관심 있으면 지상으로 돌아간 뒤에 좀 더 자세히 알려드릴게요. 특히 젊은 사람들이 많이 알아줬으면 싶은 일이니까. 어렵고 때로는 절망스럽기도 하지만 그럼에도 보람 있는 일이거든요. 언젠가 이 세상에서 무기를 없앤다, 그것이 저의 목표랍니다. 동료는 많을수록 좋죠."

"혹시 명함 같은 거 주실 수 있나요?"

"그럼요."

안주머니에서 명함을 꺼내 건네면서 야마구치는 기쁜 듯 웃는다.

사나다는 그것을 한 손으로 받아들고는 아무렇게나 주머니에 쑤셔 넣었다. 고교생이 비즈니스 매너를 모르는 것은 어쩔 수 없는 일이다. 야마구치도 딱히 신경 쓰는 기색은 없다.

"그런데 그런 어려운 일이라면 휴가를 내기도 좀처럼 쉽지 않겠네요?"

"그렇죠. 휴가 가고 싶으니 미사일 쏘는 걸 멈춰달라고 할 순 없으니까."

심각한 내용이지만 야마구치는 가볍게 말한다.

"그래서 무리하게라도 일정을 넣지 않으면 못 쉬겠구나 하고 일단 응모했던 거예요. 2년 뒤라면 미리 준비할 수 있을 거고 추첨에 떨어지더라도 다른 방안을 생각하면 되겠다 싶어서. 그랬는데 운 좋게 당첨된 겁니다."

'이상!' 하고 말을 끝내듯 가볍게 양손을 올린다.

하는 행동으로 보면 배우 같은 일을 하나 싶었는데 너무도 의외의 직업이었다.

"아, 참고로 저는 무료 초대권에 응모했다가 당첨됐어요."

사나다가 자신의 경우를 간단히 소개한다. 그러더니 다음을 재촉하듯 미야하라에게 시선을 보낸다.

어느새 저마다 우주에 온 이유를 소개하는 분위기가 되었다.

어쩔 수 없다는 듯 미야하라가 입을 열었다.

"저도 대략적인 건 야마구치 씨랑 똑같아요. 매일 일만 하며 보냈기 때문에 그 누구의 방해도 없는 장소에서 쉬고 싶었어요. 그래서 우주여행에 응모했고 당첨, 그게 다예요."

자기만 입을 다물고 있으면 의심받을 거라고 생각했는지 전에 없이 수다스럽다.

"저는 본가가 음식점을 해요. 처음에는 장사가 전혀 안 돼서 중학교 무렵까지는 엄청 가난했고 힘들었어요. 그때를 떠올리기만 해도 구역질이 날 만큼. 마늘 냄새가 난다는 둥 반

친구들한테 놀림도 자주 당했죠."

진한 두 눈썹 사이에 가늘고 깊은 주름이 새겨진다.

"당연히 가업을 거들 생각 따위는 없었어요. 변호사가 되어서 독립할 생각이었거든요. 그런데 일을 해야 공부하게 해준다는 말에 넘어가는 바람에……."

커다란 한숨이, 인생 설계가 제대로 꼬였음을 더도 덜도 없이 보여준다.

"너무 바빠서 결국 내내 일만 했어요. 회사랑 집만 오갔지 공부는 전혀 할 수 없었죠."

"요식업은 한번 대박이 나면 엄청 바빠진다고 들었어요. 그게 정말이군요."

사와다는 감탄하고, 시마즈는 씁쓸한 표정을 지었다.

"부럽네요. 저도 예전에 햄버거 가게에서 일한 적이 있고 직접 푸드 트럭을 몰기도 했었는데 적자를 면하는 것도 힘들더군요."

"음식점을 하고 싶어서 하는 사람은 바쁜 게 좋을지도 모르겠지만요."

시마즈의 말에 미야하라가 울컥하며 반응한다.

"꿈꾸던 이상과 다른 일을 줄곧 해왔고 5년 전에는 실연의 아픔도 겪었어요. 거기다 코로나 사태까지. 그런 상황에서 회사 사람들을 지키기 위해 필사적으로 버텼고 어찌어찌 위기를 벗어났다고 생각한 순간 의욕이 싹 사라지더군요. 내 인생은 뭔가 싫고. 그랬는데 마침 우주여행 참가자를 모집하길래 일단은 집에서 멀리 떨어지고 싶다는 생각에 응모했어요."

"이보다 더 먼 곳은 없을 정도로 멀리 오셨네요."

사나다의 말에 미야하라는 웃음을 터뜨리며 고개를 끄덕였다.

"참고로 돈은 지금까지 별로 쓰질 않아서 그저 저축만 했어요. 취미는 게임만 하는 정도라."

"뭐야, 미야하라 씨 게임해요? 그렇다면 저게 CG라는 것쯤은 알겠죠? 신형 플레이스테이션 같은 건 영상이 엄청 생생하게 나오니까."

창밖에 보이는 우주를 가리킨 마사키에게 미야하라는 차갑게 대답한다.

"저는 엑스박스파거든요."

"그렇다면 더 잘 알겠네요. 우주에서 외계인과 싸우는 게임이 있으니까. 지금 이 창밖 경치가 그 게임에 필적하는 수준이라고 생각하지 않아요?"

"미안하지만 저는 외계인이 아니라 인간을 쏴 죽이는 게임을 좋아해요."

굴하지 않는 마사키에게 미야하라는 혀를 내밀며 응수했다.

"그럼, 사와다 씨는 어떻게 오게 됐어요?"

마지막으로 형식상 묻는다.

사와다는 순간 침을 꿀꺽 삼키고 대답했다.

"저는 단순히 우주여행 참가자 모집이 있어서 응모했더니 당첨됐고 그래서 이곳에 왔어요. 그게 다예요. 그 밖에 어떤 이유가 필요한가요?"

"3000만 엔이나 하는데? 무슨 일을 하시는 분이죠?"

"……프라이버시에 관한 질문이네요. 대답할 필요가 없을 것 같습니다."

"대답할 수 없다니 더더욱 수상한데요."

지극히 정상적인 사와다의 대답도 마사키에게 걸리면 음모로 여겨지는 모양이다.

"우리는 지금 정부의 감시하에 놓여 있어요. 호텔 직원들이 달아난 건 그걸 눈치챘기 때문이 아닌가요? 아니, 혹시 호텔 직원들이야말로 정부의 공작원일지도. 우리가 자발적으로 지상에 돌아가게 만들고 있는 거죠. 그렇게 해서 지구가 평면이라는 걸 속이려는 거라고요."

"정부가 그렇게 한가할 것 같진 않은데요."

미야하라의 말투가 쌀쌀맞다.

"그래서 그 정부 사람이 누구인지, 알아요?"

"아직 확실히는 모르겠지만…… 수상한 인물이라면 분명

있었어요."

마사키의 시선이 야마구치와 사와다에게 쏠렸다.

야마구치는 어이없다는 듯 웃고 사와다는 노골적으로 분노를 드러내며 마사키를 노려보았다.

"우리가 정부의 관계자? 지구평면설보다는 재미있네요."

"무슨 속셈인지는 모르겠지만 불쾌하군요. 대체 무슨 근거로 그렇게 말씀하시는 건지, 말 잘못했다가는 가만히 있지 않을 겁니다."

둘의 반응은 대조적이었다.

"아까부터 생각했거든요. 호텔 직원이 도망갔는데도 당신들 두 사람은 꽤 차분하더군요. 혹시 이렇게 될 것을 알고 있었던 거 아닌가?"

"단지 그런 이유로……?"

사와다의 목소리가 분노로 떨린다.

"무례하다고 생각하지 않습니까? 아무 증거도 없이 억측으로 누군가를 폄하하는 게. 창피한 줄 아세요."

"어머나, 정색하는 걸 보니 혹시 내가 정곡을 찔렀나?"

"마사키 씨, 그만하시죠."

아무래도 그냥 놔둘 수 없어서 하세가 단호하게 말한다.

그 모습을 손으로 제지하며 야마구치가 말했다.

"저도 일이 난감하게 됐다고는 생각하고 있습니다. 다만 감정적으로 흥분해봐야 소용없으니까요. 게다가 여차하면 하세 씨 혼자서도 우주선을 조종할 수 있는 거잖아요?"

"아, 네."

초점이 자신을 향하자 하세는 고개를 끄덕였다.

"그렇다면 조바심 낼 필요 없죠. 정해진 시간까지 천천히 준비하고 있으면 돼요."

"당신, 좀 전에 웃었죠?"

"네?"

마사키의 질문에 야마구치가 눈썹을 찡그린다.

"내가 당신들 두 사람이 수상하다고 말했을 때. 웃었잖아요."

"……네. 너무 어이가 없어서요. 그게 뭐 문제 있습니까?"

"어이없는 취급을 당하면 화를 내는 것이 일반적인 반응이잖아요? 사와다 씨처럼 말이죠. 그런데 야마구치 씨는 웃으며 얼버무렸어요. 역시 수상해요."

야마구치는 뭔가 말하려고 입을 벌렸다가 어깨를 으쓱하고는 고개를 저었다.

"한심하네요. 나는 그런 소리엔 말을 섞고 싶지 않은 것뿐이에요."

"……맞아요. 더는 못 들어주겠네요."

미야하라가 몸을 일으켰다.

"마사키 씨만 남는 건 어때요? 우리는 먼저 돌아갈 테니까. 혼자서 원하는 대로 실컷 증거를 찾으면 되잖아요."

"아뇨, 잠시만요. 그건 안 됩니다. 귀환은 전원이 함께 해야 합니다."

하세가 당황하며 말했다.

"어째서요? 탈출 포드가 있잖아요? 지금 돌아가고 싶지 않으면 나중에 그걸 타고 오면 되잖아요."

"그건 최후의 수단입니다. 위험한 건 아니지만, 전원이 함께 귀환하는 편이 훨씬 안전해요."

탈출 포드의 낙하지점은 되도록 사람이 없는 장소를 우선으로 한다. 그렇기에 육지에서 멀리 떨어진 바다 위나 험난한 산악지대 같은 곳에 떨어진다면 구조가 올 때까지 생존할 수 있을지 장담할 수 없다.

물과 식료품, 담요 등의 방한 도구를 싣고는 있지만, 탈출 포드보다는 우주선으로 돌아가는 편이 절대적으로 안전하다.

마사키가 폭력이라도 휘둘렀다면 모를까, 지구평면설을 주장했다는 이유만으로 두고 갈 수는 없다.

그걸 보고 마사키가 옳거니 하고 고개를 끄덕인다.

"하세 씨, 내가 남는 걸 막으려는 거죠? 아무도 없을 때 내가 조사하면 여러 가지가 밝혀질까 봐 그런 거죠? 수상하네요."

이런 식의 터무니없는 소리는 파견직 시절에 질리도록 들었다. 회사가 자금난을 겪었을 때도.

잃어버린 세대를 얕보지 말라고.

구직 활동 시기가 취업 빙하기 시대와 겹치고 그 후에도 파견이라는 비정규직 고용을 강요당하고, 워킹 푸어라고 멸시받아가면서 이를 악물고 여기까지 버텨왔다. 이런 황당무계한 음모론으로 무너질 것 같으냐.

속으로 신음하고 있는데 이토의 말이 귓가에 맴돌았다.

냉정해져, 라고.

눈앞의 일에 집중해, 라고.

덕분에 심호흡할 수 있을 정도의 자제력이 작동했고 평정을 되찾았다.

"그래도 역시 제일 유력한 용의자는 당신이야. 사와다 씨, 구속된 적 있죠?"

사와다의 얼굴에서 핏기가 가셨다.

사나다가 눈을 동그랗게 떴고 미야하라는 눈을 내리깔았으며 야마구치는 눈을 반짝거렸다.

하세는 시마즈가 침통한 표정으로 눈을 감는 모습을 보고 놀랐다. 그래도 믿을 수가 없어 사와다에게 시선을 돌렸더니 그는 고개를 숙이고 있다.

"어라? 다들 몰랐어요? 같이 여행 온 사람 이름도 검색 안

해봤나?"

꺼림칙하다는 듯 두 여성이 뒷걸음친다. 분노를 미소로 표현하던 사나다조차 불쾌감을 분명하게 드러냈다.

하세가 느낀 것은 공포였다. 디지털 타투의 실제 피해 사례를 마주하니 소름이 끼친다.

"사와다 씨, 어린이집 교사였다면서요? 그 어린이집에서 여자아이가 살해당했는데 용의자로 체포됐었고요?"

처참한 사건 이야기에 다시 사와다에게 눈길이 쏠린다.

사와다는 깊은 한숨을 내쉬었다.

"……그건 누명이었습니다. 판결도 나왔어요."

목소리에 묵직한 피로감이 실려 있다.

시마즈가 사와다의 어깨에 살며시 손을 대더니 말했다.

"사와다 씨의 말이 맞습니다. 2020년 4월경 아니었나요? 나도 신문에서 봤어요."

코로나 때문에 일본에서 처음으로 긴급 사태 선언이 발령되었던 시기다.

당시 뉴스 보도는 죄다 코로나 관련된 것뿐이라 사와다의 기사는 작게 다뤄졌을 것이다. 게다가 하세는 그 무렵 대출과 거래처와의 협의 문제에 정신을 쏟느라 TV나 신문을 볼 여유도 없었다. 인터넷 뉴스도 선정적인 헤드라인뿐이라 일부러 보지 않으려고 했다.

"그래서 언급하지 않으려고 했지요. 힘든 기억이었을 테니까. 위로하기보다 모르는 척해주는 편이 낫겠다 싶어서."

표정이 굳으면서 사와다가 고개를 숙이고 말했다.

"말씀하신 바와 같이 저는 예전에 보육 교사 일을 했습니다. 저 자신이 모자 가정에서 자랐기 때문에 일하는 어머니들에게 힘이 되고 싶었거든요. 그랬는데……."

얇은 입술이 파르르 떨린다.

"근무했던 어린이집에서 여자아이가 살해당하는 일이 발생했습니다. 목이 졸려서 창고 뒤쪽에 방치되어 있었죠. 저는 며칠 후 체포되었습니다. 이유는 그 아이의 옷에 제 체액이 묻어 있었기 때문이라고 했어요."

어두운 목소리와 충격적인 내용이었다.

"하지만 저는 죽이지 않았습니다. 하필 그때 제겐 알리바이가 없었어요. 하지만 그렇게 따지면 다른 누구에게도 없었죠. 그런데 왜……."

적어도 하세의 눈에는 사와다가 거짓말을 한다거나 연기를 하고 있는 것 같아 보이지 않았다.

"체액이라고 해도 모두가 상상하는 그런 게 아니라 그냥 타액이었어요. 아이를 돌보다 보면 침 정도 튀는 건 흔한 일이잖아요."

높고 날카로워진 목소리에는 살을 에는 듯한 절박함이 있다. 한 마디 한 마디에 사와다의 피가 서려 있는 듯하다.

"나도 경찰의 기자회견을 인터넷에서 보긴 했는데, 어쩜 그럴 수가 있는지."

마사키가 당시 일을 떠올렸는지 얼굴을 찡그리며 말했다.

"수사를 담당했던 경찰이 기자회견에서 상장을 반납한다느니 그러던데, 글러먹은 놈들이지. 그렇게 한다고 해서 한 사람의 인생을 나락에 떨어뜨린 죄가 없어지는 것도 아닌데. 게다가 코로나 방역 지침으로 마스크를 쓰고 있으니 얼굴도 알아볼 수가 없고. 교활해."

누명 씌운 사실과 경찰의 수사를 비난하고는 있지만 당사자가 숨기고 있던 일을 멋대로 폭로해버리는 마사키도 같은 부류로 보인다.

"의심받는 쪽이 잘못이라는 말은 안 할게요. 나도 꽤 오해를 받아왔기 때문에 그 고통은 충분히 아니까."

"마사키 씨는 자업자득인 거죠."

미야하라가 지적을 해도 마사키는 끄떡도 하지 않는다. 속은 어떨지 몰라도 발끈하거나 반발하는 기색도 없이 주장을 이어갔다.

"교도소에 있는 동안 정부에서 접촉해오지 않았어요? 사회를 향한 원망도 있을 테니 은밀하게 복수하라는 식으로 유혹을 받은 거 아니에요?"

"……진심으로 하는 말입니까? 그렇다면 정말 구제 불능이네요."

사와다가 마사키를 노려보며 말한다.

"나는 이런 기분을 느끼려고 우주에 온 게 아닙니다. 아니면 내가 **분수에 안 맞는 짓을 하려고 한 것**에 대한 벌인가요? 이럴 줄 알았으면 우주에 오는 게 아니었는데……."

그 발언에 하세는 날카로운 것으로 가슴을 찔린 듯한 통증을 느껴 하마터면 휘청거릴 뻔했다.

어릴 적 별이 가득한 하늘을 보며 우주를 동경해왔고, 에너지 문제에 관심을 두어 그 해결 방법으로 우주에 가까워지겠다는 마음을 먹었기에 하세는 꿈을 향해 나아갈 수 있었다. 그런데 마침내 그 꿈을 실현하기에 이른 최초의 우주여행에서 참가자에게 이런 기분을 느끼게 하다니, 숨이 막힌다.

"위험하건 말건 상관없으니까 저는 탈출 포드로 먼저 보내주세요. 이런 데서 단 1초도 있고 싶지 않습니다."

힘없는 목소리에 하세는 더욱 마음이 무너지는 것 같았다. 사와다의 체념이 안타깝고 뼈아프다.

무엇보다 이런 상황에서도 꿋꿋이 자신의 가설을 주장하는 마사키에게 진절머리가 났다.

"다들 눈을 떠요. 이렇게나 수상한 증거가 많은데 정부의 속임수에 넘어가지 말고 진정 독립된 인간으로서 일어서자고요."

지구평면설을 주장할 때는 그래도 무시하고 넘겼다. 하지만 누명을 쓰고 수감되었던 사람을 야유하는 건 지지는커녕 들어줄 마음도 생기지 않는다.

갑자기 시마즈가 자리에서 일어섰다.

왜 그러나 싶어 바라보는데, 레스토랑 구석에 놓인 피아노로 다가가더니 덮개를 연다.

더듬더듬 건반을 누르는 소리가 들려온다.

"누구 피아노 칠 수 있는 사람 없나요? 밝은 곡이라도 듣고 싶은데, 나는 예술 쪽은 문외한이라."

말과 행동이 억지스럽지 않고 자연스러웠다.

"그럼 제가."

조용히 바라보던 사나다가 나선다.

그렇지. 이 아이는 자신의 연주를 생중계하고 싶어서 우주에 왔다고 했다.

사나다가 의자에 앉아 자세를 바로잡더니 건반 위에서 손가락을 가볍게 움직인다.

소리는 아름다운데, 사나다가 눈썹을 꿈틀거리며 말한다.

"터치가 키보드처럼 되는데요."

"그건 아마 우주 환경에 맞춰 사양을 조정했기 때문일 거예요."

하세의 설명에 사나다의 고개가 살짝 옆으로 기운다.

"저중력에서는 해머의 반동이 너무 크기 때문에 전자 키보드처럼 스프링으로 건반의 움직임을 조정하고 있거든요."

피아노는 지렛대 원리를 이용한 해머가 팽팽한 현을 두드려 소리를 내는 악기다. 저중력하에서는 운동 에너지의 소실률이 지상보다 낮기 때문에 해머가 몇 번이나 왕복하게 된다.

"그래서 일반 피아노와는 누르는 감각이 다를 거라고 생각해요."

"아아, 그렇군요. 그래서……."

튕기듯 음을 연주하며 손가락을 적응시켜간다.

"그럼……."

감을 잡았는지 천천히 건반을 연주한다.

풍성한 화음이 퍼지자 귀에 익은 곡이란 걸 알아차렸다. 그런데 기억 속 그 곡은 무반주 합창곡이었는데……. 그때 한층 더 인상적인 소절이 연주된다. 팔을 교차해 고음을 튀어 오르듯 울리는 그 곡은 퀸의 〈보헤미안 랩소디〉였다.

요즘 아이들에게는 다소 생소할 수 있는 곡이다. 퀸의 보컬 프레디 머큐리를 소재로 한 영화가 개봉한 때도 좀 지났고. 하긴 요즘은 구독 서비스로 다양한 영화와 음악을 쉽게 보고 들을 수 있으니 오래된 것이든 새로운 것이든 상관없겠지만.

다만, 명곡이기는 하지만 시마즈가 요청한 밝은 곡에 걸맞은지는 조금 의문이다.

첫 소절은 발라드이고 중간의 오페라 부분은 코믹하다. 그 후 폭발하는 듯한 록으로 바뀌었다가 마지막에는 다시 발라드로 돌아온다. 가사도, 사람을 죽였다는 내용으로 시작되어 전체가 찰나적이면서 분노와 슬픔을 내포하고 있다.

여러 해석이 있지만 행복한 내용이 아닌 것만은 분명하다.

사나다 나름의 해학인지도 모르겠다고 하세는 생각했다.

사나다의 말과 행동은 어딘가 아이러니하다. 밝은 곡이라는 말에 일부러 이 곡을 골랐는지도 모른다. 피아노 음만 들으면 어두운 분위기는 느껴지지 않으니까.

다들 가사에는 관심이 없는 듯 시마즈와 미야하라는 피아노 음색에 안도한 듯한 표정이었다.

사와다도 가만히 귀를 기울이고 있다. 그렇게 봐서 그런지 격해졌던 감정이 살짝 누그러진 것 같다.

피아노를 치면서 사나다가 입꼬리를 치켜올렸다.

"이 곡은 제 추억의 곡이에요."

노래 없이 보컬 부분도 피아노로 연주된다. 덕분에 음색과 멜로디의 아름다움이 더욱 두드러진다.

"초등학교 때 이 곡을 쳐서 담임선생님을 화나게 했거든요."

이해가 안 간다는 듯 미야하라가 고개를 갸웃거렸다.

"왜? 이렇게 잘 치는데."

"제가 예전부터 선생님이랑 안 맞았어요."

곡조가 확 뒤바뀐다. 오페라 파트다.

아무도 노래를 하지 않는데도 갈릴레오, 갈릴레오 하는 그 인상적이고 코믹한 소절이 뇌리에 울려 퍼진다.

"뭐, 솔직히 말해서 저도 선생님이 좋아할 만한 착한 아이는 아니었지만요. 저는 스스로 납득할 수 없는 일은 그냥 못 넘어가는 성격이라."

"예를 들면 어떤 것?"

하세의 질문과 거의 동시에 곡은 격렬한 록 파트로 바뀌었다.

"괴롭힘당하는 걸 보고도 못 본 척한다든가 은폐하려고 한다든가. 그것도 바로 눈앞에서 당했는데도. 나중에서야 그건 그냥 장난인 줄 알았다는 둥, 뻔히 보이는 거짓말을 하고……. 그런 선생님에게 당신이 틀렸다고 말해줬어요."

건반을 내려치는 듯한 소절이 반복된다. 사나다는 기타의 솔로 부분까지 피아노로 재현하고 있었다.

"그렇지만 편애가 심한 사람이었기 때문에 그 선생님을 좋아하는 애들도 있기는 했죠. 뭐, 나야 평생 좋아할 수 없는 타입이지만."

"그래서 그 교사랑 이 곡이 어떻게 연결되는 건데?"

"졸업식에서 제가 피아노를 치게 됐거든요. 싫다고는 했지만, 칠 수 있는 애가 반에서 저뿐이라 어쩔 수 없었어요. 그런 선생님의 명령으로 치는 건 진짜진짜 싫어서……. 그래서 졸업식 때 교가 대신 이걸 쳤어요."

격정적으로 내달리는 소절이 연주된다.

한 음 한 음이 강력하다.

"실은 〈돈 스톱 미 나우(Don't Stop Me Now)〉로 하고 싶었지만 이 곡의 인지도가 높아서."

사나다의 뺨에 아이러니한 웃음이 퍼진다.

"그 얼빠진 얼굴은 몇 번을 떠올려도 웃기다니까요. 뭐, 그 덕분에 중학교에 올라간 뒤로는 주위에서 저를 어디가 좀 아픈 애로 보는 것 같았지만요."

피아노가 팡파르처럼 화음을 연주하고 다시 느릿한 템포로 떨어진다.

문득 사나다의 입술이 벌어지고 제 나이에 어울리는 천진한 목소리가 흘러나왔다.

"이 얘기를 듣고 재미있어한 반 친구가 있었어요. 그 애한테 생중계로 연주를 들려주고 싶었는데."

목소리 끝에 누군가의 하품이 겹친다.

동시에 피아노 소리가 멈췄다.

"이야, 멋진 연주를 들어서 기분이 상쾌해졌어요. 덕분에 갑자기 잠이 솔솔 오네요. 지금 몇 시쯤 됐나요?"

시마즈의 말이 약간 부자연스럽긴 했지만, 야마구치가 즉시 대답했다.

"일본 시간으로 날짜가 바뀌기 직전이네요."

"그래서 졸렸구나. 덕분에 머리도 쉬겠네요. 우리 일단 자고 개운해진 다음에 내일 다시 의논하기로 할까요?"

반대 의견은 나오지 않았다. 아마도 모두가 시마즈의 진의를 이해하고 있으리라.

그는 이 위태로운 분위기를 수습하려는 것이다.

마사키는 아직도 뭔가 더 말하고 싶은 듯 보였으나 타이밍을 놓친 듯 입을 꾹 다물었다.

이야기를 갑자기 중단하지 않고 피아노 연주를 끼워 넣어 대화의 흐름을 바꾼 다음에 마무리하도록 유도한 것이 좋았다.

피아노를 칠 수 있는 사람이 없었다면 시마즈 본인이 적당히 소리를 내서 분위기를 바꿨을지도 모른다.

원래 이런 분위기를 환기하는 역할은 하세의 몫이다. 이토가 보았다면 나중에 반성문 감이라며 놀렸을지도 모르겠다.

"이의 없지요? 그럼 오늘은 여기서 끝내는 걸로."

시마즈가 이렇게 마무리를 하자 사와다가 제일 먼저 레스토랑을 나갔다.

미야하라와 야마구치도 연달아 나가고 뒤늦게 마사키가 자리에서 일어났다.

내내 입을 다물고 끙끙대던 스가야마도 느릿느릿 자리에서 일어나 안쪽으로 사라진다.

폭풍이 휩쓸고 지나간 기분으로 하세는 시마즈에게 머리를 숙였다.

"덕분에 큰 도움이 되었습니다. 감사합니다."

"뭐 그냥 나이와 경험에서 나온 거죠. 예전에 바에서 일했을 때 손님을 어르고 달래는 방법을 배웠는데 그게 도움이 된 것 같네요."

"사나다 양도 고마웠어요. 피아노 연주가 없었다면 훨씬 이야기가 복잡해졌을지도 몰라요."

피아노 의자를 빼면서 사나다가 미소 짓는다.

그러고 나서 뭔가를 깨달은 것처럼 장난스러운 표정을 지었다.

"저기, 부탁 하나만 들어주시겠어요?"

"좋아요."

주스라도 사달라든가 그런 거겠지 싶어 가볍게 고개를 끄덕였다.

"저를 그냥 아마네라고 불러주세요."

예상치 못한 말에 하세는 눈을 동그랗게 떴다.

“……왜요?”

“저는 제 이름이 좋거든요. 이름의 한자도 주변 사람들한테 두루두루 사랑받으라는 의미에서 두루 주周자를 쓰고요. 현실은 좀처럼 그렇지 못하지만.”

말하는 당사자는 재미있다는 듯 웃지만 하세는 어떻게 반응해야 좋을지 난감하다.

부녀 사이만큼이나 나이 차가 나는 여고생이 성 말고 이름으로 불러달라고 요구하는 것은 무슨 의미일까?

“게다가 그 아저씨만 이름으로 부르는 건 너무 징그러우니까요.”

아아, 하고 쓴웃음을 짓는다.

그 아저씨라면 마사키를 말하는 것이리라. 이게 본심인 건가. 그렇다면 예민하게 받아들일 필요는 없겠다 싶어 하세는 고개를 끄덕였다.

물론 그렇다고 해서 이름만 부르는 건 할 수 없다.

“그럼 아마네 양으로 부를게요.”

“네.”

고개를 끄덕인 아마네가 하품을 한다.

“헉. 날짜 바뀌기 전에는 반드시 잠자리에 드는 게 루틴인데 태어나서 처음으로 자정을 넘겼어요. 시험 전날에도 10시에는 자는 편인데.”

하세는 시마즈와 함께 미소로 답했다.

아마네와 시마즈를 보내고 하세는 서둘러 매점으로 갔다.

점심부터 아무것도 못 먹었다. 허기가 배를 쿡쿡 쑤시는 지경이 되어 위를 괴롭히고 있다.

배 속에 뭔가를 넣어줘야만 잠을 잘 수 있을 것 같다.

자판기에 컵라면이 있었는데…….

"……말도 안 돼."

그사이 자판기의 전원이 꺼져 있었다.

이용자가 없을 거라 생각해서 스가야마가 끈 건가?

지배인실로 가볼까 했지만 한 마디도 하지 않고 터벅터벅 돌아간 스기야마의 뒷모습을 떠올리자 굳이 따라갈 마음이 들지 않는다.

상황이 이러다 보니 레스토랑의 주방을 마음대로 이용해 볼까? 아냐, 칼 같은 것이 있으니까 문은 잠겨 있을 것이다. 냉장고도 그 너머에 있고 달리 음식을 파는 곳은 없다. 사전 오픈, 모니터링 여행이라는 점에서 여분의 재고는 최소한만 둔 상태였다.

급격히 피로가 몰려온다. 단 하루 만에 너무 많은 일을 겪었다.

이토가 사망하고 지상과의 연락은 두절되었으며 호텔 직원들이 도망쳤다.

체력도 기력도 송두리째 빠져나갔다.

지금 하세가 할 수 있는 일이라고는 침대에 털썩 쓰러지는 것뿐이었다.

· 제3장 ·

깨지기 쉬운 것

1

다음 날. 8월 1일 아침.

팔에 찬 스마트 워치가 진동해 의식이 깨어난다.

오전 5시 50분.

메일이 왔나 싶어 확인했지만 단순 알람이었다. 음성 통화의 착신 기록도 없다. 와이파이도 연결되어 있지 않으니 연락이 올 리가 없었다.

그런데 왜 이렇게 이른 시각으로 알람을 설정했던 거지?

맞다, 현장 사진.

어제는 현장 사진을 찍을 겨를도 없었다.

느릿느릿 침대에서 몸을 일으켜 재빠르게 옷을 갈아입는다.

태블릿을 챙기고 세수도 하지 않은 채로 방을 나와서 엘리베이터를 탔다.

엘리베이터가 움직이기 시작하자 관성의 법칙으로 천장을 향해 중력이 발생한다.

이제야 바닥과 천장이 똑같은 구조로 되어 있다는 걸 알아차렸다. 아니, 천장이라는 표현은 이상한가. 우주에서 위아래는 의미가 없다.

그런데도 승강장 구역에 도착하자 지구 쪽이 지면으로 되어 있다. 살짝 혼란스럽지만 동시에 머리도 맑아지기 시작해 졸음이 가셨다. 그러자 덜 풀린 피로와 허기가 몰려와 그 자리에 주저앉고 싶어졌다.

문득 생각이 나서 지면을 발로 찬다. 생각한 대로 몸이 허공을 날았다. 이러면 체력을 그다지 많이 안 써도 될 것 같다.

창고로 갔더니 이토는 어제와 마찬가지로 목을 맨 채 허공에 떠 있었다.

보면 볼수록 불가사의하다.

대체 이토의 몸에 무슨 일이 있었던 걸까……. 이런 생각에 잠길 것 같아 서둘러 태블릿을 준비한다.

생각은 나중에 할 일이다. 지금은 지금 할 일을 해야 한다.

생각나는 모든 각도에서 현장을 사진에 담는다. 이토의 모습은 물론 주위 상황과 어질러진 짐 등등, 무엇이 단서가 될지는 모르지만 어쨌든 눈에 띈 모든 것을 촬영했다.

이만하면 됐나 싶어 창고를 나오려는 순간, 눈에 익은 물건이 시야를 스쳤다.

이토가 가족에게 선물받았다고 한 볼펜이다. 무심코 손을 뻗어 그것을 집었다.

알루미늄 몸체의 펜촉을 돌리자 붉은색 LED 등이 켜졌다. 망가지지는 않은 듯하다. 그 볼펜을 가슴팍 주머니에 꽂는다. 유품이라고 할까, 부적 대신 몸에 지니고 싶었다.

어느 정도 일단락된 기분으로 방에 돌아오자 어제부터 꺼내놓은 커피가 눈에 들어왔다.

순간 번쩍 떠오른 생각이 있어 하세는 이토의 보스턴백으로 달려들었다.

갈아입을 옷과 업무용 물건이 대부분이지만, 생각했던 대로 바닥에 쿠키와 초콜릿 등이 있었다. 커피를 내릴 예정이었으니 곁들일 과자가 있을까 싶어 열어본 것인데 예상이 맞았다.

고인의 물건을 마음대로 뒤지는 건 내키지 않았지만, 공복으로는 본래의 임무를 수행할 수 없다. 이토도 이해해줄 것이다.

마음이 급해 쿠키 상자를 거칠게 열어서 쿠키 두세 개를 꺼내 한꺼번에 입안에 넣는다.

강렬한 버터 맛에 침샘이 터졌다. 쿠키의 바삭한 식감이 입안에서 춤을 춘다.

이어서 초콜릿을 입안 가득 넣는다. 딸기 맛이다.

이토가 단것을 좋아하는 줄은 알고 있었지만 이런 분홍색 초콜릿을 먹었던 기억은 없다. 어쩌면 사모님이나 따님이 준비해준 것일지도 모르겠다.

먹다 보니 딸기 맛 초콜릿이 아니라 동결 건조한 딸기 자체에 초콜릿을 입힌 것 같다.

상품명을 확인한다. 깊고 진한 딸기 초코. 외웠다. 지상에 돌아가면 꼭 사야지.

한 봉지를 다 먹고서야 겨우 몸이 진정되었다.

정신 차리고 보니 왼손을 오른쪽 어깨에 대고 있었다.

이토가 가볍게 어깨를 두드려준 것 같은 기분이 들었다.

그때 왼팔에 찬 스마트 워치가 눈에 들어왔고 뭔가가 번뜩 떠올랐다. 정말로 이토가 도움을 준 것처럼 느껴져 웃음이 났다가 이어 눈물이 맺힐 것 같았다.

지금 떠오른 아이디어가 정말로 실현 가능할지, 일단 생각을 정리하기 위해 하세는 욕실에 들어가 샤워를 했다.

뜨거운 물이 살갗을 세차게 두드린다.

튕겨 나온 물방울이 느린 속도로 떨어져 짙은 안개가 발생했는지 마치 미스트 사우나처럼 욕실이 희뿌예졌다.

피부에 닿는 물도 지상에서보다 더 찰싹 달라붙는 감각이 있다. 중력이 작은 만큼 표면장력이 우세해 물줄기가 아메바처럼 피부를 타고 내려갔다.

신기한 광경과 뜨거운 감촉에 점점 더 머리가 맑아진다.

현재로서는 인터넷 설비, 위성 휴대전화의 거치대, 우주선에 설치된 통신 설비가 고장 났으므로 지상과 연락할 방도가 없다. 모두 위성 브로드밴드를 이용하고 있는데 호텔 안에서는 **튼튼한 외벽** 때문에 전파를 수신할 수 없는 상태다.

그럼 호텔을 나가면 직접 전파를 잡을 수 있지 않을까?

우주 호텔 스타더스트에는 다량의 태양광 패널이 설치되어 있고, 그것이 고장 났을 때는 인력을 통한 수리가 필요하다. 그러니 외벽 보수 관리를 위해 밖으로 나가는 장치가 있을 것이다.

위성 휴대전화는 위성의 전파만 잡을 수 있다면 통신이 가능하다. 공기가 없어서 통화는 할 수 없지만, 메일은 송수신이 가능하다.

면도를 하고 몸을 씻으면서 하세는 머릿속으로 위험 부담과 이득을 저울질했다.

우주로 나가는 것이니 위험이 없다고는 할 수 없다. 그래서 국제우주정거장 등의 선외 활동은 반드시 2인 1조로 움직이게 되어 있다. 생명선이 몸에 감기거나 우주 쓰레기가 날아올 가능성도 있다. 그 밖에 어떤 사고가 있을지는 다 예상할 수도 없다.

이에 대한 지원은 스가야마에게 요청하는 것이 맞지만, 그의 알리바이는 이토의 죽음에 한해서다. 통신기기 고장 등은 자작극일 가능성도 충분히 있다.

혼자 해야 한다.

그렇다고 해서 희생정신이니 뭐니 하는 건 당치도 않다. 자신에게 무슨 일이 생기면 대체 누가 우주선을 움직이겠는가.

탈출 포드는 최후의 수단으로 삼고 싶다. 안전을 제일로 생각하면 우주선으로 귀환하는 것이 절대 조건이다.

그럼 밖으로 나가는 건 포기해야 하는 건가?

지상과 연락을 취할 수 있으면 귀환할 때 상당히 수월해진다. 활주로를 열어달라고 전달만 해도 안전성은 훨씬 높아지고, 하세 혼자서 모든 걸 생각하고 결정하는 것이 아니라 다각도로 관점을 얻을 수 있을 것이다. 심리적 여유도 생긴다.

반대로 이렇게 했는데도 연락을 취할 수 없게 된다면 단념할 수 있고 그건 그것대로 이후 행동에 지침이 될 것이다.

역시 해야 한다.

하세는 자신의 능력을 최대한 냉정하게 분석했다.

수중 훈련의 경험은 있다. 성적은, 솔직히 말해서 턱걸이였다. 하지만 우주 유영과 전화기로 메일만 주고받는 거라면 그리 어려운 일은 아닐 것이다.

다행히도 문자 조작법도 예전 방식이라 문제 없다. 스마트폰 같은 터치 패널이라면 우주복을 입은 상태로는 조작조차 불가능하다.

가능하다. 할 수 있다. 이 정도라면 혼자 완수할 수 있다.

다시 한번 하세는 자신의 오른쪽 어깨를 만졌다.

엄지손가락을 세우고 미소 짓는 이토의 모습이 눈앞에 떠오른다.

각오는 굳혔다.

정신을 다잡으려고 냉수로 샤워하고 샤워기 옆 스위치를 눌렀다.

그 순간 사방에서 공기가 물기를 빨아들이며 흩날렸던 수분이 배출됐다. 그냥 두면 지상에서보다 습기가 오래 머무르기 때문에 그것을 방지하기 위한 장치다.

사고가 없었더라면 이런 독특하고 재미난 장치를 즐길 수 있었겠지만 지금은 눈앞의 일에 집중해야 한다.

서둘러 옷을 갈아입고 어제 스가야마가 알려준 에너지 공급 구역으로 향한다.

거기서 예비 위성 휴대전화를 서멀 블랭킷이라는 시트로 감쌌다. 서멀 블랭킷은 폴리이미드* 재질의 얇은 필름에 알루미늄을 덧붙인 것으로 주로 열과 방사선을 차단하기 위해 사용되는 물건이다.

우주 공간에서 직접 태양광을 쬐면 섭씨 100도 이상의 고온이 되는 경우도 있다. 방사선은 그 자체로 반도체 회로를 손상시킨다. 이것을 막기 위해서는 서멀 블랭킷이 절대적으로 필요하다. 두께가 0.2밀리미터로 상당히 얇아서 보기에는 어설프지만 우주 공간은 공기에 의한 열전도가 없으므로 이 두께로 충분히 기능한다. 인공위성이나 국제우주정거장에도 이용되는 만큼 성능은 검증되었다.

준비를 마치고 관리용 에어록**으로 향한다. 탈출 포드가 있던 장소의 옆이다.

우주 호텔 스타더스트는 보안상의 요소를 제외한 대다수의 정보가 공개되어 있다. 유사시의 대응 방법 등은 인터넷으로도 볼 수 있게 되어 있다.

미리 살펴본 덕분에 헤매지 않고 에어록으로 찾아가 우주복을 찾아냈다.

우주로 나갈 때는 원래대로라면 여기서 사전호흡(pre-breathing)이라고 불리는, 체내에서 질소를 빼내는 작업이 필요하다. 그걸 하지 않으면 질소가 기포가 되어 모세혈관을 막

* 높은 내열성이 있어 고온의 연료 전지나 디스플레이, 군사적 용도 등 다양한 분야에서 사용되는 고분자 물질

** 우주선에서 기압이 다른 외계로 출입하기 위한 장치

을 위험이 있어서다. 감압증 또는 잠수병, 잠수부병이라고 불리는 것으로, 말 그대로 잠수부에게 많이 나타나는 직업병이기도 하다.

심하게 급격한 감압이 아니어도 근육통, 관절통, 피부 가려움증, 현기증, 색전증, 구역질, 지연성 운동장애, 그 밖의 신경 증상을 동반하는 대단히 위험한 증상이다.

이를 방지하기 위해서는 농도 100퍼센트의 산소로 한 시간 정도 호흡하고, 0.7기압을 유지한 공간에서 열두 시간 체류, 그다음 우주복을 입고 우주복 안의 질소를 빼내고 다시 농도 100퍼센트 산소로 한 시간 전후로 호흡하고 우주복 안의 기압을 0.3기압으로 감압하는, 상당히 번거롭고 시간이 걸리는 작업이 필요하다.

물론 지금은 그런 단계를 거칠 여유가 없다.

하세는 우주복을 0.5기압으로 조정함으로써 이 공정을 생략하기로 했다. 감압증은 기압의 급격한 변화로 생기는 증상이다. 0.5기압이라면 이론상으로는 문제없다.

하지만 그건 어디까지나 건강 문제에 한해서다. 우주복 안을 0.5기압으로 해서 우주로 나가면 우주복은 풍선처럼 팽창해 몸을 꼼짝할 수가 없게 될 것이다. 밀봉된 과자 봉지를 해발고도가 높은 산에 가져가는 것과 마찬가지다.

우주 공간에서 특별히 더 필요한 작업은 없다. 위성 휴대전화로 연락만 취하면 된다.

에어록을 여닫는 것도 버튼 하나로 할 수 있다. 괜찮아. 할 수 있다.

우주로 나간 뒤 송신 버튼을 누르기만 하면 되게끔 하려고 미리 메일로 보낼 문장을 쳐놓는다.

Hase imnida. Tongshin gigi gojang. Internet NO. Trouble YES.

Want comeback home. This address ro dapjang juseyo.

Tonghwa NO. 1 hour waiting.

위성 휴대전화의 메시지는 알파벳만 쓸 수 있다.

그래서 처음에는 영문으로 작성할까 했지만 모르는 주소로 온 영문 메일은 스팸 메일로 오해받을 우려가 있다.

그래서 하세는 일부러 발음 나는 대로 메시지를 썼다.

하세입니다. 통신기기 고장. 인터넷 안 됨. 문제 발생.

돌아가고 싶음. 이 주소로 답장 주세요.

통화 안 됨. 한 시간 기다리겠음.

어색한 문장이지만 이렇게 하면 이쪽 상황이 어느 정도 전달될 것이다.

준비를 마치고 예정대로 우주복 안을 0.5기압으로 설정하고 에어록으로 들어간다.

이중 해치 속, 안전벨트를 단단히 확인하고 있자니 금세 가벼운 기립성 어지럼증과 이명이 시작되었다.

0.5기압이라고 하면 약 6,000미터 고도에 상당한다. 후지산의 약 1.6배다. 이 정도로 끝나기만 해도 감지덕지다. 훈련을 받지 않은 일반인이라면 기절해도 이상할 게 없다. 어쨌든 급격한 감압은 화재, 우주 쓰레기와 더불어 우주의 3대 사고로 꼽힌다.

다행히 고막 내부의 압력을 조절하는 것은 자신 있다. 침을 삼키는 것만으로도 귀의 불편감은 꽤 나아졌다. 이명이 진정되어도 무음이 되지는 않는다. 우주복의 안쪽은 놀랄 정도로 잡음이 가득하다. 자신이 호흡하는 소리는 물론 혈관이 맥동하는 소리까지 들린다.

하세는 심호흡을 두세 번 반복한 다음 마침내 에어록을 열었다.

예상했던 대로 우주복이 팽창해 제대로 몸을 움직일 수 없다. 그래도 바닥을 차는 정도는 할 수 있어서 천천히 몸이 붕 떴다.

조용히 우주를 향해 헤엄쳐 나간다.

얼굴을 우주로 내밀어 내려다본 순간, 눈앞에 펼쳐지는 압도적인 심연에 기압 변화와는 다른 이유로 현기증이 일었다.

영원히 끝이 없는 광경이었다.

어둠 속, 깜박이지 않는 빛이 여기저기 흩어져 있고 내려다본 저 끝에는 지구가 있다.

지금은 태양이 반대쪽으로 숨어버려 어둡다. 우주에서 바라봐도 바로 아래의 지구가 밤이라는 것을 알 수 있다.

너무나 아름다워 입이 벌어진다.

넋을 놓고 보게 될 것만 같았지만 본래의 목적을 수행하기 위해 주머니에서 위성 휴대전화를 꺼낸다. 그런데 우주복이 상상한 것보다 더 부풀어 움직이기가 어렵다.

관절 부분이 뜻대로 구부러지지 않아 강제로 직립 자세를 하게 되는 것 같았다.

위성 휴대전화를 끈으로 묶어두길 잘했다. 주머니에서 잡아당기기만 해도 꺼낼 수 있고 떨어뜨릴 걱정도 없다.

하지만 인형 탈을 쓰고 움직이는 듯한 답답함이 있어서 서멀 블랭킷의 틈새로 안테나를 꺼내는 것만으로도 힘들었다.

그래도 고생한 보람이 있었다. 틈새로 들여다본 디스플레이 화면에 통신 가능 상태를 알리는 안테나 아이콘이 표시되었다.

생각한 대로다. 위성에서 오는 전파를 잡고 있다.

그래도 아직 안심할 수는 없어 하세는 다시 한번 문장을 점검하고 문제없음을 확인했다.

보낼 주소는 나카타의 사내용 메일 계정이다. 주소를 입력하고 바로 송신 버튼을 누르려는데 빵빵하게 부푼 우주복으로는 그것조차도 쉽지 않다. 무리하게 애를 쓰다가 찢어지지는 않을까 하는 두려움도 있다.

물론 우주복의 강도는 충분하겠지만 우주 공간에서는 장담할 수 없다.

천천히 신중하게, 갑작스럽게 부담이 가지 않도록 조심하며 빵빵해진 우주복으로 휴대전화에 손가락을 뻗는다.

어찌어찌 버튼을 눌렀다.

화면에서도 무사히 메일이 송신되었음을 확인했지만, 나카타가 바로 알아볼지 어떨지는 알 수 없다. 수많은 메일 속에 묻힐 수도 있고 스팸 메일 폴더에라도 들어간다면 모르고 넘어갈 가능성도 있다.

이런저런 불안한 예상이 머릿속을 맴돌지만, 가만히 이곳에서 답장이 오기를 기다릴 수밖에 없다.

산소의 잔량을 걱정할 필요는 없다. 약 일곱 시간 분의 산소 팩을 쌓아놨고 유사시를 대비한 보조용도 있다. 또, 필요해지면 에어록에서 보충할 수도 있다. 한 시간을 기다리겠다고 메일에 쓴 것은 여행 참가자들을 마냥 내버려둘 수가 없어서다.

다만 이 차림으로 가만히 기다려야 하는 것이 상당히 힘들다. 제대로 움직일 수 없는 상태라 직립 부동자세로 있을 수밖에 없고, 냉각 기능이 작동 중일 텐데도 숨이 막힐 듯 덥다.

아직은 괜찮지만 이대로라면 체력이 서서히 떨어질 것은 자명하다.

얼마나 기다려야 답장이 올까…….

초조한 마음으로 우주 공간에 떠서 하세는 지구를 내려다본다. 자신이 처한 상황도 잊고, 넋을 놓는다.

밤의 지구는 크고 작은 수많은 불빛을 밝히고 있었다. 전기불빛이 만화경처럼 야경을 수놓고 있다. 마치 그쪽이 별이 빛나는 밤하늘 같다.

뒤늦게 알아차렸는데, 불빛이 장화 모양을 이룬 곳이 바로 아래에 있다. 그럼 여기가 이탈리아 상공이라는 건가? 빛의 양이 곳곳마다 다른 건 경제활동의 차이 때문일 것이다.

그건 그렇고, 밤인데도 바다가 푸르다는 것을 알 수 있다. 어둠에 삼켜져 마냥 어둡기만 할 줄 알았는데 깊디깊은 보랏빛을 띠는 짙은 파란색이 눈에 들어왔다.

'이것이 지구구나.'

우주에서 내려다보이는 야경을 홀린 듯 바라보는데, 왼팔에 찬 스마트 워치가 진동해 정신이 든다.

10분마다 진동하도록 설정해두길 잘했다. 안 그랬으면 언제까지고 여기서 이 경치를 바라보고 있었으리라. 하세는 공기를 분사해 몸의 위치를 조정하고 천천히 우주 호텔의 외벽에 발을 댔다.

신발 바닥에는 호텔 안에서 사용했던 부츠와 마찬가지로 자석이 장착되어 있다. 몸을 뜻대로 움직일 수 없는 상황이지만 그것을 잘 이용해 어떻게든 몸을 고정한다.

이러고 있으니 마치 자신이 별의 일부가 된 것 같은 기분이 든다.

국제우주정거장과 마찬가지로 우주 호텔은 지상에서도 보려고 하면 보인다. 한 점의 빛이, 하늘 가득한 별들 틈에 섞여 이동하는 모습이 보일 것이다.

새삼스레 하세는 우주 호텔 '스타더스트'의 작명 센스에 감탄했다.

인공 구조물이긴 하지만 여기 이렇게 멈춰 서 있는 우주 호텔은 분명 별의 일부다.

지구 저편에서 희미한 불빛이 켜졌다. 둥근 대지의 윤곽이 빛으로 만들어진 베일에 뒤덮여 더욱 하얘진다.

별안간 시야 전체가 빛으로 물들었다. 반사적으로 눈을 가늘게 뜨자 베일의 끝자락에서부터 둥그런 빛의 덩어리가 떠오르는 것이 보인다.

일출이다.

하세는 처음 보는 우주의 일출을 그야말로 우주에서 맞이했다. 태양의 눈부심은 금세 해소되었다. 태양은 점점 더 높이 올라가더니 벌써 시야에서 사라졌다.

지구가 파랗게 물든다.

순간, 소름이 돋았다.

이미 창문 너머로 감상한 풍경이지만 이렇게 밖에 나와서 바라보니 우주에 직접 닿은 기분이 든다. 왠지 모르게 눈물이 날 것 같다.

훨씬 평면적으로 보일 줄 알았던 지구는 디오라마*처럼 세세한 부분까지 알 수 있었다.

이름도 모르는 산맥의 울퉁불퉁한 모습과 규칙성이 있는 듯 보이기도 하는 사막의 물결무늬 등, 우주에서가 아니라면 볼 수 없는 경관에 탄성이 새어 나온다. 특히 구름은 유화 물감 덩어리가 헤엄치는 것 같아서 그저 바라만 보고 있어도 즐거웠다.

생각해보면 차분하게 우주를 바라본 건 지금이 처음이다.

우주선에서는 마사키가 정신을 잃어서, 호텔에 도착하고 나서는 이토의 사고가 생기는 바람에 우주를 감상할 정신이 없었다.

* 미니어처로 제작된 여러 모형을 배경과 함께 설치하여 특정 장면을 구성한 것

이렇게 아름답다니…….

지구가 '깨지기 쉬운 것'인 이유를 이론이 아닌 피부로 이해할 수 있었다. 어떤 기계나 미니어처보다 정교하다. 당연히 섬세할 수밖에 없다.

스마트 워치가 부르르 진동했다. 두 번째다.

에어록에 들어간 것이 6시 40분경이었으니 지금은 7시쯤 되었을까? 남은 40분 안에 답장이 오려나.

다행히 여기서 가만히 기다리고만 있어도 지루하지는 않다. 자전하는 지구 주위를 초속 약 8킬로미터로 이동하기 때문에 1초도 같은 풍경이 존재하지 않는다.

잠깐의 휴식이라 생각하기로 하고 하세는 시시각각 바뀌는 경치를 음미하기로 했다.

자연의 다채로운 형상에 눈이 휘둥그레진다. 확실하게 형태를 알아볼 수 있는 인공물은 지금으로서는 눈에 띄지 않는다. 만리장성도, 피라미드도 찾을 수가 없었다.

스마트 워치가 진동했다. 30분 경과.

그건 그렇고, 이렇게 입체적으로 보이는 지구를 평면이라고 생각하는 사람이 있다니…….

바다도 육지도 넘실거리며 약동한다.

눈이 부셔서 시선을 올리면, 짙은 감색에서 칠흑으로 넘어가는 그러데이션을 거쳐 모든 걸 삼켜버릴 듯한 심연이 계속

되고 있었다.

거기에 무수한 별들이 점묘화처럼 존재하고 있다.

빛으로 만들어진 다양한 색채가 우주에 흘러넘친다.

너무나 아름답고 너무나 장대해 이것이 현실임을 뇌가 완전히 받아들이지 못하더라도 어쩔 수 없을 것 같다.

스마트 워치가 떨린다.

'벌써 40분이 지난 건가?'

워치가 10분 간격으로 시간을 알려올 때마다 초조함이 점점 커진다.

동시에 지구가 다시 어두워지기 시작했다.

평정심을 유지하려고 오로지 눈앞의 풍경에 집중하지만 마음이 요동치는 것을 억누를 수가 없다.

본체가 망가지지 않도록 조심스레 서멀 블랭킷 틈으로 위성 휴대전화의 액정 화면을 확인해봤지만 답장은 오지 않았다.

아니면 시트로 감싸고 있어서 메일이 오지 않거나 그런 건 아닐까?

아니다. 안테나만큼은 제대로 나와 있다. 화면에도 통신이 연결되어 있음을 나타내는 아이콘이 표시되어 있다. 그럼 역시 하세가 보낸 메일이 아직 그쪽에 도착하지 않았거나 스팸 메일 폴더로 들어갔다는 뜻인가.

아니야, 한 시간 동안 기다리겠다고 했으니까. 위성 휴대전화 메일은 1,000자 이내만 송수신할 수 있으니 거의 글자 수 한계선까지 문장을 다듬고 있는 걸지도 모른다.

그렇다면 메일이 도착했다는 사실만이라도 먼저 알려주면 좋을 텐데……. 역시 제대로 안 간 건가?

생각하면 할수록 생각이 불길한 쪽으로 기운다.

스마트 워치가 떨렸다.

남은 시간 10분. 한숨이 흘러나온다.

거의 동시에 지구가 다시 어두워졌다. 해가 저물었다.

우주 호텔은 지구 주위를 거의 90분에 한 바퀴씩 돌고 있다. 다시 말해 약 45분마다 태양이 뜨고 지는 모습을 볼 수가 있다.

해가 저무는 파란 별도 아름다워 눈물이 날 것 같았다. 물들어 있던 풍경이 빛의 밝기가 낮아지며 차분한 색으로 서서히 변해간다.

그 장면이 너무도 애절하게 느껴져 무심코 손을 뻗는다. 빵빵하게 부푼 우주복 차림으로도 다행히 그 정도는 할 수 있었다.

그 손을 스치듯 뭔가 지나간 것 같았다.

어? 하는 순간 다시 보이지 않는 것이 지나갔고 그것이 우주 호텔 외벽에 충돌했다.

그 파편이 헬멧에 맞아 작은 소리를 낸다.

다행히 상처 하나 나지 않을 정도로 소소한 것이었지만 그럼에도 하세는 피가 얼어붙는 듯한 공포감에 얼굴이 굳어버렸다.

우주 쓰레기다!

날아온 방향을 보니 무언가 가까이 다가오고 있었다.

또다시 작은 파편이 하세의 바로 옆을 스쳐 지나갔다. 그것도 한두 개가 아니다.

대량의 우주 쓰레기가 무리 지어 날아오고 있었다.

JAXA의 발표에 따르면 우주 쓰레기의 수는 10센티미터 이상의 물체가 약 2만 개, 1센티미터 이상의 것은 50만~70만 개이며, 1밀리미터 이하는 1억 개가 넘는다고 한다.

그것들이 초속 10~15킬로미터라는, 총알보다 빠른 속도로 날아다니고 있었다.

아마네에게도 말했듯이 이 정도의 우주 쓰레기로는 우주 호텔은 꿈쩍도 하지 않는다.

다만 인체는 다르다. 심지어 지금 하세의 우주복은 풍선처럼 빵빵하게 부풀어 있다. 파편이 스치기만 해도 찢어질 우려가 있었다.

만약 우주복이 찢어진다면, 당연한 말이지만 목숨을 보장할 수 없다.

산소가 새어 나가기 때문이 아니다. 인체는 산소가 없어도 숨을 멈춘 상태로 2분간은 활동할 수 있다.

문제는 기압이다.

그러지 않아도 현재 0.5기압으로 설정되어 있는데 기압이 이보다 더 이상 내려가면 순식간에 감압증에 걸려 정신을 잃을 것이다.

최악의 경우는 체내에 남은 공기가 팽창해 폐가 파열되어 버리는 것이다.

소리도 없이 초고속으로 죽음이 닥쳐오고 있었다.

거의 비명을 지르다시피 하면서 하세는 서둘러 발걸음을 돌렸다.

그 순간, 등 뒤에 강한 충격이 느껴졌다.

앞으로 푹 고꾸라지면서 숨이 막혔고 정신을 차렸을 땐 눈 앞에 지면이 있었다. 우주 호텔의 외벽이다.

그러고 나서 펑, 하는 파열음을 들은 것 같다.

'우주복인가?'

찰나의 순간 여러 생각이 교차하며 하세는 간신히 폐 속의 공기를 토해냈다. 폐의 파열을 순간적으로 방지하기 위해 한 행동이다.

'괜찮아! 침착해야 해!'

자신을 타이르듯 마음속으로 외친다.

재빨리 공기를 분사해 넘어지는 일을 막는다.

하지만 이번에는 분사하는 기세에 휩쓸려 몸이 회전한다. 시야가 빙그르르 움직여 상하좌우를 알 수가 없다.

'어느 쪽이지? 어디 쪽이 호텔이야? 침착해, 침착해, 침착해!'

초조한 마음을 달래며 빙글빙글 돌아가는 시야를 응시한다. 하지만 뇌가 흔들려 가슴이 압박되는 감각에 눈앞이 잿빛으로 물들었다.

'위험해!'

머릿속으로 소리치며 입술을 꽉 깨문다. 일시적으로 의식을 잃을 것 같아 입술의 통증으로 간신히 견디는데 한쪽에서 에어록의 입구가 언뜻 비쳤다.

'있다!'

순간적으로 몸을 비틀어 공기를 분사한다.

'괜찮아, 할 수 있어!'

뱅글뱅글 도는 상태로 공중을 날면서 공기로 각도를 조정해, 하세는 에어록으로 뛰어들었다.

자동으로 해치가 닫히고 곧장 공기가 주입된다.

안도할 겨를도 없이 고막이 찢어질 듯한 이명이 들리고 날카로운 통증에 뇌가 마구 휘저어지는 듯했다. 신음 같은 비명을 지르며 정신없이 헬멧을 벗어 던지고 양쪽 귀를 누르며 몸부림친다. 머리를 바닥에 비벼대면서 너덜너덜해진 의식을 가까스로 붙들고 있으려니 마침내 서서히 통증이 가셨다.

"하아, 하아, 하아, 하아……."

자신의 호흡 소리가 들린다.

다행이다. 고막은 무사하다.

감압증의 특징인 피부 가려움이나 사지 마비, 나른함도 지금은 없다. 다행히 이명과 두통 정도로 끝난 듯하다.

하세는 그제야 자신의 몸을 내려다볼 수 있었다.

걱정했던 대로 등에 메고 있던 산소 탱크가 부서져 있다. 우주복도 안쪽에서부터 파열된 것처럼 찢어졌다. 아무래도 우주 쓰레기가 곧장 가격한 모양이다.

이 두 가지가 쿠션 역할을 해주어 기적적으로 목숨을 구한 것 같다.

하마터면 죽을 뻔했다……. 비유가 아니라 정말로 죽을 뻔했다.

비로소 마음이 놓인 하세는 그저 호흡을 반복하며 살아 있음에 감사했다.

지금이라면 신을 믿어도 좋을 기분이다. 그래서인지 절로 고개가 숙여진다.

그렇다기보다 사실 몸이 무겁다. 딱 한 시간 동안 무중력 상태에 있었을 뿐인데 지구 중력의 6분의 1인 이곳의 중력이 무겁게 느껴진다.

안도감이 들어 더욱 그런 기분이 드는 건지, 정말로 중력을 무겁게 느끼는 건지 지금은 냉정하게 판단할 수 없다.

부르르, 스마트 워치가 떨린다. 우주 유영을 시작한 지 한 시간이 경과했다.

슬슬 레스토랑으로 이동해야 한다.

허탕을 친 건가 싶어 실망하며 위성 휴대전화를 들다가…… 눈이 휘둥그레졌다.

화면에 메일의 착신 메시지가 떠 있었다.

됐다! 죽을 각오를 하고 나간 것이 헛되지 않았다. 얼마나 기뻤던지 하세는 바로 몇 초 전의 고생을 다 잊었다.

그런데…….

Danger! Ajik Ojima!(위험해! 아직 오지 마!)

확인한 메일에는 불길한 기운이 서려 있었다. 틀림없이 나카타의 계정으로 발송된 메일이다.

'위험하다고?'

'아직 오지 말라니, 대체 왜?'

다른 메일은 없는지 살펴봤지만 이 한 통뿐이다.

어쩌면 요즘엔 채팅 앱을 주로 이용하다 보니 그것처럼 메시지를 짧게 끊어서 보내려고 했던 건지도 모르겠다. 그렇다면 다시 한번 우주로 나가서 메일이 오지 않았는지 확인해야 한다.

하지만 우주복이 파손돼서 그건 불가능하다.

우주복과 생명 유지 장치는 아직 이 한 벌밖에 없다. 왜냐하면 우주복 제조사가 일정에 차질을 빚는 바람에 이 한 벌만 제날짜에 도착했기 때문이다. 정식 개업일에는 필요한 수만큼 준비될 예정이나, 그것도 장담할 수 없다.

그보다 지금은 메일의 내용이 중요하다.

짧은 한 줄만으로는 아무것도 알 수 없지만 그래도 어떻게든 의도를 읽어내려 하기 시작한 그때, 누군가 에어록을 쿵쿵 두드렸다.

깜짝 놀라 뒤를 돌아보니 문 너머에 아마네가 있다.

그 표정은 마치 자신을 놓고 갈까 봐 겁먹은 어린아이 같았다.

2

"아, 다행이다. 저는 하세 씨가 아주 자포자기했나 하고 깜짝 놀랐어요."

사정을 설명하자 아마네가 안도하며 그 자리에 털썩 주저앉았다. 귀 옆쪽의 붉은색 머리카락이 흔들린다.

아마 자살이라도 하는 줄 알았던 모양이다.

"사와다 씨랑 하세 씨가 안 나와서 제가 부르러 가기로 했거든요. 그랬는데 창밖에 서 있는 인형 같은 게 보이길래……. 제가 이래 봬도 양쪽 시력이 2.0이라 보고 싶지 않은 것까지 잘 보거든요."

하세는 우주복을 벗으면서 머쓱하게 콧잔등을 긁는다.

"미안해요. 아침 일찍 갑자기 생각난 거라 아무한테도 말하지 못했어요."

톡, 오른쪽 어깨에 주먹이 부딪힌다.

맞은 걸 깨닫기까지 시간차가 있었던 건 조금도 아프지 않았기 때문이다.

"무슨 일 있으면 어떡하려고 그러세요? 하세 씨 목숨은 혼자만의 것이 아니잖아요."

혼내는 말투가 묘해서 웃어도 되는지 아닌지, 장난인지 진심인지도 모르겠다. 걱정했다는 것만은 알겠어서 적당히 웃어넘겼다.

스마트 워치를 보니 8시 15분이다.

에어록 안에서 통증을 견디며 메일 내용에 대해 이런저런 생각을 하는 동안 그만큼 시간이 흐른 모양이다.

일단 위성 휴대전화를 바지 뒷주머니에 꽂고 하세는 고개를 숙였다.

"미안합니다, 걱정을 끼쳐서."

"그래서 지상과는 연락이 됐나요?"

솔직하게 말해도 좋을지 어떨지 고민된다.

그러다 목이 멘 듯한 목소리가 나와버려 그것만으로도 아마네는 어느 정도 상황을 파악했는지 어깨를 늘어뜨렸다.

"모두 모인 다음에 얘기하겠습니다."

그렇게 넘기고 나서야 좀 전에 들은 말이 떠올랐다.

"사와다 씨가 아직 레스토랑에 오지 않았다고요?"

"네. 그래서 상황을 보러 가는 도중에 하세 씨가 밖에 있는 걸 발견한 거예요."

어제 그런 일이 있었던 만큼, 모습이 보이지 않으면 걱정이 된다.

단순히 그 누구와도 만나고 싶지 않아서일지도 모르지만, 그래도 안부만큼은 확인하는 편이 좋겠다고 미야하라가 말을 꺼냈다고 한다.

미야하라는 도망간 직원들을 대신해 아침 식사를 준비하고 있는 모양이다.

"미야하라 씨가 자진해서 맡아주셨어요. 조리 기구가 인덕션 방식이라 어색하다며 불평은 했지만."

제대로 된 아침밥을 먹겠구나 내심 기대했더니 바로 배가 꼬르륵거린다. 역시 쿠키와 초콜릿만으로는 부족했다. 칼로리는 충분했겠지만, 식사다운 식사를 하고 싶다.

그런 생각을 하고 있는데 아마네가 얼굴을 불쑥 들이밀고는 코를 살짝 킁킁거렸다.

"어디서 과일 구운 냄새가 나지 않나요?"

"아아, 제가 딸기 맛 초콜릿을 먹어서 그런가 봐요."

"그런 게 있어요?"

아마네의 얼굴에 화색이 돌았다.

"미안해요. 전부 먹어버렸네요."

"……그래요?"

노골적으로 어깨를 떨구는 모습에 면목이 없다.

"과일이라면 주방에 아직 있을 거예요. 빨리 먹을 수 있게 사와다 씨를 부르러 갑시다."

마치 식사가 중요한 것 같은 말투가 되었지만 사와다가 걱정되는 것도 진심이다. 방에 틀어박혀 있는 게 아니라면 좋겠는데…….

방 앞으로 가서 바로 노크한다.

하지만 반응이 없다.

"사와다 씨?"

이름을 불러도 대답이 없다.

문에 귀를 대봤지만 아무 소리도 나지 않는다.

목욕 중인 것도 아닌 듯하다.

안에 없는 건지 아니면 이쪽의 말을 짐짓 무시하고 있는 건지……. 그런 생각을 하며 문고리를 잡는데 가볍게 쑥 돌아갔다.

문이 열려 있네? 자동잠금 장치일 텐데? 아마네도 같은 의문이 드는지 눈썹을 꿈틀거린다.

"사와다 씨, 문 엽니다?"

재차 말을 하며 문을 열고 들어가자, 썰렁한 공기가 피부에 닿았다.

"사와다 씨?"

아무 소리도 없다. 어둠 속에서 이름을 부르며 조명 스위치를 찾는다.

순간 현기증처럼 핑 도는 느낌이 들었다. 몸이 아직 기압의 변화를 버거워하는 건가? 벽에 기대듯이 하면서 손가락으로 스위치를 찾았다.

조명이 켜지자 침대에 누워 있는 사람의 실루엣이 보였다.

사와다가 틀림없다.

아직 자고 있는 건가?

그런 것치고는 전혀 미동이 없다.

뭔가 눈치챘는지 아마네가 숨을 삼키는 소리가 들렸다.

동시에 사와다의 창백한 볼이 보이자 순간 오싹한 기분이 들었다.

숨을 쉬지 않는다!

"사와다 씨! 사와다 씨! 사와다 씨?"

허둥지둥 달려들어 사와다의 어깨를 두드리며 이름을 부른다. 처음에는 평범하게, 이어서는 조금 크게, 그리고 마지막에는 절규하듯이.

훈련에서 배운 의식 확인 방법인데 반응은 없다. 호흡도, 맥박조차도 멈춘 상태라 하세는 생각할 겨를도 없이 사와다의 가슴에 손을 대고 심장 마사지를 시작했다.

전력을 다해 10회. 하지만 반응은 없다.

곧장 기도를 확보하고 인공호흡을 실시한다.

호흡이 돌아오지 않는다.

"하세 씨! 이거!"

아마네가 자동심장충격기(AED)를 들이민다. 복도에 설치되어 있던 것이다.

"열어주세요!"

심장 마사지를 계속하면서 소리친다.

아마네가 하세의 지시대로 기계를 꺼내 두 장의 패드를 사와다의 가슴에 붙였다.

"심전도를 분석 중입니다. 환자에게 접촉하지 말아주세요."

스피커에서 안내 음성이 흘러나왔고 하세는 심장 마사지를 멈췄다.

"전기 충격이 필요합니다. 환자에게서 떨어지세요. 충전 중입니다."

"떨어져요!"

"충격 버튼을 눌러주세요."

지시에 따라 버튼을 누른다.

둥, 하고 작은 소리를 내며 패드가 떨렸다. 의학 드라마에서 본 것 같은 극적인 떨림은 아니다. 정말 효과가 있는 건지 의심스러울 만큼 작은 충격이었는데…….

"으윽…… 켁! 콜록콜록! 콜록!"

"사와다 씨! 아, 다행이다!"

콜록거리는 기침 소리에 하세와 아마네가 동시에 소리쳤다.

다행히도 자동심장충격기 한 방에 호흡이 돌아왔다.

"하세…… 씨? ……사나다 양도."

숨이 답답해 보이기는 하지만 발음은 정확하다.

맥이 빠졌는지 하세는 발밑이 흔들거리는 듯한 현기증을 느꼈다.

"……하세 씨."

쉰 목소리가 자신을 부른다. 사와다가 떨면서 손을 뻗고 있었다.

"……방, 에서 나가……요. 가스, 가……."

"가스?"

그렇다면 아까 느낀 현기증도?

무의식적으로 냄새를 확인한다.

냄새가 없다.

도시가스는 안전을 위해 일부러 냄새가 나게 해놨던 건가? 우주 호텔에서 어떤 가스를 사용하는지는 하세도 모른다.

그렇다 해도 우주 호텔은 환기 기능에 대해서는 예민할 정도로 대비를 하고 있다. 공기가 새거나 탁한 장소가 생기면 우주 호텔 전체가 영향을 받기 때문이다.

만일 그렇다면 경보장치가 울릴 텐데 사와다는 대체 무엇을 근거로 가스라고 말하는 거지?

“어쨌든 밖으로 나가죠.”

착란 증세인지도 모르겠다 싶어 하세는 우선 방에서 나가기로 했다. 최대한 숨을 쉬지 않으려고 주의하면서 사와다를 업는다.

중력이 작아서 무겁지는 않았지만 두통을 느끼며 걸으려니 힘들었다. 간신히 복도를 10미터 정도 걷고 조심스럽게 숨을 들이마셨다.

몸에 이상 증세는 일어나지 않는다.

현기증도 사라졌다.

사와다도 축 늘어져 있기는 하지만 뺨에 혈색이 돌아오기 시작했다.

그런데 아마네가 사와다의 방으로 되돌아가는 모습에 하세는 황급히 소리쳤다.

“잠깐! 아마네 양!”

자신을 부르는 소리에 살짝 놀란 듯했으나 아마네는 무시하고 방으로 뛰어 들어갔다.

사와다를 두고 그 뒤를 쫓았다.

아마네는 방 한가운데서 리모컨을 만지작거리고 있었다. 환기라도 하려는 걸까? 하지만 지금은 피난이 우선이라고!

곧장 아마네의 손을 잡아당겼다.

체감상으로는 10킬로그램도 되지 않는 화물을 잡아당기는 느낌이다. 예상보다 훨씬 가벼워 당긴 힘을 주체하지 못하고 하세는 순간적으로 아마네를 끌어안고 복도를 굴렀다.

저중력인 탓에 속력이 바로 꺾이지 않아 방에서 10미터 이상 떨어져서야 간신히 움직임이 멈추었다.

몸을 일으켜 호통을 쳤다.

"위험하잖아요!"

"그보다,"

아마네의 목소리가 예사롭지 않다.

"이걸 보세요."

아마네가 내민 것은 반으로 접힌 편지지였다.

겉면에 '유서'라고 적혀 있다. 하세는 놀라서 목소리도 안 나온다.

"책상 위에 있었어요. 아까 얼핏 보이길래……. 그래서 궁금해서 에어컨을 살펴봤거든요. 그런데 작동을 전혀 안 하더라고요. 자세히 알아봐야겠지만 아마도 에어컨이 고장 나 있던 게 아닐까요? 그래서 환기가 안 되게 한 다음에 가스를 충전시킨 게 아닐까 싶어요."

리모컨을 만지작거린 건 그래서였구나. 뒤를 돌아보자 사와다가 멋쩍은 듯 시선을 돌렸다.

"……죽으려고 했습니까, 사와다 씨?"

"아냐……. 아니, 아닌 건 아니지만, 아니에요."

혈색을 막 회복했던 뺨이 다시 창백해진다.

"그게 무슨 말이에요? 아닌 건 아니지만 아니라니. 이거 쓴 사람이 사와다 씨 아니에요?"

"내가 쓴 건 맞아요. 그런데 죽을 작정이긴 했지만 죽을 마음이 없어서……."

"사와다 씨는 지금 가스 때문에 착란을 일으킨 건지도 몰라요. 일단 산소를 들이마시게 해야겠어요. 죄송합니다만, 단추 좀 풀게요."

양해를 구한 다음 사와다가 입고 있는 잠옷의 단추를 푼다.

사와다는 뭔가 더 말하고 싶은 듯 입을 열었지만, 목소리가 나오기도 전에 눈이 커다래지고 말하는 것처럼 보였다.

그의 시선을 따라 뒤를 돌아보니, 아마네가 유서를 펼치고 있었다.

"잠깐! 지금 뭐 하는 거야, 너!"

사와다가 소리친다.

주의를 받는 것 자체가 예상 밖이라는 듯 아마네가 눈을 끔뻑거렸다.

"어? 일부러 이런 걸 썼다는 건 누군가 읽어주기를 바라는 마음이었던 거 아니에요?"

아마네의 말은 특별히 거칠지도, 말투에 가시가 있는 것도 아니었다. 오히려 부드러우면서도 냉철했다.

"그렇다 해도 유서는 죽은 다음에 읽는 거잖아."

사와다의 항의에 다시 아마네가 눈을 깜박거린다.

그러고는 이상하다는 듯 "그건 그렇네요" 하고 웃었다.

"하지만 어떤 일에 대해 사죄를 하는 거라면 몰라도 그런 게 아니라면 살아 있는 동안에 말하는 편이 좋죠. 예를 들어 저 녀석 때문에 열 받는다거나 이 자식 진짜 한 대 패고 싶다거나."

사와다가 할 말을 잃었다. 정곡을 찌른 모양이다.

"게다가 죽은 뒤에는 읽는 사람한테 유리하게 곡해되어도 정정할 수 없잖아요. 저 사람이 이렇게 쓰긴 했어도 마음속으로는 분명 용서했을 거예요, 라고 말할 수도 있고. 정말 구역질 나는 말이라고 생각하지 않아요?"

"그렇네요, 정말."

하세가 무심코 고개를 끄덕였다가 사와다의 눈총을 받

았다.

그래도 하세는 아마네의 말에 편승하기로 했다.

"뭔가 마음에 담아둔 것이 있으면 얘기해주세요. 힘이 될 수 있을지 없을지는 모르겠지만 들어주는 것쯤은 할 수 있으니까."

"그러니까……."

사와다가 뭔가를 말하려다 만다. 주저하듯 눈빛이 이리저리 흔들린다.

그가 살아냈으면 좋겠다는 마음 하나로 하세는 계속 설득했다.

"불만이든 뭐든 다 쏟아내고 나면 후련해질지도 몰라요. 무엇보다도 내 눈앞에서 목숨을 끊으려는 사람을 내버려둘 순 없습니다."

사와다는 고개를 숙이고 체념한 듯 한숨을 쉬었다.

"저는 감정을 쏟아내다 보면 점점 더 분노가 타오르는 타입이에요."

자조하듯이 뺨이 일그러져 있다.

"그걸 쓰면서도 몇 번이나 울컥 화가 치밀었어요. 글쓰기로 마음이 치유된다는 말은 순 거짓말이에요. 몇 번이나 날뛸 뻔했는데. 그러니까…… 마음대로 읽으세요. 하고 싶은 말은 전부 거기에 썼으니까."

허락을 받아 하세와 아마네는 마주 보며 고개를 살짝 끄덕이고는 유서를 펼쳤다.

거기에 적힌 것은 누명 사건에 대한 원망과 교도소에서의 비참한 생활, 자신을 조롱하는 세상을 향한 분노였다.

특히 난폭한 취조와 억지 자백을 강요하는 경찰의 수사 방식에 대해 담당 형사의 실명까지 언급하며 규탄하고, 남의 인생을 파멸로 몰아가면서까지 출세하려는 무리와 그 아이러니까지 줄줄이 언급했다. 자신이 교도소에 있던 기간만큼 똑같이 그들을 교도소에 보내고 싶다고도 썼다.

재심 청구가 이루어진 것은 조부모와 어머니가 돌아가신 뒤였던 모양이다. 억울하게 죄를 뒤집어쓴 것을 그 세 사람만큼은 믿어주었는데, 무죄가 증명되기 전에 돌아가시는 바람에 그 원통함과 안타까움이 부들부들 떨리는 활자로 나타나 있었다.

사와다의 분노는 인터넷으로도 향했다.

그의 사건을 검색하면 무죄가 입증된 판결보다도 사건 당시의 뉴스가 먼저 나오고 익명 게시판에는 무분별하게 쓴 글이 연달아 떠 있다.

SNS에도 '애초에 의심받은 쪽이 잘못이다' '남자가 보육 교사라니 당연히 롤리타 콤플렉스 아니냐' 등등 악성 댓글이 쏟아졌는데, 사와다는 그런 글을 올린 사람들도 전부 범죄자라며 냉엄하게 죄를 처단하고 있었다.

자신의 잃어버린 인생에 대한 억울함, 실의에 빠져 돌아가신 가족을 향한 죄책감을 토로하고, 무엇보다 경찰의 대응과 세간의 몰이해를 비난하며 세상과 인간을 원망한 채 세상을 뜨겠다고 적은 그 글은 틀림없는 유서였다.

한 인간이 죽음을 결심하게 만들 정도의 고통이라니, 하세는 상상조차 할 수 없었다.

동시에 한 가지 의문이 들었다.

사와다는 어제 마사키에게 그렇게 화가 났었는데도 그 일에 대해서는 아무런 언급이 없었다. 게다가 이 편지지도 호텔에 비치된 것이 아닌 듯했다.

그렇다는 건 미리 준비해서 가지고 왔다는 얘기다.

"사와다 씨, 설마 처음부터 자살할 작정으로 우주에 오셨던 겁니까?"

자포자기하듯 사와다가 고개를 끄덕인다.

"그래요. 저는 죽으려고 여기에 왔습니다. 어차피 죽을 거면 제일 화려한 장소에서 죽어주자 싶어서. 조용한 죽음은 기사에도 나지 않을 테니까요. 집에서 죽으면 유서도 쓰레기랑 같이 버려지기만 하겠죠. 추첨에 당첨되자 마침내 내 무대가 마련되었다고 생각했습니다. 그런 운명이라고. 그래서 꼭 해야겠다 싶어 준비해서 왔습니다."

아마네가 입가에 집게손가락을 얹더니 말했다.

"그 말은 그러니까, 되도록 많은 사람에게 본인의 죽음을 알리고 싶었다는 거예요?"

"많은 사람이라기보다 나에게 억울하게 죄를 씌우고 괴롭힌 놈들에게 너희 때문에 사람이 죽었다고 알려주고 싶었어요. 양심이 있으면 가책을 느끼겠지 싶어서."

굴절된 복수 방법이지만 사와다의 눈빛은 진지하다.

그러자 아마네가 냉큼 부정한다.

"아아, 그러긴 힘들어요. 안 돼요, 안 돼. 그럴 일은 절대 없어요."

목소리는 한없이 가벼워 마치 반 친구에게 하는 듯한 말투다.

"그런 작자들은 누가 죽든 말든, 그게 자신의 탓이든 아니든 처음에만 심각한 얼굴을 하지, 5초 후에는 히죽히죽 웃고 있을 테니까."

"저기, 아마네 양."

하세가 제지하지만 사와다는 어이없다는 듯 웃었다.

"마치 본 것처럼 말하네."

"맞아요. 봤으니까요."

천연덕스럽게 고개를 끄덕이는 아마네를 사와다가 다시 쳐다본다.

"제가 다녔던 초등학교에서 괴롭힘이 있었다는 얘기는 했었죠? 고토라는 애가 열외 취급됐고 폭행을 당하기도 했어요."

교토에서 말하는 열외는 따돌림당하는 사람을 의미하는 것일 테다.

"담임은 눈앞에서 애가 얻어터지든 협박을 당하든 모르는 척했어요. 심지어 그러면서 강해지는 거라나 뭐라나……. 결국 그 애는 전학 갔어요."

"생각이 너무 구시대적이네."

하세가 저도 모르게 탄식할 만큼 시대착오적인 사고였다.

아니, 그건 어느 시대에서도 통해서는 안 되는 사고방식일 것이다. 그러나 여전히 학교 폭력이 없어지지 않는 건 그런 교사가 적지 않게 존재하기 때문이기도 하리라.

"뭐 실제로 나이 많은 아줌마이기도 했고요."

침이라도 뱉고 싶다는 말투지만, 아마네는 희미하게 미소 짓고 있다.

모든 감정을 미소로 표현하는 게 교토 사람의 특징이긴 하지만 이렇게까지 극단적인 아이는 하세도 본 적이 없다. 교토에서 1년간 생활한 경험이 없었다면 말하는 내용과 표정의 부조화에 당혹스러웠을 것이다.

"고토가 전학 갈 때 전교생 집회가 있었어요. 학교 폭력은 절대 용납할 수 없다는 취지의. 그것 자체는 좋았지만…… 그 집회가 끝난 뒤에 담임선생님이 뭐라고 한 줄 알아요? 새 학교에서 고토가 힘낼 수 있도록 함께 응원합시다, 이러더라고요. 그러더니 평소처럼 수업을 시작하고 아무 일도 없다는 듯 농담하고 웃고. 저는 그때 태어나서 처음으로 마음속 깊은 곳에서 혐오를 느꼈어요."

아마네의 미소가 점점 더 날카로워진다.

정말 고등학생이 맞나 싶을 만큼 표정이 차갑다.

"그냥 내버려둔 주제에. 본인이 침묵해서 그렇게까지 악화됐던 건데. 그러면서 남의 일인 양 말하는 꼴이라니. 하긴 실제로 남의 일로 대했지만. 학생 하나가 어떻게 되든 말든 교사 자신만 손해 보지 않으면 그만이라는 식. 인간이 어디까지 이기적이고 교활해질 수 있는지 그때 난생처음으로 생각했어요."

"그래서 선생님을 싫어하는 거예요?"

하세의 질문에 아마네는 크게 고개를 끄덕였다.

"계기 중 하나가 됐죠."

그렇다는 건 다른 이유도 있는 모양이다.

"굳이 사립 중학교 입시를 치른 것도 입시 명문 학교에 가면 멍청한 선생님이 있을 확률이 낮다고 사촌 언니가 귀띔해줬기 때문이에요."

자기가 말하고 자기가 웃는 아마네의 표정과 목소리가 한없이 차갑다.

아무래도 가차 없는 성격은 타고난 듯하다.

"전직 입시학원 강사로서도 그건 장담합니다."

하세가 쓴웃음을 지으며 고개를 끄덕이자 아마네는 씁쓸한 표정을 지었다.

"그러니까 죽음으로 복수를 한다느니 그런 건 아무 효과가 없을 거예요. 바보 같은 생각은 그만두는 게 좋을걸요. 그보다 차라리 맛있는 음식을 생각해요. 토라야*의 양갱이라든가 데마치 후타바**의 콩떡이라든가. 우리 집 근처에 프렌치토스트가 엄청 맛있는 빵집이 있어요. 교토에서 제일 맛있달까? 교토 제일이라는 건 세계 제일이기도 하니까 한번 드셔보세요. 기운이 날 거예요."

빈정거림과 냉소가 사라진, 나이에 어울리는 미소가 떠오른다.

아마도 아마네는 사와다의 자살을 막으려고 자기 나름대로 열심히 설득 중인 것 같다.

어설프기 짝이 없지만.

* 창립 500여 년에 달하는 일본의 전통 화과자 제조사

** 1899년에 창업한 교토의 떡집

사와다도 그렇게 느꼈는지 울다가 웃다가 하는 표정으로 어깨를 들썩이고 있었다.

"라면."

"네?"

"네?"

하세와 아마네의 목소리가 겹쳤다.

"교토는 라면 격전지라고 들었어요. 실제로 유명한 가게도 많고. 예전에는 그 정도는 아니었는데 교도소에서 나온 뒤로는 근력 운동과 라면 맛집 찾아다니는 게 취미예요."

"교토의 라면은 저도 좋아합니다."

하세가 진심을 담아 동의한다.

"서쪽 지방은 전체적으로 간이 싱거운데 라면만큼은 진해서 예전에 교토에 살았을 때 자주 먹으러 다녔어요. 이 여행이 끝나면 제가 맛있는 집을 알려드릴게요."

"기대되네요. 혹시 다이호켄이라는 곳 알아요? 체인점으로 운영하는 라면집인데. 저는 그 집 라면이 제일 맛있어요."

"그럼 제가 추천하는 곳도 한번 시도해보세요. 진하고 구수한 라면도 좋지만 담백한 라면도 맛있는 게 많아요."

사와다의 어깨가 점점 더 크게 흔들렸다.

하지만 마지막에는 고개를 좌우로 흔들고는 푹 숙인다.

"아니에요. 처음에 말했잖아요. 아닌 건 아니지만, 아니라고."

대체 그게 무슨 말일까 싶어 다음 말을 기다린다.

사와다는 덩어리 같은 한숨을 내쉬고 떨리는 목소리로 말했다.

"유서를 쓴 건 제가 맞아요. 하지만 죽으려고 한 건 아니에요. 그걸 꺼내둔 건 실수였고, 이 말을 믿어줄지 모르겠지만 어제 시점에서 전 이미 자살할 마음은 없었어요."

"그러니까 그 말은……?"

되묻는 하세의 목소리도 이미 떨리고 있다.

"누군가 저를 죽이려고 했다는 거죠."

3

국자가 레스토랑 바닥에 떨어졌다. 옆에서 보고 있던 스가야마가 얼른 줍는다.

국자를 떨어뜨린 사람은 미야하라. 머리에 두르고 있던 반다나를 풀고 사와다에게 달려간다.

"살해당할 뻔했다니, 그게 무슨 말이에요? 괜찮아요?"

간단한 자초지종을 듣고 맨 처음 반응을 보인 사람이 미야하라다. 다른 사람들은 걱정보다 우선 놀라움이 앞서 정신이 없는 듯하다. 야마구치는 낮게 신음하며 고개를 숙이고 있다.

"괜찮습니다. 하세 씨와 아마네 양 덕분이에요. 옷까지 빌려주셔서 감사합니다."

사와다의 방은 가스가 차 있을 가능성이 있어 그대로 폐쇄해버렸기 때문에 갈아입을 옷을 가지러 갈 수도 없다.

그래서 하세가 여분의 제복을 빌려줬는데 그게 잘 어울렸다. 제복은 유명 디자이너와 협업한 제품이다. 평소에도 입을 수 있는 무난한 디자인이라 일반 판매도 할 예정이라고 한다. 검은색 바탕에 은색 선이 들어간 디자인이 사와다의 호리호리한 체격에 잘 어울렸다.

게다가 옷을 갈아입을 때 봤는데, 옷 입은 모습에서는 상상이 안 될 만큼 사와다의 몸은 근육질이었다. 검은색을 바탕으로 한 옷이라 한층 더 탄탄해 보이는 것일 테다.

과연 근력 운동이 취미라고 말할 만하다 싶으면서도, 교도소 안에서는 달리 할 일이 없었다는 말을 들으니 복잡한 기분도 들었다.

"사와다 님, 괜찮으시면 커피나 홍차 좀 드릴까요?"

스가야마의 권유를 사와다는 정중히 사양했다. 아직은 속이 좀 좋지 않아 아무것도 입에 넣고 싶지 않다고 한다.

스가야마는 더 권하지 않았지만 미야하라는 포기하지 않았다.

"뭐라도 먹어두는 편이 좋지 않겠어요? 아침 식사도 준비해놨으니 웬만하면 그것도 먹는 게 좋을 것 같은데."

"……그럼, 물을 좀 주시겠어요? 미지근한 물로."

자신을 걱정해서 그런다는 걸 아는 사와다는 희미하게 미소를 지으며 고개를 끄덕였다.

"알겠습니다."

스가야마가 곧장 움직인다. 어젯밤에는 적잖이 초췌했는데 하룻밤 자고 감정을 추슬렀는지 지금은 유니폼을 단정하게 갖춰 입었고 움직임도 기민하다.

미야하라는 내친김에 하세와 아마네에게도 마실 것을 묻는다.

"그럼 저는 아이스티 부탁합니다. 스트레이트로."

"저도 그걸로."

딱히 홍차를 골랐다기보다는 이토의 사건이 해결될 때까지는 어쩐지 커피 마시기가 꺼려졌다. 아직 그 커피 원두는 방에 둔 채 손대지 않았다.

스가야마는 커피와 홍차, 둘 다 뜨거운 것과 차가운 것을 자유롭게 고를 수 있도록 준비했다. 탁자 위에 놓인 컵 몇 개에서 뜨거운 김이 나오고 있었다.

오늘부터 8월이지만 우주 호텔은 시설 전체를 항상 25도에 맞춰놓았다. 덥지도 춥지도 않은 설정이라 취향대로 뜨겁게든 차갑게든 고를 수 있어 좋다.

"잠깐만! 나 아니라니까요!"

빨대에 입을 대는 순간, 마사키의 외침이 들렸다.

돌아보니 미야하라가 그를 노려보고 있다.

"내가 왜 죽여요? 그야 뭐 어제는 언쟁이 좀 있었지만 그런 일로 사람을 죽일 리가 없잖아요?"

"그래요. 진정하세요, 미야하라 씨. 증거라도 있다면 모를까, 사람을 함부로 의심하는 건 위험한 일이에요."

시마즈가 낮은 음성으로 타이르고, 야마구치가 고개를 끄덕이며 말한다.

"맞아요. 지구평면설을 주장하는 얼토당토않은 사람이긴 해도 살인범이라고 단정하기에는 그걸 뒷받침할 증거가 없잖아요."

사와다가 다정하게 미야하라의 어깨에 손을 얹고 고개를 저었다.

"저를 위해서 분노해주는 건 고맙지만, 어젯밤의 일이라면 전 아무렇지도 않아요."

본인이 그렇게 말하자 미야하라는 고개를 숙였다.

"……죄송해요. 제가 마음만 앞서 실수했네요."

"알았으면 됐지만…… 미야하라 씨, 성가시다거나 부담스럽다는 말 자주 듣지 않아요? 듣죠? 분명 들을 것 같은데?"

괜한 말을 덧붙이면서 마사키는 마사키대로 왜 자신이 의심받았는지 이해하지 못했다.

"그런데 궁금하기는 하네요. 왜 사와다 씨를 노렸던 걸까요?"

"글쎄요, 그건 저를 죽이려고 한 사람한테 물어보세요."

"하긴 그렇군요. 범인 말고는 알 수 없으니까."

한번 미야하라에게 의심을 샀기 때문인지, 본인이 아니라고 어필하듯이 마사키는 익살스럽게 대꾸했다.

야마구치가 손가락을 들어 이목을 집중시켰다.

"정말로 살인미수가 맞습니까? 어떤 상황이었는지 자세히 알려주세요. 실례지만, 자살에 실패한 게 민망해서 거짓말을 하는 건 아닌가요?"

"……정말 실례네요."

사와다가 발끈하며 부정한다.

"죄송합니다. 하지만 유서까지 준비했다고 하니까 그게 아니라 만약 정말로 살해당할 뻔했던 거라면……."

야마구치는 말을 하다 뭔가 꺼리는 듯 입을 다물었지만 무슨 말을 하고 싶은지는 알 수 있었다.

모두가 침묵을 지키는 와중에 분위기 파악을 못 하는 사람은 역시 마사키였다.

"맞네. 자살이 아니라면 이 안에 살인범이 있다는 거네."

사와다는 멍한 얼굴로 물컵을 입에 댄다.

하세로서도 여행 참가자의 안전 확보를 위해 분명하게 해두고 싶다. 이 안에 살인을 시도한 사람이 있다면 이토의 사건도 그놈이 저질렀을 가능성이 있다.

지금도 하세는 이토가 자살했다고 생각하지 않는다. 게다가 통신기기의 고장도 마음에 걸린다.

누군가 살의를 품고 행동하고 있다고 생각하는 쪽이 자연스럽다.

"하세 씨와 아마네 양에게는 말했지만, 솔직히 저는 세간을 떠들썩하게 만들 자살을 할 작정으로 우주여행에 응모했습니다. 당첨됐을 때는 이제 나도 나를 불행하게 만든 인간들에게 조금이나마 끔찍한 일을 겪게 할 수 있겠다고 생각한 것도 사실이에요."

몇 번을 들어도 음울한 복수 방식이다. 그만큼 사와다의 인생이 궁지에 몰려 있었던 것이리라.

"하지만 어제 잠들기 전에 자살할 마음이 없어졌어요."

"어째서죠?"

야마구치가 미간에 주름을 잡고 묻는다.

"이유는 두 가지. 첫 번째는 조종사님이 먼저 돌아가셨기 때문이에요. 만약 그게 자살이라면, 두 번째는 아무래도 덜 인상적이잖아요."

우울한 농담에 아무도 대꾸하지 않았다.

"만약 조종사님의 죽음이 타살이라면 또 내가 의심받는 거 아닐까 해서요. 제가 자살한 뒤에 살인범 취급을 받으면 그거야말로 죽어도 편히 눈감을 수 없을 테니까."

억울한 죄를 뒤집어쓰고 17년간 교도소에 있었으니 트라

우마가 될 만도 하다.

"두 번째는 마사키 씨 덕분이에요."

"나?"

"지구평면설 같은 말을 듣고 어떻게 죽을 수가 있겠어요? 너무 어이가 없잖아요."

"말 잘했어요! 나, 그런 센 척하는 사람 좋아합니다. 그래도 자살은 안 돼요. 살다 보면 좋은 일도 있고 나쁜 일도 있고 그런 거죠."

마사키의 말투에서 악의는 느껴지지 않는다. 그래서 더더욱 미야하라와 야마구치는 어처구니가 없었다.

하세는 마사키가 어떤 사람인지 대충 알 것 같았다. 그는 초등학생이 그대로 어른이 된 타입이다. 부동산으로 성공했다는 걸 보면 머리는 좋을 것이다. 좋든 나쁘든 그런 성격이라 남의 마음을 파고드는 데에도 주저함이 없는 거다.

시마즈가 안도하고 고개를 끄덕이며 말했다.

"잘했어요, 잘했어. 마음을 돌렸다면 이유야 뭐든 괜찮습니다."

"애초에 자살할 거였으면 조종사님과 마찬가지로 목을 맸겠죠."

손잡이 없는 찻잔을 내려놓으며 말한 사와다에게 야마구치가 몸을 쑥 내밀며 묻는다.

“이곳의 중력은 지상의 6분의 1이에요. 목을 매도 죽을 수 있을지 없을지 확실하지 않잖아요?”

“경동맥은 2킬로그램의 무게만 있으면 조여져요.”

태연하게 내뱉는 말이지만, 썩 유쾌하지 않은 지식에 레스토랑의 에어컨 바람이 춥게 느껴졌다.

하세도 이미 검색해 알고 있던 것이지만 새삼스럽게 다른 사람의 입으로 들으니 기분이 좋지 않다.

“글쎄요. 그걸 증명할 수 있습니까?”

“증명이라니…… 실제로 목이라도 매라는 말입니까?”

“그거라면 내가 증명할 수 있을지도 모르겠네요.”

야마구치의 터무니없는 요구에 가느다란 팔을 든 사람은 시마즈였다.

“제가 예전에 유도를 했어요. 조르기 기술은 깔끔하게 들어가면 힘이 필요 없거든요. 경동맥을 조르는 데 2킬로그램까지 필요하지 않아요.”

“오호, 그럼 저로 한번 시험해봐요.”

마사키가 앞으로 나왔다.

시마즈는 오른손으로 마사키의 목덜미를 잡더니 밑에서 왼손을 교차해 목을 꽉 눌렀다.

“숨쉬기 힘들면 참지 말고 바로 탭을 해주세요.”

시마즈의 충고에도 여유로운 표정을 보이던 마사키는 다

음 순간 두 눈을 크게 부릅떴다.

"어엇?"

시마즈는 팔에 크게 힘을 준 것처럼 보이지 않는다. 옆에서 보면 양손을 가볍게 쥐었을 뿐이다. 그런데 1초도 지나지 않아 마사키는 길길이 뛰며 탭을 하고 있었다.

시마즈가 힘을 푼다. 그것도 주먹을 편 것으로만 보인다.

마사키는 유난스럽게 호흡하면서 눈을 크게 떴다.

"우와 장난 아니네. 이러면 당연히 죽죠. 거의 의식을 잃을 뻔했어요. 기절하는 데 10초도 안 걸리겠네요."

"그럴지도 모르죠. 예전에는 더 깔끔하게 결판이 났는데."

아마추어 눈에는 그것도 대단해 보이는데, 시마즈는 자신의 기술이 쇠퇴했음을 아쉬워했다.

"2킬로그램이라는 건 확실하게 경동맥이 졸리는 무게를 말한 게 아닐까요? 지금처럼 깔끔하게 누르면 2킬로그램도 필요 없는데."

사와다가 음침하게 웃으며 손안에서 찻잔을 만지작거린다.

"아프거나 고통스러워도 상관없다면 모를까, 사람은 의외로 편하게는 못 죽어요. 특히 보통 사람이 손에 넣는 물건으로 어떻게 해볼까 해서는 말이죠."

듣는 사람의 감성을 낮고 어두운 방향으로 자극하는 듯한 목소리다.

"약을 과다 복용해도 토해낼 가능성이 있고, 곡기를 끊고 굶어 죽으려 해도 도중에 본능을 거스를 수 없게 되죠. 그래서 자살한다면 목을 매는 선택지밖에 없는 거예요. 가스 같은 번거로운 방법은 쓰지 않아요."

"가스……요?"

스가야마가 고개를 갸웃거린다.

"정확히 말하면 살해하려던 도구가 가스일지도 모른다고 의심하고 있어요."

하세가 설명을 덧붙이자 사와다가 이어받아 말했다.

"눈을 떴더니 온몸이 차가웠고 묵직한 두통이 있어서 몸을 전혀 움직일 수 없었어요. 그러다 어느샌가 의식을 잃었고……. 정신을 차렸더니 하세 씨와 아마네 양이 제 얼굴을 들여다보고 있더군요. 가스가 아니고서야 이럴 수 있을까요?"

"아뇨, 가스는 있을 수 없습니다."

스가야마가 단칼에 부정했다.

"저희 호텔에서는 가스를 전혀 사용하지 않습니다."

놀랍기도 하고 납득도 된다는 반응이 저마다의 얼굴에 떠오른다.

"우주 호텔에서 가장 경계하는 것은 화재입니다. 불이 나면 산소가 현저히 줄어들기 때문에 화기류는 물론 가스도 반입을 금하고 있어요."

"그러고 보니 라이터 같은 것도 반입 금지였네요."

때마침 생각났다는 듯 야마구치가 소리 높여 말한다.

스가야마와 함께 하세도 고개를 끄덕인다.

우주선의 탑승 수속 절차에서 수하물 검사는 유니버설 크루즈사의 지상팀이 맡아 했다.

"물론 유사시를 대비해 대책은 세워두고 있습니다. 소화기와 스프링클러도 지상보다 더 엄격한 기준으로 설치해두었어요. 과거에는 우주선에서도 작은 화재로 인한 소동이 있었으니까요. 하지만 저희 호텔은 애초에 불을 사용하지 않는다는 설계로 지어졌습니다."

미야하라가 손뼉을 탁 쳤다.

"주방 조리 시설이 전부 인덕션이었던 것도 그래서군요. 그 때문에 온도 조절 방법이 평소 하던 것과 달라서 쓰기 어려웠어요. 믹서기는 필요 이상으로 고성능이었지만."

"저희 호텔은 전체가 전기 시스템입니다. 다행히 전기만큼은 제한 없이 만들어낼 수 있어서요."

태양광 패널도 10여 년 전에 비해 상당히 개량되었다. 게다가 우주에서는 계절이나 날씨의 영향을 고려할 필요가 없으니 계획적인 발전이 가능하다. 우주 호텔 전체가 가동해도 충분히 여유가 있게끔 설계되어 있었다.

"그럼 그 숨 막힘은 뭐였지?"

사와다가 자연스레 드는 의문에 고개를 갸웃거린다.

마사키가 지극히 단순하게 말했다.

"애초에 살인이라고 생각한 게 착각 아니에요? 사고였던 거 아닌가? 에어컨이 고장 난 것 같던데 그래서 이산화탄소 때문에 질식할 뻔했던 거 아닌가요?"

"그것도 가능성은 희박하다고 생각합니다. 방이 그렇게까지 기밀성氣密性이 강한 건 아니라서요."

스가야마가 부드러운 어조로 답한다.

"말하자면 저희 호텔은 시설 자체가 거대한 밀실입니다. 환기에 대해서는 설계 단계에서부터 상당히 신경을 써서 고안되었어요. 에어컨이 고장 나더라도 호흡에 지장이 없도록. 모든 에어컨이 일제히 멈춘다면 이산화탄소 중독을 일으킬 가능성도 있지만, 그것도 몇 시간 후의 이야기예요. 방 하나 정도는 문제없을 거예요."

"예를 들어서요,"

미야하라가 뭔가 생각난 모양이다.

"드라이아이스를 이용하면 이산화탄소의 농도를 높일 수 있지 않아요? 녹아서 없어지면 증거도 남지 않을 거고."

"과연. 그거 좋은 생각인데요."

시마즈가 감탄했지만 스가야마는 이것도 부정했다.

“그것도 무리예요. 드라이아이스 제조기도 없을뿐더러 가령 있다고 해도 재료를 구할 수 없으니까요.”

드라이아이스는 고체 이산화탄소다. 만드는 방법은 간단하다. 이산화탄소를 가압 압축한 뒤 냉각해서 액체화시킨 다음 급속하게 통상적인 대기 압력으로 돌아가면 고체 분말이 된다.

“저희 호텔은 산소 21%, 질소 79%를 유지하도록 설정되어 있습니다. 이산화탄소는 우리가 호흡하면서 내뱉는 양밖에 없어요. 호흡으로 배출되는 이산화탄소도 특수 필터를 통해 우주로 배출되게끔 되어 있고요. 이 배기구가 호텔 곳곳에 설치되어 있습니다. 복도와 방은 물론, 창고와 오락 시설이 있는 장소에도요.”

시마즈가 불안한 표정으로 손을 들고 물었다.

“저기, 그건 공기가 샌다는 뜻인가요?”

“아뇨, 새는 게 아니라 밀려 나가는 겁니다.”

스가야마는 가까이 있던 텀블러 두 개를 들어 바닥을 맞대서 장구 같은 모양으로 만들었다.

“이 텀블러가 배기관이고 바닥을 특수 필터라고 생각해보세요. 우주 쪽에는 이렇게 뚜껑이 붙어 있습니다.”

사각 컵받침을 물에 적셔 하세 쪽에서 봤을 때 오른쪽 텀블러의 입구에 붙인다.

"필터는 대기압 이상의 가압으로 이산화탄소를 흡착하고 대기압 미만으로까지 감압하면 탈착하는 구조로 되어 있습니다. 그래서 이 필터에 다다를 때까지 공기를 따뜻하게 해 팽창시킵니다. 이렇게 함으로써 필터는 이산화탄소만 흡착하게 됩니다. 이때 산소와 질소는 그대로 필터를 빠져나가 필터 맞은편에 설치한 다른 배관을 통해 원래의 방으로 돌아갑니다."

오른쪽 텀블러 위에 빨대가 놓인다. 이것이 그 배관인 듯하다.

"하지만 이대로 놔두면 이산화탄소가 필터에 붙은 채로 점점 더 쌓이게 됩니다. 그래서 우주 쪽의 뚜껑을 열지요."

마시는 입구에 붙어 있던 컵받침을 제거한다.

"이렇게 되면 단번에 배기관 안의 기압이 내려가고 산소와 질소를 운반하는 배관에 설치한 밸브가 당겨져 뚜껑을 닫습니다. 참고로 이 배관과 밸브는 녹이 슬지 않도록 스테인리스로 만들어졌어요. 공기에는 수증기가 포함되어 있어서요."

손가락으로 빨대 끝을 쥔다. 뚜껑을 닫는 걸 표현하나 보다.

"동시에 기압이 내려갔기 때문에 필터에 흡착됐던 이산화탄소는 탈착되고 우주로 배출됩니다. 대기는 기압이 높은 곳에서 낮은 곳으로 흘러가니까요."

우주 호텔 내부와 우주를 비교하면 당연히 우주 쪽 기압이 낮다. 정확히는 애초에 대기가 없다.

"이산화탄소 배출이 완료되면 우주 쪽 배기관의 뚜껑을 닫습니다."

벗겨져 있던 컵받침이 다시 부착된다.

"이 뚜껑은 일정한 주기로 자동으로 여닫히게 되어 있습니다. 이것이 이산화탄소 제거 시스템의 대략적인 움직임입니다."

스가야마의 설명에 감탄하며 시마즈는 몇 번이고 고개를 끄덕였다.

"그렇구나. 기압 차를 이용해 이산화탄소를 밀어내는 거군요. 세밀하게 고안했네요."

"따라서 우리가 호흡하면서 배출하는 이산화탄소도 그렇게 간단히 호텔 안에 쌓이지는 않는 겁니다. 남아 있다 하더라도 드라이아이스를 만들 재료만큼은 되지 않을 거예요."

"그렇지. 재료가 없으면 어찌할 방법이 없지."

미야하라가 복잡한 표정으로 납득한다.

자살미수인 건지 살인미수인 건지, 이것으로는 단정 지을 수 없게 되었다. 어느 쪽이든 반길 일은 아니다. 그런 표정을 짓는 것도 이해가 된다.

문득 사람들의 모습을 살펴보니 전원이 비슷한 표정으로 생각에 잠겨 있었다.

만약 살인미수라면 범인이 있다는 얘기가 된다. 걱정되는 것이 당연하다.

하지만 하세는 지금 다른 일이 마음에 걸린다.

우주 호텔에는 이산화탄소가 거의 존재하지 않는다고, 스가야마는 말했다.

그 말을 뒷받침하듯 우주 호텔에는 식물이 없다. 광합성을 할 수 없어 말라버리기 때문이다. 공공 구역의 공원에 설치된 잔디와 식물은 전부 조화다. 나중에는 채소를 직접 키워 소비한다는 목표가 있다고 하니 조만간 생화를 들여올 예정일 것이다. 하지만 그전까지 이 우주 호텔에 존재하는 이산화탄소는 자신들이 내뱉는 것뿐이라고 한다.

……정말로 그럴까?

아니야. 어디선가 보았다. 이산화탄소라는 글자를, 우주에 와서 분명히 봤는데. 어디였지?

이산화탄소.

드라이아이스.

그래, 드라이아이스. 이 단어도 뭔가 걸린다.

그러고 보니 사와다의 방은 에어컨이 고장 났는데도 약간 서늘했다.

그래서 미야하라가 드라이아이스라고 말을 꺼냈을 때는 묘하게 납득이 되었을 정도다.

이산화탄소, 드라이아이스, 이산화탄소, 드라이아이스……. 이 두 가지가 영 마음에 걸린다.

"소화기……."

아무 생각 없이 중얼거린 바로 다음 순간, 무언가 딸각, 들어맞는 느낌이 들었다.

이어서 미야하라가 손뼉을 치며 외친다.

"그래, 이산화탄소 소화기! 그래서 아까 드라이아이스가 생각났던 거예요! 전에 회사의 소방 훈련에서 써본 적이 있어서. 이산화탄소 소화기로 드라이아이스를 만들 수 있었어요!"

소화기는 분말 소화기, 액체 소화기, 가스식 소화기의 세 가지로 분류된다. 분말과 액체에 대해서는 설명할 필요가 없을 것이다. 지극히 일반적인 물건이므로.

마지막의 가스식이라는 것이 바로 이산화탄소 등을 이용해 질식 효과로 불을 끄는, 그리 흔치 않은 유형이다. 소화제가 이산화탄소이기 때문에 전기 설비와 정밀 기계, 미술품 등을 훼손하지 않는다는 특징이 있다.

또한 미야하라가 말한 대로 이산화탄소 소화기는 구조상 분출할 때 드라이아이스가 정제된다. 액체화된 이산화탄소가 급속히 통상적인 대기 압력으로 돌아가기 때문이다.

이거라면 사와다의 방이 서늘했던 것도, 하세와 아마네가 두통을 느낀 것도 설명할 수 있다.

"자고 있을 때 몰래 들어와서 이산화탄소 소화기를 사용하면 질식시킬 수 있지 않을까요?"

미야하라의 말에 사와다가 자기 몸을 쓰다듬으며 새파랗게 질렸다.

"그렇구나. 그래서 몸이 차가웠던 걸지도 몰라요. 의식을 잃기 직전이라 차갑게 느낀 게 아니었네."

코로나 바이러스가 한창 기승을 부릴 때 TV에서 실내 환기를 권장하며 이산화탄소 농도에 대해 자세히 다뤘던 것이 기억난다.

농도별 증상은 다음과 같을 것이다.

2%. 건강에 문제는 없지만 호흡의 심도深度가 증가한다.

4%. 이명, 혈압 상승, 두부의 압박감.

6%. 호흡 횟수의 현저한 증가. 과호흡, 두통, 현기증.

8%. 10분 이내 호흡곤란, 정신 혼란.

10%. 수분 이내 의식상실.

20%. 중추신경 마비. 사망 위험 있음.

30%. 약 열 번의 호흡으로 의식상실. 사망 위험 있음.

일상생활에서 농도 8%를 초과하는 일은 거의 없지만 에어컨이 작동하지 않는 상태에서 이산화탄소 소화기를 사용한다면, 가능하다.

까다로운 점은 가스 같은 냄새도 없는 데다 환기만 해도 증거가 사라진다는 것. 하지만 그 환기 덕분에 사와다는 목숨을 건졌다.

한 번 심장이 멈췄는데도 살아날 수 있었던 건 아마도 범인이 예상한 것보다 방의 환기가 잘되었기 때문이리라.

그럼에도 하세와 아마네가 방에 뛰어들어 왔을 때, 그 짧은 시간에도 두통과 현기증이 일었으니 이산화탄소의 무시무시함에 몸이 움츠러든다.

"맞아요. 통신관리실에는 이산화탄소 소화기가 준비돼 있었습니다."

스가야마는 이제야 생각이 난다. 무리도 아니다. 이산화탄소 소화기는 대상물을 질식시켜 소화하는 성질이 있기 때문에 다루기가 상당히 어렵다. 특히 실내에는 설치하지 않는 것을 권장하기 때문에 이산화탄소 소화기의 존재조차 모르는 사람도 있다. 평범한 생활을 한다면 거의 볼 일이 없다.

우주 호텔에서는 불을 사용할 수 없다. 화재 방지에 만반을 기했을뿐더러 애당초 화재가 일어날 수 없도록 설치된 장치가 곳곳에 있다. 개업을 앞두고 바빠서 잠시 잊고 있었어도 이상할 게 없다.

"하세 씨! 확인하러 가요!"

아마네가 엉거주춤 일어나면서 외쳤다.

하세도 고개를 끄덕이며 걸음을 내딛었다.

"여러분은 이곳에 계세요. 스가야마 씨, 갑시다!"

도착한 곳은 에너지 공급 구역의 위성 모뎀이 설치된 통신 관리실이었다.

선반에서 뻗어 나온 LAN 케이블은 몇 번을 봐도 장관이지만 무심히 지나쳐 소화기를 집는다.

라벨에 틀림없이 CO_2라는 글자가 적혀 있다.

자세히 보니 소화기 바로 뒤에 전면형 방독 마스크와 알루미늄제 용기가 놓여 있다. 용기의 크기는 500밀리리터 페트병 정도 된다. 이동형 호흡기라고 적혀 있으니 이것으로 질식을 방지하는 것이겠지. 약 5분간 사용할 수 있다고 적혀 있다.

"생각했던 대로네요. 어제 여기서 이걸 봤거든요."

탈출 포드가 발사됐을 때 바닥이 흔들리고 소화기가 가볍게 떠올랐던 것이 기억난다. 그때 CO_2라는 글자가 얼핏 시야에 들어왔었다.

워낙 순간적이라 그때는 신경도 안 쓰였지만, 드라이아이스와 이산화탄소라는 미야하라의 말에 간신히 떠올릴 수 있었다.

"안이 비었네요."

아마네가 손도 대지 않고 지적하자 하세는 의아해하며 물었다.

“어떻게 알아요?”

“압력계가 빨간 부분의 바깥쪽을 가리키고 있잖아요?”

아마네의 손가락이 가리키는 대로 핸들에 부착된 압력계가 내부 기압이 줄었음을 나타내고 있다.

“그런데도 안전핀은 제대로 달려 있어요.”

핸들 부분에 붙어 있는 노란색 고리 얘기다. 오작동 방지를 위한 것으로, 이걸 잡아당기지 않으면 레버를 쥐어도 소화기는 작동하지 않는다.

누군가 사용한 뒤, 표시 나지 않도록 원래대로 돌려놓은 것이다.

“이산화탄소 소화기는 몇 개가 더 있습니까?”

“잠시만요…….”

스가야마가 지배인실에서 가져온 긴급 매뉴얼을 펼친다.

“전부 해서 여덟 개입니다. 이 방에 두 개, 옆 A실에 두 개, 예비로 둔 것이 네 개.”

곧장 A실로 이동해서 보니, 거기도 이미 사용이 완료되었음을 확인할 수 있었다.

예비용 소화기는 직원 대기실에 있는 사물함에서 확인했다. 그것 역시 사용된 상태였다.

누군가 의도적으로 사와다를 질식하게 한 것이 분명하다.

"이거 누가 가져갔었는지 CCTV로 볼 수 있을까요?"

"이쪽으로 오세요. 영상은 관리실에서 볼 수 있습니다."

에너지 공급 구역으로 돌아와 더 안쪽으로 들어가, '관리실'이라는 표찰이 붙은 문을 연다.

그곳은 세 평 정도의 방으로, 위아래로 나란히 놓인 울트라와이드 액정 모니터 두 대와 컴퓨터 두 세트가 있었다.

컴퓨터는 작동하지 않는 모양인지 화면이 깜깜하다.

"왜 컴퓨터 전원이 꺼졌지? 쭉 켜놨을 텐데."

방범 기재의 전원이 나가는 건 통상적으로 생각해도 있을 수 없는 일이다.

그래도 스가야마의 말을 기다려본다. 화면 보호 모드로 되어 있을 뿐이지 프로그램은 정상 작동한다는 말을 해주길 기대하면서.

"……컴퓨터가 고장 났어요."

이토가 사망했을 때만 해도 작동하던 컴퓨터가 전원 버튼을 몇 번이나 눌러도 전혀 반응하지 않는다.

당연하다면 당연한 건가. 이 일련의 일들이 누군가 저지른 범행이라면 통신 설비를 파괴해놓고 CCTV를 그냥 놔둘 리가 없다. 호텔 직원들이 귀환하는 바람에 늦게 알아채고 말았다.

"이걸로 확실해져버렸네요."

무거운 한숨과 함께 스가야마가 신음한다.

확실해져버렸네요, 라는 말에 지금의 심정이 고스란히 담겨 있다.

이렇게까지 다양한 사고가 겹친다면, 역시나 우연으로는 치부하기 어렵다.

"이 호텔에 살인범이 있다."

아마네가 심각한 표정으로 중얼거린다.

"하세 씨, 혹시나 해서 말인데요, 이거, 조종사님이 돌아가신 것과도 관련이 있지 않을까요?"

이산화탄소 소화기 이야기가 나온 뒤로 하세도 그 점을 생각했다.

혹시 이토도 이산화탄소로 살해당한 것이 아닐까? 그렇다면 무중력하에서 목을 매단 것보다 훨씬 설득력이 있다.

이토에게는 외상이 없었다. 교살흔조차 보이지 않았으니까 이산화탄소에 의한 질식사라면 충분히 가능성이 있다.

하지만…….

"모르겠습니다. 다만 기장님이 사망한 창고는 사방 25미터 규모로 꽤 넓어요. 그만한 공간을 어떻게 이산화탄소로 채울 수 있을지……."

흔히 볼 수 있는 물품 보관용 창고나 개인용 임대 창고와는 규모가 다르다.

다시 한번 소화기의 라벨을 확인하자 소화제 3.2킬로그램이라고 적혀 있었다. 이것이 이산화탄소의 용량인 걸까? 액체화한 이산화탄소가 기체가 되었을 때 얼마만큼의 체적 변화가 일어나는지까지는 하세도 알 수 없다. 이산화탄소 소화기를 얼마나 사용해야 창고의 이산화탄소 농도를 30퍼센트 이상으로 만들 수 있는 걸까?

"창고 전체의 이산화탄소 농도를 올릴 필요는 없어요."

고개를 저으며 말하는 아마네의 목소리는 냉정했다.

"조종사님을 향해 이산화탄소 소화기를 뿌리면 그것만으로도 기절하게 하거나 움직임을 둔화시킬 정도는 가능하지 않을까요?"

"그렇네요. 그러고 난 뒤에 목을 조르면 교살흔이 생길 일도 없고. 가령 기절까지 하지 않더라도 현기증이나 두통을 일으키기만 해도 움직임은 둔해지겠죠. 그렇게 되면……."

거기서 말을 멈춘 것은 가이드로서 더 파고들면 안 되는 영역이라 여겼기 때문이다.

하지만 그 영역을 간단히 지르밟는 자가 있었으니, 아마네다.

"시마즈 씨같이 경동맥 조르기에 능숙한 사람이라면 움직임만 둔해져도 살인은 충분히 가능하지 않을까요?"

"……."

말을 조심할 필요가 있어 하세도 스가야마도 즉시 답하지 않고 헛기침을 하며 침을 삼켰다.

상상해본다.

이토가 창고 작업을 하던 중에 여행 참가자 중 한 명이 소화기를 들고 다가온다.

아무래도 경계는 할 것이고 나름의 태세를 갖추겠지.

그래도 상대는 고객이니까 등을 보이며 도망치는 행동은 할 수 없다.

그를 돌려보내거나 주의를 주기 위해 다가간 찰나, 이산화탄소 소화제를 뒤집어쓴다.

시마즈가 범인이라면 현기증 같은 걸 일으켜 상대의 움직임이 둔해진 틈을 타 아까 봤던 기술로 기절시켜 죽이는 일은 어렵지 않을 것이다.

"과연, 가능성은 있겠네요. 하지만 그렇다고 하기에는 설명하기 어려운 점이 있습니다."

"뭔데요?"

"기장님을 굳이 무중력하에서 목을 매달아 죽은 것처럼 보이게 한 이유요."

"……잊고 있었네요."

아마네는 현장을 본 것이 아니다. 그러므로 인상이 흐려져도 어쩔 수 없다.

하지만 하세에게는 잊으려야 잊을 수 없는 광경이었다.

수사를 교란하기 위해 그렇게 했다고는 생각하기 어렵다.

언제 경찰 수사가 이곳에 이르게 될지는 하세도 알 수 없다. 적어도 하루이틀 만에 달려올 수 있는 장소가 아니다. 실제로 어제 연락을 한 뒤로 지금껏 경찰은 오지 않았다.

그 밖에도 여전히 의아한 점이 있다.

"스가야마 씨, 열쇠는요? 마스터키는 있습니까? 객실이라든가 비상문 같은, 그런 곳을 전부 열 수 있는 마스터키 말이에요."

"있습니다. 그런데 왜요?"

"사와다 씨의 방, 문이 잠겨 있지 않았어요. 기장님이 사망했을 때도 직원 전용 구역의 문이 열려 있었고……."

"그럼, 범인은 마스터키를 이용했을지도 모르겠네요."

스가야마의 얼굴에서 핏기가 사라진다.

"아뇨, 설마 그런 일이……. 그럴 수는 없습니다."

스가야마가 자신의 왼쪽 손목을 만진다. 거기에는 하세도 착용하고 있는 스마트 워치가 있었다.

"설마, 그게?"

"……네. 항상 제가 몸에 차고 있습니다."

스마트 워치에는 전자 태그가 삽입되어 있다. 인터넷에 연결되어 있지 않아도 기능하기 때문에 전자 화폐, 디지털 열쇠로 이용할 수 있다.

"스가야마 씨 말고 같은 걸 가지고 있는 사람은요?"

"저랑 같은 권한이 있는 인물을 묻는 거라면, 없습니다. 그리고 미리 답변해드리자면 그 권한을 다른 사람에게 부여하려면 저랑 두 명의 부지배인 중 두 명 이상의 승인이 필요합니다."

"그 부지배인은요?"

"한 명은 사전 오픈에 참여하지 않았고 또 한 명은 어제……."

"다시 말해 여행 중에 마스터키를 사용할 수 있는 사람은 스가야마 씨뿐이라는 거네요."

"아닙니다! 제가 그런 것이 아니에요! 제가 왜 이토 기장님과 사와다 님을 죽이겠습니까?"

"사와다 씨는 몰라도 기장님은 스가야마 씨가 죽인 게 아닐 거예요."

흥분한 스가야마를 달래기 위해 하세는 냉정하게 사실만을 말했다.

이토가 사망한 시간대에는 아직 인터넷을 사용할 수 있었다. 따라서 호텔 직원의 위치는 와이파이를 이용한 검색 시스템으로 알아낼 수 있다.

알아보니 스가야마를 포함해 어느 누구도 창고뿐 아니라

승강장 구역에 가까이 간 정황이 없었다.

이토의 행동 이력도 창고와 우주선 왕복뿐이다. 다른 장소에서 살해당해 창고로 옮겨졌을 가능성조차 없다.

그렇다면 어떻게 문을 열었지?

"거봐요, 역시 참가자 중에 범인이 있다는 얘기네요."

아마네가 하기 어려운 말을 콕 집어 한다.

마치 자신은 범인이 아니라는 말투다. 자신도 의심받을 수 있다는 생각은 조금도 하지 않는 모양이다.

하지만 현시점에서 분명한 것은 이토를 죽인 인물은 스가야마가 아니라는 것뿐이다.

사와다 건에 대해서는 전원에게 아직 의구심이 남아 있다.

자동 잠금장치가 된 방에 들어갈 수 있는 사람은 스가야마뿐이고 이산화탄소 소화기에 대해서도 그저 모르는 척했던 걸지도 모른다.

"부기장님, 역시 지구로 돌아가시죠. 더 이상은 안전을 보장할 수가 없습니다."

스가야마의 목소리는 울음을 터뜨리기 직전처럼 들렸다.

하세도 같은 생각이다.

범인은 일부러 이산화탄소 소화기를 반출했다가 들키지 않게 제자리에 돌려놓았다.

명확한 살의를 감지했고 증거를 은폐하려는 행동을 확인

한 지금, 당장이라도 돌아가야 한다.

하지만 위성 휴대전화로 받은 메일 내용이 마음에 걸린다.

위험! 아직 오지 마.

대체 무슨 의도로 나카타는 그런 메일을 보내온 걸까.

먼저 탈출 포드로 달아난 호텔 직원들에게 보고를 받았을 것이다. 아무 연락도 취할 수 없는 지금, 우주 호텔에서 예기치 못한 문제가 발생했다는 건 당연히 알고 있을 터다.

그런데 아직 오지 말라는 지시는 어떤 의미일까?

다시 한번 우주로 나가 다른 메일이 오지 않았는지 확인하고 싶지만 우주복이 찢어진 지금은 그것도 여의치가 않다.

"어쨌든 일단 레스토랑으로 돌아갑시다. 지구로 돌아가더라도 모두에게 상황을 설명해야만 하니까요."

4

"틀림없다니까. 역시 어떤 음모라고요."

레스토랑으로 돌아가 자초지종을 이야기하자 마사키가 제일 먼저 반응했다.

"지구가 평면이라는 사실이 알려지지 않기를 바라는 무리가 있는 거예요. 그들이 우리를 가둬놓고 죽이려고 하는 거라니까. 조종사 양반도 살해당했을 가능성이 있는 거잖아요? 연쇄살인인가……. 무서워라."

"위험한 상황이라는 것은 다들 이해하셨을 거라 생각합니다. 사와다 씨는 분명 누군가에 의해 살해당할 뻔했으니까요."

하세의 경직된 목소리에 사와다도 굳은 표정으로 고개를 끄덕인다.

하세는 만일을 대비해 복도와 레스토랑에 설치된 소화기를 확인했다. 전부 초순수超純水*를 기반으로 한 중성 약품이었다. 순수는 전기를 거의 통과시키지 않는다. 라벨에도 통전화재**에 최적이라고 적혀 있다.

그렇다면 모든 소화기를 초순수 중성 소화제로 갖춰놓으면 되지 않나 싶겠지만 그러지 못하는 건 서버 등의 정밀 기계에 사용하기에는 아직 불안 요소가 있어서일 테다. 주의 사항에 '전자기기·정밀 기계가 고장 날 우려가 있음'이라고 쓰여 있다. 게다가 소화제를 사용할 때 먼지나 쓰레기가 섞이면 합선될 우려가 있다.

우주 호텔 운영의 기반 서버가 있는 곳에는 확실한 소화와 복구의 용이함을 우선시하여 이산화탄소 소화기를 두고, 그 밖의 장소에는 안전을 생각해 초순수 베이스의 중성 소화제 소화기를 둔 것 같다.

스가야마에게 확인했더니 이산화탄소 소화기는 그 안전성을 설명한 PDF 파일이 인터넷상에 공개되어 있다고 한다.

이에 더해, 실제로 화재가 발생했을 때는 스프링클러가 작동하는 것도 확인했다. 여기에도 초순수 중성 소화제가 사용

* 복잡한 공정을 거쳐 수중 오염 물질을 전부 제거한 순수한 물

** 자연재해의 영향으로 끊겼던 전기가 복구되었을 때 손상된 전선 등으로 인해 발생하는 화재

되는 것 같다.

야마구치가 양손 집게손가락을 미간에 대고 끙끙대며 말했다.

"우려했던 일이 현실이 되어버린 것 같습니다. 아무래도 이 안에 살인범이 있는 것 같네요."

일동의 시선이 갈 곳을 잃고 헤맨다.

특히 사와다는 자신이 살해당할 뻔한 터라 안경 너머의 눈빛이 날카롭다.

분위기가 나빠지는 것은 어쩔 수 없지만 무고한 사람끼리 서로 상처 주는 건 피하고 싶다. 그런 마음으로 하세는 이야기를 이어간다.

"그래서 제안하는 바입니다만…… 역시 지구로 돌아가야 할 것 같습니다. 이건 저와 스가야마 씨의 공통 의견이에요."

스가야마가 고개를 끄덕이고 덧붙인다.

"더 이상은 안전을 보장할 수가 없습니다. 투어 도중이지만, 지구로 돌아가는 편이 좋을 것 같습니다."

"뭐, 어쩔 수 없잖아요."

마사키가 솔선해서 찬성했다. 음모를 폭로하기 위해 꼭 남겠다고 말할 줄 알았는데, 의외다.

"아니, 그렇잖아요. 실제로 사와다 씨의 심장박동이 멈췄었잖아요? 사고가 아니라 누군가의 소행이라는 게 확실하다면 돌아가야죠."

참고인으로 불린 사와다가 씁쓸하게 웃으며 말한다.

"마사키 씨가 진지한 얘길하니 이질감이 드네요."

"그래서 내가 오해받기 쉽다니까요. 누가 죽었으면 좋겠다는 생각은 해본 적도 없는데."

마사키가 섭섭하다는 듯 팔짱을 끼고 고개를 돌린다.

어쨌든 귀환에 동의해주는 건 감사하다.

하지만 한편으로는 그래서 더 나카타가 보내온 메일 얘기를 꺼내기 어려워졌다.

그 내용을 사람들 앞에서 알려야 할지 말아야 할지 아직 결심이 서지 않는다. 이들을 괜히 더 불안하게 만드는 것은 아닐까? 그렇게 되면 불필요한 패닉을 초래할지도 모른다.

하지만 밖에 나가서 메일을 수신하려고 했던 것은 아마네가 알고 있다. 말하지 말아달라고 말을 맞추거나 하지도 않았다. 언제 누군가에게 발설하지 않으리라는 보장도 없다. 나중에 알려지는 쪽이 오히려 더 의심을 키울 것이다.

이토가 사망했을 때도 그랬다. 어설프게 숨기기보다 사실을 그대로 전달하는 편이 사태를 좋은 쪽으로 이끌 것이다.

마음을 정하고 하세는 메일에 관해서 얘기하기 위해 위성휴대전화를 꺼냈다.

"귀환에 동의해주셔서 감사합니다. 그런데 그와 관련해 의논하고 싶은 것이 있습니다. 실은…….”

우주 공간에 나갔던 일을 이야기하자 이미 알고 있던 아마네를 제외한 나머지가 놀라서 눈을 크게 떴다.

그런데 시마즈만이 왠지 반기는 듯 고개를 끄덕이며 말한다.

“아아, 그렇군요. 그렇다면 납득이 되네요. 어쩐지 하세 씨의 몸에서 묘하게 새콤달콤한 냄새가 났거든요.”

“그거 딸기 냄새 아닌가요? 하세 씨, 혼자 딸기 맛 초콜릿을 먹었던 것 같은데.”

“맞아, 맞아. 딸기를 살짝 구운 듯한 냄새.”

아마네와 시마즈가 냄새에 크게 반응한다.

딸기 초콜릿을 먹은 건 샤워하기 전이다. 냄새가 날 리가 없는데…….

“우주에서는 딸기 냄새가 난대요.”

시마즈가 감격스럽다는 듯 고개를 끄덕였다.

“우주에 있는 특수한 이온에서 그런 냄새가 난다고 하네요. 우주비행사인 분이 그랬어요. 그렇군요, 이게 그 냄새인가요?”

“그런가요? 그건 몰랐습니다.”

하세가 자신의 무지함에 탄식한다.

우주선 밖에서 돌아왔을 때도 여러 가지 생각에 잠겨 있느라 전혀 알아채지 못했다.

"그치만 혼자서 딸기 맛 초콜릿을 먹은 것도 사실이니까요."

아마네가 다시 한번 사실을 지적한다.

하세는 일단 헛기침을 하고 앉은 자세를 바로 한 다음, 메일의 내용을 전달했다.

전원의 얼굴에 험악함과 불쾌함이 드러난다.

시마즈가 물었다.

"왜 아직 돌아오지 말라는 건가요?"

"회사의 지상팀은 사와다 씨가 살해당할 뻔했다는 사실을 모릅니다. 그래서 아직 투어를 계속해주길 바란 것 같아요."

미야하라가 불안한 듯 걱정스러운 표정을 짓는다.

"그런데 위험하다고 쓰여 있던 건 무슨 뜻인 거죠?"

"모르겠습니다."

솔직하게 대답할 수밖에 없어서 하세는 힘없이 고개를 흔든다.

"계획을 변경할 경우 위험 부담은 있습니다. 예정과 다른 시간에 돌아가면 다른 비행기와 접촉하지 않도록 운항해야 하고 활주로가 혼잡하면 비켜줄 때까지 상공에서 선회하며 시간을 보내야만 해요."

항공로는 의외로 과밀 상태다. 특히 공항 부근은 필연적으로 비행기가 밀집된다. 그러한 상황에서 스케줄을 갑자기 변경하는 것이기 때문에 위험 부담이 커지는 것은 당연하다.

하지만 이런 문제가 일어난다는 가정하에 항공 업계는 기업 간을 넘나들며 사고 방지에 전력을 다한다. 평소 긴급 착륙을 할 때는 관제관의 지시에 따르면 일단 크게 실수할 일은 없다.

"지금 단계에서는 확실한 건 아무것도 없어요. 하지만 그럼에도 돌아가야 한다고 생각합니다."

사와다가 심각한 얼굴로 고개를 끄덕이며 말했다.

"살해당할 뻔한 경험은 한 번으로 충분하니까요."

"난감해지긴 했네요."

시마즈가 머리를 감싼 채 비비적거리며 말한다. 묶은 머리카락이 까딱까딱 흔들린다.

"살인범과 하루를 더 보낼지, 뭐가 위험한지 모른 채로 우주선을 탈지……. 판단하기 어렵네요."

"실례지만."

느긋한 동작으로 야마구치의 손이 올라갔다.

모두의 시선이 집중된 것을 확인하고 야마구치는 다리의 방향을 바꿔 꼬더니 물었다.

"사와다 씨, 살해당할 만한 동기로 짐작 가는 것이 있나요?"

사와다가 발끈하며 뭐라 답하기 전에 야마구치의 말이 이어진다.

"언짢으셨다면 사과하겠습니다. 하지만 당신을 죽이려는 동기를 알면 누가 범인인지 알 수 있을 것 같아서요. 그 인물을……."

"그러니까 그게 음모라고요! 어쩌면 모르는 사이에 사와다 씨가 지구가 평면이라는 증거를 봤는지도 몰라요. 그래서 정부에서 보낸 스파이가 암살하려고 한 거라니까."

마사키가 억지로 비집고 들어오지만, 야마구치는 무시하고 이야기를 계속했다.

"그 사람을 묶어서 감금하면 당초 예정된 스케줄대로 우주선을 띄울 수 있다고 생각합니다만?"

"그 의견에 대해서는 저는 찬성할 수 없겠는데요."

야마구치의 제안을 부정한 사람은 시마즈였다.

"범인 찾기는 서로를 의심하는 마음만 더 커지게 만들 텐데, 그러다가 마음속에 앙금이 남으면 유사시에 협력할 수 없게 될 겁니다."

하세도 동의한다.

"맞습니다. 최악의 경우 그 상태로 범인마저 찾지도 못한다면 그저 안전만 위협하고 끝날 거예요. 그건 대책이 되지 않습니다."

"그럼 그럼. 모두 사이좋게 지내는 게 최고라고."

"그럼, 살해당할지도 모른다는 공포에 떨면서 하루를 더 지내라는 말씀인가요? 상대는 연쇄살인마라고요!"

"그러니 귀환하는 편이 좋겠다고 제안하는 겁니다."

"어떤 위험이 있을지도 모르는데 말입니까?"

그 말을 듣자 더 이상은 강하게 말하지 못한다.

"게다가 켕기는 것이 없다면 논의를 하는 정도는 상관없지 않나요?"

침묵이 양어깨를 짓누른다. 반론하면 긁어 부스럼이 될 것 같아 경솔한 말을 할 수 없다.

야마구치가 불쑥 고개를 돌려 사와다를 바라보았다.

"어떻습니까, 사와다 씨. 짐작 가는 것이 정말로 없습니까?"

사와다는 괴로운 듯 대답했다.

"죽이고 싶은 사람은 있어도 제가 살해당할 만한 이유는 없습니다."

"죽이고 싶은 사람이라면?"

"뻔하죠. 저에게 누명을 씌워 체포했던 경찰이란 놈들 말입니다."

토해내는 듯한 신음이 나온다.

"제 사고가 비뚤어졌다는 건 저도 알고 있습니다. 그 아이를 죽인 범인보다도 경찰을 더 증오한다는 게 말이죠. 하지만 어쩔 수 없잖아요."

"사와다 씨, 그런 생각을 하고 있었군요……."

미야하라의 얼굴이 파랗게 질리고 시마즈는 두 눈을 감고 깊은 한숨을 내쉰다.

추궁한 야마구치도 어떻게 대꾸해야 좋을지 곤란한 듯 입가를 쓰다듬었다.

"애초에 저는 여기 있는 그 누구와도 우주에 올 때까지 일면식도 없었어요. 누명을 쓰고 17년이나 복역했으니까."

"혹시나 해서 말해두지만, 사와다 씨가 체포된 해에 저는 아직 태어나지도 않았어요."

"잠깐, 아마네 양. 뭐지? 태연하게 자기만 무고하다는 것처럼 말하는데."

마사키의 지적에도 아마네는 흔들리지 않는다.

"태연하고 말고 할 것도 없이 그게 사실이니까요."

"그렇다고 해서 굳이 언급할 필요는 없을 것 같아. 괜히 주위를 선동하는 것처럼 들리니까."

주의를 주는 미야하라의 말을 부정하지는 않았지만, 아마네는 이해 못 하겠다는 듯 뾰로통하게 볼을 부풀렸다.

"아뇨, 그겁니다."

야마구치가 손가락을 딱 튕겨 소리를 내며 반대한다. 여전히 동작 하나하나가 연기하는 것 같다.

"사나다 양뿐만 아니라 우리는 우주여행에 참가하기 전까지 모두 일면식도 없었어요. 정확히는 시마즈 씨와 마사키 씨는 사와다 씨를 알고 계셨던 것 같지만. 그것도 뉴스에서 본 정도라면 서로 다 마찬가지라고 생각해도 되겠죠? 이걸로는 사와다 씨가 말한 대로 살인의 동기를 가질 수 없어요."

"무슨 말이 하고 싶은 거예요? 말을 너무 에둘러서 하시네요."

"조종사님과 사와다 씨의 사건이 이렇게 단기간에 연속해서 일어났는데 전혀 관계가 없다고 생각하는 건 오히려 부자연스럽죠."

탐정 역할이라도 맡은 듯이 야마구치의 말투가 냉철해졌다.

"이 두 가지 사건을 연쇄살인이라고 생각한다면 딱 한 사람 있네요. 두 피해자를 해칠 동기가 있어도 이상하지 않을 사람이."

야마구치가 물끄러미 이쪽을 바라본다. 그 시선이 강렬해 순간 멈칫했지만, 하세는 그 의미를 곧 알아차렸다.

"당신이네요, 하세 씨."

우려하던 바였다. 나카타에게도 지적받았었다. 이토의 죽음이 타살이라면 범인은 여행 참가자이거나 하세밖에 없다고. 의심받는 것은 시간문제였다.

"제가 추측한 사와다 씨에 대한 동기부터 설명하죠."

반론을 하기도 전에 빠르게 압박해온다.

야마구치는 곱슬거리는 머리카락을 쓸어 올렸다. 그야말로 배우가 클라이맥스 장면을 연출하듯이.

“아마도 이 여행을 끝까지 진행하고 싶다는 그 마음 하나겠죠. 어젯밤 사와다 씨는 이렇게 말씀했어요. 차라리 탈출 포드를 이용해서라도 먼저 돌아가고 싶다고. 그렇게 되면 투어는 실패로 여겨질 수 있겠죠. 회사의 평판에 흠집이 날 겁니다. 그래서 사고를 가장해 죽이려고 한 거예요. 객실에서 사망했다고 하면 호텔 측에 책임을 떠넘길 수 있을 테니까요.”

“아닙니다!”

너무 강하게 부인하는 바람에 목소리가 뒤집어졌다. 그게 오히려 수상해 보이는 것이 아닐까 싶어 등줄기가 오싹하다.

“그렇게 생각하면 조종사님이 돌아가셨을 때 집요하게 여행을 계속하고 싶어한 것도 이해 가네요. 보통은 사람이 죽으면 당연히 여행은 중단되잖아요?”

“잠시만요.”

하세가 반론하기 전에 스가야마가 끼어들었다.

“그때 부기장님은 귀환할 것을 회사에 주장했어요. 반대한 것은 오히려 제 쪽입니다.”

스가야마의 말에 야마구치가 입을 다문다. 그 틈을 타 하세는 모순을 지적했다.

“제가 그런 이유로 사와다 씨를 죽이려고 했다 칩시다. 하지만 그렇게 되면 이토 씨는요? 제가 기장님을 죽이려고 한 동기는 대체 뭡니까?"

"글쎄요, 모르죠 그건."

태연하게 말을 내뱉는 야마구치에게 분노가 치민다.

하지만 이 순간, 이토의 훈계가 격앙되는 감정을 용납하지 않는다.

'침착해. 심호흡하고. 힘들 때 근성은 도움이 되지 않는다고 항상 말했잖아.'

이제는 들을 수 없는, 기억 속에만 존재하는 목소리가 머릿속에서 재생된다.

"모른다는 게 무슨 뜻입니까? 조금 전에 말씀하셨잖아요, 동기가 있는 건 저뿐이라고."

"저는 이렇게 말했습니다. 동기가 있어도 이상하지 않을 인물이라고."

짜증이 날 만큼 미묘한 차이였다.

"정리해볼까요? 첫째, 사와다 씨와 안면이 있지 않은 이상, 여행 참가자 전원은 동기가 없다고 봐야 한다. 둘째, 가이드인 하세 씨에게는 사와다 씨를 살해할 동기가 존재한다. 셋째, 이 짧은 기간에 연속해서 살인과 살인미수가 일어났으니 두 사건이 서로 무관하다고는 생각하기 어렵다. 넷째, 그렇게 되면 조종사를 살해한 것도 하세 씨일 가능성이 상당히 높다. 조종사를 살해할 동기를 가질 수 있는 사람도 하세 씨뿐이다.

이렇게 추리할 수 있다고 말하는 겁니다."

말은 추리라고 하면서도 이미 그렇게 단정하는 듯한 어조에 걸맞게 야마구치의 표정에 망설임은 없었다.

"그리고 도망친 사람들도 포함해 호텔 전 직원에게는 알리바이가 있잖아요. 그럼 더더욱 의심스러운 사람은 하세 씨 당신이에요."

너무나 분명하게 단정 지어 말하니 분노에 앞서 억울함이 북받쳐 오른다.

"당신은 어떠한 연유로 사와다 씨의 유서를 알아버렸어요. 아니면 사와다 씨가 누명 피해자라는 걸 원래부터 알고 있었는지도 모르고. 그래서 자살로 위장해 범행에 끌어들이려 했을지도 모르겠네요. 이산화탄소를 사용한 건 환기하면 증거가 남지 않아서죠?"

소리 지르고 싶은 충동을 억눌러보지만 어쩔 수 없이 눈빛에는 힘이 들어간다. 까닭 없는 비판이 이렇게까지 타격을 주다니…….

사와다는 날마다 이런 굴욕을 견뎌냈던 것인가.

하지만 감정적으로 처신하는 것은 더 좋지 않다.

'추락하는 중에도 농담을 주고받을 수 있을 정도로 우리는 흥분하면서도 냉정해질 수 있거든.'

들었을 때는 금방 잊었던 그 말이 지금은 그 순간 이토의 표정까지 함께 떠오른다.

"전부 가설일 뿐이잖습니까? 증거는 아무것도 없고. 유서가 있다는 것도 어떻게 제가 미리 알 수 있었다는 말입니까?"

"애초에 사와다 씨를 구한 건 하세 씨예요."

옆에서 듣고 있던 아마네가 고개를 갸웃하며 말한다.

"왜 죽이려고 했던 사람을 도와줬을까요?"

"그냥 실패해서 그런 거잖아요."

곧장 단언하는 야마구치의 말에 하세와 아마네는 동시에 얼이 빠졌다.

"오늘 아침 우리는 8시경에 레스토랑에 모일 예정이었어요. 하지만 사와다 씨와 하세 씨가 좀처럼 나타나지 않아 아마네 양이 부르러 가게 됐죠. 이때 이미 범행을 마쳤을지도 모릅니다. 알리바이를 만들기 위해 우주로 나갔다가 아마네 양에게 발견되고 합류. 이후 두 사람은 함께 사와다 씨의 방으로 갔고 호흡이 멈춘 사와다 씨를 발견. 거기서 그를 구하지 않으면 의심받게 될 테니까 심폐소생을 하는 건 당연한 거죠."

"증거가 있습니까?"

"아뇨. 저는 그저 범행이 가능하다고 말하고 있는 겁니다."

야마구치는 하세의 말을 간단히 받아친다.

"그러니까, 무책임한 발언인 거네요."

하세가 꿀꺽 삼킨 말이 다른 쪽에서 들려왔다.

차가운 목소리는 아마네의 것이었다. 가늘고 길게 째진 눈매가 한층 더 가늘어져 미소 짓고 있다.

"말장난하는 것도 아니고 자꾸 그런 식으로 비꼬아서 대답하면 대화가 안 되지 않을까요?"

말투는 정중하지만 눈빛과 목소리는 한없이 날카롭다.

하지만 야마구치는 주눅 들지 않는다.

"상황으로 봤을 때 동기가 있어도 이상하지 않을 사람이 하세 씨라고 말한 겁니다. 그 위성 휴대전화로 온 메일도 수상하지 않습니까?"

야마구치가 손가락으로 가리킨다.

바지 뒷주머니에서 위성 휴대전화의 두꺼운 안테나가 삐져나와 있었다. 전화를 꺼내자 서멀 블랭킷으로 감싼 그대로였다. 얇은 금속박이라 주머니에 찔러 넣고 있어도 튀지 않았다.

"위험하다는 건 회사 측 입장일지도 모르죠. 지금 돌아오면 환불을 해줘야 해서 회사에 손해가 발생하니까 아직 돌아오지 말라는. 그런 거 아닙니까?"

"말도 안 되는 소리 하지 마세요!"

"중요한 건 인명과 직결된 거죠. 안전에 관한 문제는 지나치다 싶을 정도로 챙기는 게 좋아요. 제가 캄보디아와 아프가니스탄에서 얻은 교훈입니다. 이 정도면 괜찮겠지 하고 자칫 방심하면……"

야마구치는 주먹을 쥔 채 위로 향하더니 펑, 하고 폭탄이 터지는 것을 표현하듯 손을 펼쳐 보였다.

"발에 걸려 넘어지는 정도가 아니라 지뢰를 밟아 하반신이 날아가게 될 수 있으니까요."

"그런데 지뢰라는 게 원래 누군가 밟으라고 설치하는 거잖아요."

"……무슨 뜻입니까?"

속내가 있는 듯한 아마네의 한마디에 야마구치의 눈썹이 꿈틀댄다.

"말 그대로의 의미인데요?"

빙그레 웃는 얼굴로 아마네가 대꾸한다.

"뭔가 다른 의미로 들렸나요?"

거듭 질문하자 야마구치는 입술을 부르르 떨더니 침묵했다.

그 틈을 타 아마네는 어젯밤 주머니에 꽂았던 명함을 꺼내 팔랑팔랑 나부낀다.

"일 때문에 방해받고 싶지 않다며 스마트폰을 두고 온 사람이 어째서 명함은 가지고 왔을까요?"

도발하는 듯한 아마네의 말에 야마구치는 어깨를 으쓱했

다. 버릇인 건지 몇 번이나 본 몸짓이다.

"딱히 다른 뜻은 없습니다. 명함 케이스를 주머니에 넣은 채로 다니다 보니 버릇처럼 그냥 가져온 거죠."

"스마트폰이야말로 항상 버릇처럼 가지고 다니는 물건 아닌가요?"

"뭘 모르네. 명함이 있는 게 뭐 어떻다는 거예요?"

"글쎄요? 단지, 중요한 사실은 인명과 직결된 거고, 안전 문제는 지나치다 싶을 정도로 챙기는 게 좋지 않나요?"

통렬한 비아냥에 야마구치는 입을 삐죽거렸다.

그는 뭔가 하고 싶은 말이 있는 눈빛으로 아마네를 바라보지만 이내 단념한 듯 한숨을 쉬었다.

"실례했습니다. 아무래도 제가 미움을 산 것 같군요. 뭐, 요즘 고등학생과 친해질 수 있을 거라고는 처음부터 생각하지 않았지만. 기분 상했다면 사과할게요."

"아니, 혹시 실례라는 말만 붙이면 무슨 말을 해도 용서된다고 생각하시는 건가요?"

아마네는 비아냥대는 태도를 굽히지 않았다.

제멋대로 항복했다는 식의 자세를 취하던 야마구치가 연타를 맞은 것처럼 눈을 부라린다.

"그리고 기분이 상했다면, 이라니. 상하는 게 당연하잖아요. 설마 모르셨던 거예요?"

야마구치는 반론하지 않지만 언짢은 기색을 감추려 하지도 않았다.

"몰랐던 사실인데, 상대의 기분을 헤아리지 못해도 세계 평화를 이룰 수 있는 거군요. 굉장히 쉬운 일이네요. 그런 안일한 사고로 할 수 있는 일이니까."

전의를 상실한 상대일수록 확실하게 숨통을 끊어놓는다.

그런 생각이라도 하는지 아마네는 말의 칼날을 멈추지 않고 휘두른다.

"NPO 법인이 어쩌고 유엔난민기구가 어쩌고 하면서 대단해 보이는 이름을 댔는데, 문정경중*이라는 말이 이런 거구나 하고 크게 공부가 되네요."

"아마네 양, 그쯤 해요. 더 이상은 지나쳐요."

하세의 제지에 평소에는 희로애락의 모든 감정을 웃는 얼굴로 표현하는 아마네가 발끈한다. 당신을 위해 말해준 거잖아, 라고 말하는 듯한 표정이다.

겉보기로는 상상이 안 되는데, 혈기왕성하다.

그래도 어쨌든 거기서 그만둬주니 마음이 놓인다.

"지나치긴 뭐가 지나칩니까. 저도 같은 의견이에요."

이번에는 사와다가 부추기는 듯한 말을 꺼낸다.

* 왕의 권위를 상징하는 솥의 무게를 묻는다는 뜻으로, 권력 자리를 노리는 속셈이 있거나 상대방의 형편을 봐가며 공격하는 것 또는 상대방의 실력을 떠보는 것을 말한다.

"누가, 무슨 이유로 저를 죽이려고 했는지는 모르지만 적어도 그 사람만큼이나 저는 당신이 너무 싫습니다."

"……의외네요. 저는 당신을 죽이려 한 인물이 누구인지 그걸 찾아내려고 한 것뿐이에요. 누구보다도 당신에게 미움받을 이유가 없을 텐데요."

"야마구치 씨, 당신을 보고 있으면 나를 취조했던 형사가 떠올라. 멋대로 단정 짓고 위압적으로 협박하면 상대가 꺾일 거라고 생각하지. 왜냐면 자기가 곧 정의라고 생각하니까. 그러니 우쭐대는 말도 거리낌 없이 내뱉을 수 있는 거야. 그런 오만한 태도가 누명을 만드는 원인이 되는 거라고."

하세는 사와다가 신음하는 그 기분을 잘 알 것 같았다. 자신 또한 조금 전 야마구치에게 기억에도 없는 범죄로 지탄받았기에.

날카로운 분위기 속에서 숨을 삼키는데 야마구치가 엉거주춤 일어섰다.

"방으로 돌아가겠습니다. 지금 상황에서는 같은 공간에 못 있겠네요."

"괜찮으시겠어요?"

하세가 물으며 만류하기도 전에 아마네가 다시 강한 일격을 날린다.

"이럴 때는 대체로 혼자 있는 사람부터 죽잖아요."

야마구치는 천천히 몸을 돌리더니 코웃음을 쳤다.

"네가 날 죽이러 온다면 내 기꺼이 갚아줄게."

"저한테 당할 만한 이유라도 있나요?"

웃는 얼굴로 주고받는 두 사람의 모습에 주변 공기가 싸늘해진다.

본인들은 꿈쩍도 하지 않았다.

야마구치는 더 이상의 대화를 거절하듯 아무 말 없이 레스토랑을 나갔다.

마사키가 어이없다는 듯 자기 이마를 치며 물었다.

"저 사람, 저대로 둬도 괜찮을까? 아마네가 말한 대로 이거 혹시 사망 플래그* 아닌가?"

"재수 없는 농담은 하지 마세요."

하세의 짜증 섞인 목소리에 아마네가 서늘하게 웃으며 말했다.

"무슨 상관이에요. 좋을 대로 하는 거죠."

"아마네 양, 부탁이니까 더 이상 누굴 도발하는 듯한 언행은 삼가주세요. 안 그러면 분위기가 점점 나빠져요."

아마네가 또 부루퉁해진다. 잘못한 게 없다고 생각하는 표정이다.

* 영화나 게임, 만화 등에서 등장인물이 죽기 전에 흔히 하는 행동

하세는 곧바로 아마네 본인에게만 들리도록 작은 소리로 속삭였다.

"그래도 고마워. 속 시원했어."

그러자 아마네의 긴 속눈썹이 번쩍 깜박인다.

그러고는 앙다물고 있던 입매를 누그러뜨리며 고개를 끄덕이고 차츰 기분을 풀었다.

"저기……."

스가야마가 타이밍을 잰 것처럼 목소리를 높인다.

"여러분, 우선 아침 식사를 하지 않으시겠어요? 미야하라 님께서 열심히 준비해주셨는데."

호텔리어다운 부담스럽지 않은 가벼운 미소에 잔뜩 긴장했던 마음이 풀어진다. 마사키도 축 늘어지며 탁자에 엎드렸다.

"드디어 먹네. 아까부터 쭉 배고팠어요."

"그럼, 잠시 앉아서 기다려주세요."

스가야마와 미야하라가 함께 주방으로 향한다.

잠시 후 인원수에 맞추어 그릇이 나왔다.

내용물이 보이기 전부터 닭고기와 간장의 독특한 냄새에 예상은 하고 있었지만, 역시 놀랍다.

"고기 토핑이 없는 건 이해해주세요. 돼지비계는 있는데 살코기가 없더라고요. 대신에 달걀 반숙을 준비했으니까."

"아침부터 라면. 그것도 제법 걸쭉한 스타일의……."

"만들 수 있는 요리는 별로 없다고 했잖아요?"

"몇 안 되는 요리 종류에 인스턴트가 아닌 제대로 된 라면이 들어 있다니, 그거야말로 이상하지 않아요? 보통은 그 전 단계인 볶음밥 아닌가."

"싫으면 안 먹어도 됩니다만?"

"아니. 싫다는 게 아니라 그냥 깜짝 놀라서 그런 건데."

그릇을 치우려고 하자 무릎이라도 꿇을 듯한 기세로 마사키가 손을 뻗는다.

어쩔 수 없이 미야하라가 그릇을 건네자 제일 먼저 손을 모아 "잘 먹겠습니다" 하고 나무젓가락을 갈랐다.

마치 콩트의 한 장면같이 주고받는 대화에 마침내 하세도 가볍게 웃을 수 있었다.

그러고 나서 국물을 입에 넣자, 그 뜨끈함에 굳어 있던 몸과 마음이 누그러지는 느낌이다.

익숙한 닭 육수 간장을 베이스로 해서, 지방의 부드러움과 썩둑썩둑 썰어 넣은 파가 어우러져 그것만으로도 충분히 포만감이 있다.

"이거, 맛있네요."

인사치레가 아니라 진심으로 그렇게 말하고 면을 후루룩 먹는다. 진하고 구수한 맛에 담백한 뒷맛이 남아 얼마든지 먹을 수 있을 것 같다.

그때 누군가 옆구리를 살짝 찔렀다.

“하세 씨…… 하세 씨. 저기.”

옆에 앉은 아마네가 뭔가에 놀라서 말을 걸어온다.

문득 고개를 들었다가 하세는 흠칫 놀라 손에 들고 있던 젓가락을 떨어뜨릴 뻔했다.

사와다가 라면을 앞에 두고 소리도 없이 울고 있었다.

눈가에 눈물이 고였다가 커다란 방울이 된다. 표면장력 때문에 점점 방울이 커지더니 마침내 눈물이 천천히 뺨을 타고 내려온다.

“왜 그러세요?”

“이 맛…….”

말을 걸자 사와다는 의식이 돌아온 것처럼 면을 후루룩 빨아들였다. 안경에 김이 서린 채로 닦는 것도 귀찮다는 듯 국물을 마시고 나서 휴지로 코를 풀었다.

미야하라가 장난에 성공한 듯한 표정을 지으며 묻는다.

“놀랐어요?”

“네. 왜냐면 이거…… 다이호켄의 맛이잖아요.”

들어본 적 있는 가게 이름이다.

“여기 국물이 우리랑 똑같은 닭 육수 간장을 베이스로 쓰더라고요. 살짝 손을 봐서 맛을 맞춰봤어요. 흉내 낸 맛이긴 하지만, 그래도 꽤 비슷하게 재현되지 않았어요?”

"우리랑 똑같다니…… 미야하라 씨, 혹시 다이호켄에서 일하세요?"

"네. 그런데 조금 다른 게 현장에는 거의 안 나가서…….
저, 거기 전무예요. 장식용 직함이지만."

자조인지 농담인지 알 수 없는 어조로 미야하라는 명함을 꺼내 모두에게 나눠주었다.

진짜로 미야하라 푸드 전무라는 직함이 적혀 있었다.

"우리 회사는 경리든 전무든, 모두가 라면을 만들 수 있도록 수업을 받아요. 직원들이 라면을 만들 줄 몰라서는 경영을 할 수 없다고. 그래서 볶음밥은 못 해도 라면만큼은 제대로 만들 수 있죠."

"요식업계에 근무한다고 들어서 레스토랑 같은 데서 일하는 줄 알았는데 설마 그 미야하라 푸드의 전무였다니, 대단하네요."

"대단할 거 없어요. 그저 부모님이 경영하는 회사에 들어간 것뿐이니까."

"나는 어렴풋이 눈치채고 있었지."

마사키가 말하며 숟가락을 살짝 흔들었다.

"고만고만한 파트 타이머나 회사원이 3000만 엔이나 하는 2박 3일 우주여행을 어떻게 올 수 있겠어요? 요식업이라 해도 나름 대규모인 곳의 본점에서 근무하겠구나 짐작은 했죠.

물론 전무라는 건 예상 밖이었지만."

사와다는 뺨에 흐른 눈물을 닦았다.

"교도소를 나와서 기자회견 전에 가볍게 배를 채우자는 이야기가 나왔어요. 그런데 시간이 어중간해서 갈 데가 패밀리 레스토랑이나 라면집 정도밖에 없더라고요. 그래서 다이호켄에 들어갔어요."

"그날은 마침 제가 지원차 가게에 나갔었거든요. 코로나가 막 유행하던 때라 현장이 혼란스러워서요. 바쁜 시간대가 끝나고 한숨 돌리려는데 라면을 먹으면서 우는 사람이 있는 거예요. 깜짝 놀라서 똑똑히 기억하고 있죠. 무슨 일이었을까 싶어서 그 후에도 궁금했어요."

"부끄럽네요. 네, 맞아요. 체포되기 전에 가족과 종종 라면을 먹으러 갔던 일이 떠올랐거든요. 그래, 이 맛이었지 하고. 전에는 미처 몰랐는데 다이호켄의 라면이 이렇게나 맛있었구나, 하는 생각이 드니까 저절로 눈물이 흘러서……. 줄곧 교도소의 맛없는 식사만 해서 더 그렇게 느꼈을지도 모르지만요. 그렇구나. 그때의 점원 분이었군요."

안경을 벗고 사와다는 쑥스러움을 무마하듯 얼굴을 내리쓸었다.

"그 당시 저는 모든 것에 절망한 상태였습니다. 17년이나 사회에서 격리되었다가 갑자기 밖으로 내던져졌는데 보육 교사로는 못 돌아가고 코로나 시국이라 다른 일자리를 구하기도 어려웠죠. 무엇보다 조부모님과 어머니에게 무죄를 입증한 모습을 보여드리지 못한 것이 마음 아파서……."

높고 날카로우면서 불안정한 목소리가 사와다의 혼란스러운 감정을 드러내고 있었다.

"이런 상황에서 내가 어떻게 살아갈까, 그런 생각을 했습니다. 하지만 이런 맛있는 음식을 먹을 수 있다면 힘을 더 내볼까 하고……. 기자회견에서도 그런 말을 했던 것 같아요."

"그거, 저도 그때 신문에서 읽었어요. 라면을 앞에 두고 울던 손님의 기사가 실렸는데, 라면 한 그릇에 큰 위로를 받았다고 쓰여 있더라고요. 그때 처음으로 생각했죠. 라면집도 나쁘지 않은 것 같다고."

쑥스러워하는 미야하라에게 사와다는 감사를 표하듯 고개를 숙였다.

"아까 아마네 양이 쓸데없는 생각보다는 맛있는 음식 생각을 하라고 격려해줬어요. 그 말을 들었을 때는 어린애 같은 얘기라고 생각했는데, 그렇네요. 저는 그때 라면에 큰 위로를 받았던 거예요. 그걸 왜 잊고 있었는지……."

말끝에 울음소리가 겹치고, 사와다의 뺨은 닦아도 닦아도 눈물로 계속 젖었다. 동시에 예민해 보였던 표정과 날카로운 눈빛이 씻겨나가는 것처럼 보이기도 한다.

씌었던 악귀가 빠져나간 듯한 표정으로, 사와다는 조금 남아 있던 국물을 단숨에 비웠다.

"맛있었어요. 잘 먹었습니다."

개운한 목소리였다.

지상으로 돌아가더라도 힘든 나날은 크게 달라지지 않을지 모른다. 정부가 누명에 대한 보상을 후하게 해준다는 얘기도 듣지 못했다.

그런 사와다에게 한 그릇의 라면이 살아갈 희망을 주었다. 누명을 벗고 교도소를 나온 날 먹었던 그 라면이.

힘든 일은 앞으로 또 있을지도 모르지만 사와다가 긍정적으로 살아가주기를, 하세는 바라고 또 바랐다.

그건 한편으로 어떤 의구심이 고개를 든다.

사와다는 기억하지 못했던 것 같지만 미야하라와 사와다는 면식이 있었다.

따라서 면식이 없어 살인의 동기가 없다는 근거는 뒤집힌 것 같다.

게다가 무작위로 뽑은 참가자 중에 딱 한 번 라면집에서 스친 적 있는 두 사람이 있다니, 우연치고는 너무 지나친 우연 아닌가?

역시 작위적인 선발이 아닐까? 이토가 말한 것과 같은 맥락에서 홍보를 위해 눈물샘을 자극하는 스토리를 기획하고,

그에 어울리는 에피소드가 있는 인물을 고른 건가?

그런 게 가능하다면 살의를 품은 인물을 뽑는 것도 가능할지 모른다.

하세는 은근슬쩍 속을 떠보기로 했다.

"사와다 씨는 그 후에도 그 라면집에 다니셨나요?"

"아뇨. 고향인 가와사키로 돌아갔어요. 다른 지점에는 몇 번이나 갔지만 본점은 그때 이후로 안 갔어요."

"저는 여행 설명회에 갔을 때 사와다 씨를 보고 깜짝 놀랐어요. 그때 그분이 계셔서."

"죄송해요. 저는 전혀 눈치를 못 채서……."

"괜찮아요. 오히려 기억하는 쪽이 이상한 거죠."

"그럼 두 분은 면식이 있었다기보다는 미야하라 씨가 일방적으로 사와다 씨를 기억하고 있었다, 라고 해야 할까요?"

"맞아요. 그런 느낌?"

미야하라가 가볍게 고개를 끄덕인다. 자신이 의심을 받고 있다는 건 조금도 생각하지 않는 것이리라.

아마네가 뭔가 납득한 뉘앙스로 고개를 끄덕였다.

"그렇구나……. 그래서 사와다 씨에게 막 트집을 잡고 그랬던 거군요. 저는 미야하라 씨가 사와다 씨를 좋아해서 그러는 줄 알았어요."

"응? 잠깐만, 왜?"

미야하라의 얼굴은 한순간에 귓불까지 붉어졌다.

사와다도 놀라 쑥스러움에 고개를 숙인다.

마치 둘 다 연애 경험 없는 20대 같은 반응이다.

그 모습에 훨씬 나이 어린 여고생이 쓴웃음을 짓는다.

"이런 반응을 하시니까요."

아마네의 지적에 나이도 먹을 만큼 먹은 두 어른이 서로 마주 보고 얼굴을 붉히고 있다.

그 모습을 흐뭇하게 바라보는데, 결심한 사와다가 고개를 들었다.

"저기, 지금 시작해도 제가 라면집을 할 수 있을까요?"

미야하라가 눈을 동그랗게 뜬다.

사와다가 당황해서 손을 저으며 마구 떠들어댔다.

"아, 어렵겠죠. 그렇게 간단한 일이 아닐 텐데. 죄송합니다. 다만 제가 지금은 청소 일을 해서 호텔 같은 곳을 돌고 있거든요. 가끔 강연 같은 데 초청돼서 누명 사건에 대해 이야기하기도 하는데 그것만으로는 전혀 안정된 생활을 할 수 없어서요. 그래서 살아가려면 제대로 된 직업이 필요한데 그렇다면 차라리 내가 좋아하는 것을 직업으로 하면 어떨까 하는 생각을 했어요. 역시 제 생각이 안일……."

"아뇨!"

빠르게 말을 끊고는 미야하라가 사와다의 손을 잡는다.

"너무 기뻐서 놀란 것뿐이에요. 우리 라면의 맛을 그렇게까지 좋아해주시다니."

꼭 잡은 손이 크게 휙휙 흔들렸다.

"무조건 괜찮다고는 하지 않을게요. 솔직히 체력적으로도 힘들 수 있다고 생각해요. 하지만 음식점 근무 경험이 없어도 우리 회사에서 수련하고 싶다는 40대들도 그런대로 좀 있고 독립한 사람도 몇 명이나 있어요. 그러니 열심히 하겠다면 응원할게요."

"맞아. 인생에 늦은 때는 없는 법이지. 하고 싶다는 마음이 든 때가 최적의 타이밍이야. 내가 간병 일에 종사한 것도 40대 후반부터니까."

아내와 아들을 잃은 남자가 인생의 일부를 잃어버린 남자의 등을 토닥인다.

"독립할 때, 가게 자리 찾는 건 내가 도와줄게요."

마사키까지 격려하듯 말을 보탰다.

"미리 말해두는데, 부동산업자가 하는 말은 믿으면 안 돼요. 그 사람들은 합법적인 사기꾼 같은 부류라. 전직 부동산업자인 내가 하는 말이니까 확실해요."

"저도 친구들 데리고 먹으러 갈게요. 그러니까 힘 내세요."

"여러분…… 고맙습니다."

사와다의 눈가에 또 눈물이 차오른다.

여행 참가자들이 사와다를 격려하는 모습에 하세는 어떤 놀라움 같은 것을 느꼈다.

미야하라도 사와다도 이렇게 표정이 다양하게 바뀌는 사람들이었다니. 굳이 따지자면 근엄한 표정일 때가 많았는데 그건 처음부터 이 여행이 파란의 연속이었기 때문인지도 모른다.

생각해보니 일정대로라면 지금쯤 놀이기구를 즐기고 있을 때다. 저중력 바구니, 저중력 트램펄린, 무중력 유영 등등.

요리도 라면만이 아니라 다양한 메뉴를 제공할 예정이었다. 무중력하에서는 미각이 둔해진다는 연구 결과가 있다. 그래서 우주 전용으로 간을 한 음식을 즐기도록 할 계획이었다.

일정의 대부분이 엉망진창이 되었고, 특히 사와다는 알려지고 싶지 않은 과거까지 폭로되어 더욱 불쾌했을 것이다.

그것을 단 한 그릇의 라면이 미소로 변화시켰다.

미야하라가 하는 일이 타인을 웃게 했다. 그것도 과거와 현재, 두 번이나.

'힘든 때일수록 지금 해야 하는 일에 집중해.'

기억 속의 목소리가 속삭여온다.

미야하라는 자신이 할 수 있는 일, 해야 할 일을 했다.

호텔 직원이 도망쳐 아침 식사를 준비할 수 없게 되었을 때 자신이 할 수 있는 일로 모두의 위장을 채워주었다.

그 결과가 이것이다. 그토록 인생에 절망했던 사와다와 그 주변까지 웃게 했다.

이 광경을 보고 하세는 결심했다.

"여러분, 의논하고 싶은 것이 있습니다."

마음을 정한 하세의 말에 시선이 집중된다.

"우리 지구로 돌아갑시다."

짧은 이 한마디로 하세는 지금까지의 망설임을 돌파했다.

시마즈가 머리를 긁적이면서 끄덕인다.

"더 이상 의논해도 결론이 안 날 거 같아요. 나는 가이드님이 결정해주는 편이 좋을 것 같습니다."

"더 빨리 제가 책임을 지고 결단을 내렸어야 했습니다."

판단을 남에게 맡긴 것이 문제였다.

하세의 일은 우주를 즐기는 것이고 그러기 위해 여행 참가자를 안내하는 것이며 동시에 이 모니터링 여행을 통해 여러 데이터를 수집하고 고객을 무사히 지상으로 돌려보내는 것이다.

지금은 그 대부분에 실패했다. 거기다 이들을 무사히 지상으로 돌려보내는 것까지 포기한다면, 자신은 무엇을 위해 여기에 있는지 알 수 없게 된다.

아마네가 고개를 갸웃하더니 물었다.

"그런데 야마구치 씨는 어떻게 할 거예요?"

"설득하겠습니다. 반드시 데리고 돌아가야죠. 하지만 혹시 설득에 실패할 경우에는……."

하세는 시마즈 쪽으로 몸을 돌리고 고개를 숙였다.

"모쪼록 협조 부탁드리겠습니다. 책임은 제가 질 테니까 경찰이 물으면 저한테 협박당해서 어쩔 수 없었다고 주장하세요."

"하하. 녹슨 기술로 어디까지 할 수 있을지 모르겠지만 그렇게까지 마음을 굳혔다면 거부할 수가 없겠네요."

재미있다는 듯 시마즈는 흔쾌히 수락했다.

"위험하다는 메일은요? 아직 뭐가 위험한지 모르잖아요?"

미야하라의 불안은 그대로 하세의 불안이기도 하고 다른 참가자들도 걱정하는 부분일 것이다.

"우주선의 비행 전 점검에 보다 더 세심한 주의를 기울이겠습니다. 조금이라도 이상이 감지되면 철저하게 원인을 규명하고 걱정이 불식될 때까지 출발하지 않겠다고 약속드릴게요. 그리고 기내에는 CCTV가 설치되어 있습니다. 그게 어느 정도 범인의 행동을 억제하는 힘은 될 거예요."

이토를 죽이고 사와다도 죽이려고 했던 범인이 누군지는 아직 모른다. 한 명인지 여러 명인지도 불분명하다.

그래도 CCTV 앞에서 범행을 저지를 만큼 대담하지는 않을 것이다.

그렇게까지 과감한 태도를 취했다면 이토 살해도 사와다를 향한 범행도 굳이 숨어서 하지 않았을 것이다.

"단, 저는 조종을 위해 조종실에 머물러야만 합니다. 자동 운전이라고는 해도 예측 불가한 사태에 대비할 필요는 있으니까요."

마사키가 어깨를 으쓱하며 받아쳤다.

"고약한 말은 하고 싶지 않지만, 하세 씨가 범인이 아니라는 것은 아직 증명되지 않았어요. 여기 야마구치 씨가 있었다면 분명 그렇게 말할걸요?"

"……그럴지도 모르죠."

지적을 받자 말문이 막힌다.

"그 말인즉,"

시마즈가 태연하게 물었다.

"우리의 목숨을 하세 씨에게 맡기라는 거군요."

"그렇습니다."

간발의 차로 힘 있게 고개를 끄덕였다.

그저 믿어달라고밖에 할 수 없다. 그러기 위해서는 주저함이나 우유부단함을 보이는 건 좋지 않다.

"저는 이의 없습니다."

사와다가 고개를 끄덕이며 말한다.

"어제오늘 일로 봐서 하세 씨가 사람을 죽일 만한 사람이 아니라는 건 알았으니까."

고맙습니다, 하는 대답을 하기도 전에 사와다는 말을 이어간다.

"그렇다고는 해도, 그런 사람이 수상하다는 것도 일종의 정석이죠. 저는 예전에 경찰을 의심한 적이 없었어요. 그런 경찰이 날 17년간이나 교도소에 집어넣을 줄은 몰랐으니까요."

농담하는 게 아니라, 사와다의 시선은 진지하다.

"그러니 믿기는 하되 방심은 하지 않을 겁니다."

"바라는 바입니다."

"그럼 저도."

미야하라가 간단히 동의했다.

"라면을 좋아해주신 덕분에 일할 의욕을 되찾은 것 같아요. 이유가 뭘까요? 여기 오기 전에는 그렇게 싫었는데 지금은 빨리 일하고 싶어요."

그때 갑자기 띠링, 하고 맑은 피아노 음색이 울렸다.

소리가 나는 쪽을 바라보니 아마네가 피아노를 만지고 있었다.

"라이브 방송을 못 하게 된 건 아쉽지만 어쩔 수 없죠."

이것으로 야마구치를 제외한 전원이 귀환에 찬성해주었다.

안도하고 있는데 마사키가 입술 끝을 올리며 웃었다.

"그런데 딱 하나 문제가 있는데,"

도발하는 듯한 목소리에 하세는 준비 태세를 갖춘다.

"우주선에서 창문으로 밖이 보였잖아요? 이번에야말로 지구가 평면이라는 증거를 놓치지 않을 겁니다."

"그럼요, 얼마든지요."

지구가 정말로 평면이라고 해도 지금의 하세에게는 관심 없는 일이다. 전원을 무사히 지상으로 데려간다. 그것만 성공한다면 지구가 정육면체든 별 모양이든 상관없다.

· 제4장 ·
안녕,
스타더스트

1

우주선 출발 시각은 각자 돌아갈 채비를 할 시간과 야마구치를 설득하는 시간을 고려해, 한 시간 후로 정해졌다. 11시 정각이다. 준비를 마친 사람부터 승강장 구역에 모이기로 하고 일단 해산했다.

하세도 방으로 돌아가 짐을 정리했다. 그래봤자 그다지 특별한 물건은 가져오지 않았다. 갈아입을 옷, 태블릿, 노트북, 그리고 스마트폰 정도.

그 스마트폰은 창가에서 찾았다. 그렇다. 동영상 촬영을 하던 그대로 놔둔 것을 잊고 있었다.

배터리가 방전되어 있어서 콘센트에 연결한다.

귀환할 때 혹시 다른 공항으로 안내받는다면 거기서 회사와 연락을 취하는 데에 필요하다. 위성 휴대전화도 가져가지만, 연락 수단은 가능하면 많은 것이 좋다.

충전하는 동안 아무렇게나 벗어놓은 옷과 속옷을 배낭에 넣고 보니, 문득 탁자에 둔 커피 원두가 눈에 들어왔다.

결국 이토의 스페셜 블렌드 커피는 마시지 못했다. 어떤 맛일까 하고 설레었던 것이 까마득한 옛일 같다.

잠시 고민하다가 하세는 원두를 절반만 남겨두고 돌아가기로 했다.

특별히 어떤 의미가 있는 행위는 아니다. 그저 이토를 대신하는 보상 행위일 뿐.

이곳에 이토가 왔었다는 증거를 남기고 싶었다. 불굴의 노력으로 수많은 어려움을 극복하고 우주로 돌아온 남자가 있었다는 증거를.

이토가 애용하던 커피 그라인더와 헝겊 필터는 볼펜과 마찬가지로 가족에게 돌아갈 유품이 될 것이다. 절반의 커피 원두는 그렇게 생각하고 남겼다. 그 원두의 나머지 절반을 가족이 허락해준다면 이토의 유품으로 받고 싶다. 물론 돌려달라고 한다면 순순히 그렇게 할 생각이다.

얼추 준비를 마치고 스마트폰을 집는다. 급속 충전을 한 덕분에 70퍼센트 정도 충전되었다. 이 정도면 지구로 돌아갈 때까지는 버틸 것이다.

백팩은 메고 이토의 보스턴백은 손에 든 채 방을 둘러보왔다.

이토뿐 아니라 하세 자신도 무수한 고생과 노력 끝에 우주에 왔다. 그렇게 온 우주인데, 오자마자 이런 일이 생겨 돌아가야만 하다니.

창밖에는 끝없는 심연이 이어지고 있다.

지구는 변함없이 아름답다.

반질반질하게 닦아놓은 듯한 파란 바다 위를 대리석 무늬의 구름이 덮고 있다.

솟아오른 대지와 모자처럼 씌어진 눈의 풍경도 그저 아름답기만 하다.

동시에 두려움 같은 것이 몸과 마음을 전율케 한다.

아무것도 이루지 못하고, 이토의 죽음에 대한 진상도 밝히지 못한 채 이곳을 떠나야 하다니.

하세는 아름다운 풍경과 아쉬운 감정, 둘 다 마음에 새기고 방을 나왔다.

그길로 야마구치의 방을 찾았다.

이토의 보스턴백을 내려놓고 심호흡을 한 번 하고 나서 노크를 했다.

"야마구치 씨, 하세입니다. 야마구치 씨."

반응이 없다. 몇 번이나 불러도 방에서는 아무 소리가 나지 않는다.

그런 말다툼이 있었던지라 무시하기로 하고 가만히 있는 건가 했는데 인기척 자체가 없다.

안에 없는 건가?

그렇게 생각해 별생각 없이 문고리를 돌리니 쉽게 문이 열렸다.

문이 안 잠겨 있다. 자동 잠금 시스템인데.

기분 탓일까, 서늘한 공기가 흐른다.

어딘가 익숙한 감각에 본능적으로 문을 닫고는 손을 떼고 뒷걸음질 쳤다.

사와다의 방을 열었던 때와 똑같다.

"야마구치 씨? 야마구치 씨!"

다시 한번 말을 걸면서 문을 거칠게 두드린다.

문득 마사키가 했던 말이 뇌리를 스쳤다.

'이거 사망 플래그 아닌가?'

말도 안 돼, 그럴 리 없다며 불길한 예감을 떨친다.

"야마구치 씨! 들리면 문 열어주세요! 야마구치 씨!"

"무슨 일입니까?"

들리는 목소리에 뒤를 돌아보자 스가야마가 다가왔다. 가

방을 멘 모습으로 보아 돌아갈 채비를 다 마친 것 같다.

사정을 설명하자 스가야마는 얼굴이 파랗게 질리면서 문을 열려고 손을 뻗었다. 하세는 순간적으로 그 손을 잡아 멈추었다.

"안 돼요. 만약 문 너머에 이산화탄소가 가득 차 있다면 우리의 목숨이 위험해요."

"하지만 이산화탄소 소화기는 예비품을 포함해 전부 다 사용되었잖아요."

"그건 그렇지만……."

하세도 그 사실은 인지하고 있었다. 바로 이 두 사람이 확인했으니까.

"게다가 만약 이산화탄소가 꽉 차 있다면 안에서 정신을 잃었을 가능성도 있습니다. 빨리 구해야죠."

스가야마의 말이 맞는다.

그런데 왜 이렇게 마음이 술렁거리는 것일까.

"맞다, 이거."

스가야마가 뭔가 떠올리고 주머니를 뒤지더니 꺼낸 것은 카드형 장치였다.

OLED 화면에 숫자가 크게 나열되어 있는데 시계는 아닌 것 같다. 온도, 습도, 이산화탄소의 수치를 나타내는 숫자다.

"이산화탄소 농도 측정기예요. 에어컨에도 같은 기능이 탑재되어 있는데 아마네 님의 말로는 고장 난 것 같다기에 혹시 몰라 비품실에서 가져왔습니다."

"잘하셨어요, 스가야마 씨!"

얼떨결에 소리치며 손을 잡는다.

스가야마가 다시 문고리에 손을 댔다.

"이 측정기는 적외선으로 이산화탄소 농도를 측정해 농도가 높으면 경고음이 울리게 되어 있습니다. 그러니 소리가 나면 바로 방을 나가주세요."

"알겠습니다. 스가야마 씨도 조심하세요."

서로 고개를 끄덕이고 스가야마가 문을 열었다.

차가운 공기가 흘러나온다.

아직 안으로 들어가지도 않았는데 하세는 무의식중에 숨을 참고 있었다.

스가야마의 뒤를 따라가며 방에 발을 내디딘다.

불은 꺼져 있었다.

커튼도 닫혀 있고 빛이 전혀 없이 깜깜하다.

이산화탄소 농도 측정기의 숫자만 보인다.

그 수치는 방 안에 들어가도 달라지지 않았다. 돌다리도 두드려보고 건넌다는 마음으로 잠시 기다려보지만 경고음은 울리지 않는다.

스가야마가 안도의 한숨을 내뱉는다.

“이산화탄소 농도는 보통 수준인 것 같네요.”

조심스럽게 호흡을 해보니 역시나 문제는 없다.

하세도 안도하고 가슴을 쓸어내린다.

그러고 나서 벽을 더듬어 전등 스위치를 찾았다.

캄캄하긴 하지만 방의 구조는 전부 똑같다. 금세 손끝에 스위치가 닿았고, 동시에 스가야마의 어깨너머로 침대 위에 누워 있는 사람의 모습 같은 것이 보였다.

저게 뭐지? 하고 뚫어지게 쳐다보면서 불을 켜려고 스위치를 누른다.

딸깍. 그 순간 시야 전체에 초신성 폭발을 연상하게 하는 섬광이 튀었다.

공기와 열의 덩어리가 온몸을 후려치듯 다가온다.

하세는 비명을 지를 틈도 없이 바닥을 굴렀고, 고통보다 충격이 먼저 온몸에 휘몰아쳤다.

정신이 혼미해져 의식마저도 하얗게 물든다. 마치 무중력 공간에 던져진 듯한 기분이다.

따갑게 찌르는 느낌이 고막을 떠나지 않는다.

아무것도 들리지 않고 아무것도 느껴지지 않는다.

그러다 온몸이 갈기갈기 찢어지는 듯한 통증이 찾아왔다. 신음조차 낼 수 없어 그저 그 자리에 웅크리고만 있었다.

불가사의한 감각이었다.

분명 몸 전체가 아프건만 기분 좋은 나른함이 있다.

그런 와중에 요란한 사이렌 소리를 들었다. 고래고래 질러대는 목소리도.

"……씨! 하세 씨! 하세 씨!"

둘 다 멀리서부터 들려오는 것 같다가도 바로 귓가에서 들리는 듯한 모순된 감각에 현실감이 느껴지지 않는다.

"눈 떠보세요! 하세 씨! 하세 씨!"

아마네의 목소리다.

하세는 자신이 눈을 감고 있다는 것을 깨달았다.

"하세 씨!"

한층 커진 목소리에 어렴풋이 시야가 열린다.

맨 처음 눈에 들어온 것은 울 것 같은 얼굴의 아마네였다.

바로 그 뒤에 마사키도 있다.

"다행이다……. 진짜 쫄았잖아요."

둘 다 걱정스러운 얼굴로 이쪽을 들여다보고 있고, 어째서인지 흠뻑 젖어 있다.

그뿐 아니라 주위가 온통 물바다다.

천장을 올려다보니 샤워 줄기가 거세게 분출되고 있다. 스프링클러다.

어찌어찌 고개를 움직여 보았더니 야마구치의 방이 활활 불타고 있다.

"말도 안 돼……."

통증도 잊고 그저 어안이 벙벙하다.

믿기 힘든 광경이 펼쳐져 있다.

방화 대책을 엄중하게 세우고 성냥개비조차 반입을 금지했던 이 우주 호텔에서 화재라니…….

있을 수 없다. 어떻게 이런 일이.

도무지 현실이라고는 믿기지 않는다.

하지만 출입구에서 불꽃이 흘러넘치고 있다. 마치 꼬리 아홉 개 달린 붉은 여우가 날뛰고 있는 것 같다.

다행히 스프링클러의 소화제가 효력을 발휘하는지 불길이 점차 잦아드는 것이 보인다. 초순수를 베이스로 한 중성 소화제다.

연소를 막기 위해서인 듯, 아마네가 문을 닫았다.

감압, 우주 쓰레기, 그리고 화재까지. 이로써 우주의 3대 사고를 전부 경험했다. 전문 우주비행사도 이 모든 걸 경험하기는 어려울 것이다.

얼이 빠진 상태에서 가까스로 몸을 가누고 일어나려 했지만 몸이 무겁다. 물리적인 의미에서.

옷이 대량의 소화제를 흡수한 상태다.

보이지 않는 손으로 온몸을 제압당하고 있는 것처럼 움직이기가 어렵다.

그럼에도 무리하게 힘을 넣는 순간, 몸이 비명을 질렀다.

뼈라는 뼈는 죄다 삐거덕거리는 것 같아 참을 수가 없어 몸부림치며 뒹군다.

호흡조차 고통스러워서 같은 자세를 취하는 것도 괴롭다.

아마네와 마사키가 몸을 부축해주었지만 통증이 사그라드는 데에는 시간이 필요할 것 같다.

"무리하지 마세요, 하세 씨."

"그래요. 때마침 보게 됐는데 두 사람의 몸이 10미터 가까이 날아가던데요. 부상이 없는 게 이상할 정도죠."

"날았다고요? 그렇구나. 그러고 보니 전등 스위치를 켠 순간……."

눈을 감고 따가운 빛줄기를 맞으며 거센 작열에 몸이 날아갔던 것까지는 기억이 난다.

"……제가 얼마 동안이나 정신을 잃었던 겁니까?"

신음하며 스마트 워치를 본다. 그러나 지금 이 일로 고장이 났는지 아무것도 표시되어 있지 않다.

대신 마사키가 알려준다.

"대략 30초 정도요. 마침 두 사람이 문을 막 열었을 때, 저랑 아마네 양이 지나갔거든요. 그러니 정확할 거예요."

역시 고급 손목시계는 다르다. 흠뻑 젖었는데도 정확히 작동하고 있다.

“스가야마 씨와 야마구치 씨는요?”

“……저는 무사합니다.”

뒤에서 소리가 들렸다. 뒤를 돌아보자 마찬가지로 온몸이 흠뻑 젖은 채로 스가야마가 바닥에 누워 있다.

“피부가 약간 따끔거리지만 큰 화상은 없는 것 같아요.”

그의 말대로 머리카락과 옷은 대부분 그을렸지만 그 이상의 피해는 없어 보인다.

그 정도 되는 폭발에 가벼운 화상으로 끝난 것은 기적에 가깝다.

하세가 그런 가벼운 화상조차 입지 않은 이유는 스가야마가 앞서갔기 때문일 것이다. 그가 방패가 되어준 셈인데 육체적 고통은 하세가 더 큰 것 같다. 아마도 몸이 날아갔을 때 하세의 몸이 쿠션 역할을 했기 때문일 테다.

중력이 작아도 질량은 변하지 않는다. 누군가의 깔개가 되거나 땅바닥에 내동댕이쳐지면 그만큼 몸을 다치는 건 당연하다.

등에 멘 가방이 없었다면 후두부를 부딪혀 훨씬 더 위험했을지도 모른다.

“아무튼 위험하니까 일단 이곳을 벗어나죠.”

마사키가 팔을 끌어당긴다.

“그런데 야마구치 씨가…….”

"이런 말은 하고 싶지 않지만, 가망이 없을 거예요. 아까 봤을 때 불길이 굉장했으니까."

"그런 말도 안 되는 일이 있다니……. 우주 호텔은 분명 화재 대책을 엄중하게 세웠을 거예요. 그런데 불이 붙다니, 더군다나 불길이 그렇게 굉장하다뇨. 믿을 수가 없어요. 안 그래요?"

하세는 스가야마를 향해 지푸라기라도 잡는 듯한 시선을 보내지만, 그는 분하다는 듯 고개를 좌우로 흔들었다.

"최소한, 확인은 하게 해주세요."

"안 된다고 했잖아요!"

아마네의 일갈에 하세는 깜짝 놀라 움찔한다.

그 틈에 마사키와 스가야마가 하세를 끌어당겨 그 자리에서 억지로 떨어지게 했다. 하세가 할 수 있는 것은 이토의 보스턴백을 얼른 움켜쥐는 정도였다.

끌려가는 도중에 아마네가 다른 승객의 방을 노크한다.

"불이야! 다들 나오세요! 불났어요!"

거칠게 두드리고 발로 차면서 호소하지만 반응은 없다.

문고리를 잡아봐도 전자석식 도어록은 여자 힘으로는 꿈쩍도 하지 않는다.

결국 아무도 나오지 않았고 아마네는 조금 늦게, 끌려가는 하세의 뒤를 따라갔다.

간신히 엘리베이터 앞에 도착하자 모두가 안도한다.

여기까지 왔으니 불길에 휩싸일 일은 없을 것이다.

"……스가야마 씨. 야마구치 씨는 안에 있었나요?"

하세의 물음에 스가야마는 힘없이 고개를 흔든다.

"침대에 누워 있던 사람 형체 같은 것은 봤습니다. 하지만 어두워서……."

가라앉은 목소리에, 다들 뭐라고 말해야 좋을지 모르겠다는 표정으로 입을 열지 못했다.

"나 때문이야."

어째선지 마사키가 자신을 책망한다.

"그렇잖아요? 내가 사망 플래그 어쩌고 그런 말을 해서…… 말이 씨가 된 거예요. 쓸데없는 말을 하는 바람에 그게 현실이 돼버렸어."

"그럴 리 없겠지만, 만약 그런 게 있다면 야마구치 씨가 살아 있다고 계속 말하는 건 어때요? 혹시 알아요? 말이 씨가 돼서 이루어질지. 잘 모르겠지만."

"야마구치 씨는 살아 있다. 야마구치 씨는 살아 있다. 야마구치 씨는 살아 있다."

들은 그대로 주문처럼 반복하는 마사키의 모습에 아마네

가 피식 웃는다.

두 사람의 그런 엉뚱한 대화를 보니 하세는 냉정함이 돌아오는 기분이 든다.

야마구치의 생존을 기원하던 마사키가 고개를 갸웃거린다.

"그런데 왜 폭발을 한 거지? 가스는 없었잖아요?"

"가스가 아니라 아마 산소 때문일 거예요."

하세는 온몸에 들러붙은 소화제를 털면서 자리에서 일어났다. 몸의 통증과 무게에 다리가 꼬일 뻔했다.

"이건 어디까지나 제 추측이지만, 방 안에 산소 농도가 높아져 있었던 것 같아요. 가스가 없고 화재 대책을 엄격하게 세운 우주 호텔에서 그만한 화재를 일으키려고 한다면 그 방법뿐이에요."

산소에 의한 화재 사고는 드물지 않다. 자택 요양 중에 산소 마스크 또는 운동 피로 해소를 위한 산소 탱크를 사용해 담배를 피웠다가 불씨가 크게 번져 주위에 옮겨 붙은 끝에 건물 전체가 타버리는 사고도 있었다.

우주 호텔은 지상과 같은 산소 농도로 맞추기 위해 일부러 질소도 사용하고 있었다.

"그리고 전등 스위치를 켤 때 정전기 튀는 소리가 났어요. 아마도 그게 원인이 되어 불이 붙었을 거라고 생각해요."

이것도 자주 있는 사고다. 특히 겨울철의 건조한 공기에서 일어나기 쉬운데, 스웨터에 불이 붙어 큰 화상을 입는 사례도 종종 보고된다.

"그런데 산소는 대체 어디에서 가져왔을까요?"

"방법은 얼마든지 있습니다. 초등학생 때 과산화수소수와 이산화망간을 이용해 수상치환법으로 산소 모으는 거 배웠잖아요. 소독액의 옥시돌도 과산화수소수예요. 그거랑 철, 건전지가 있으면 웬만한 양을 만들 수 있죠."

"수상치환법! 학교 졸업 이후로 지금까지 한 번도 들어본 적 없는 단어!"

"우주선 바깥 활동을 위한 산소 팩도 있고, 아무튼 산소를 모으는 건 누구라도 가능해요."

마사키가 깊이 납득하고 분한 듯 끙끙거렸다.

"사와다 씨 일로 다들 이산화탄소에는 조심했겠지만 산소까지는 생각이 미치지 않았던 거죠. 이걸 설치한 녀석은 아주 교활한 놈이네."

"그런데 아무리 산소 농도가 높다고 해도 정전기만으로 그렇게 불이 붙나요?"

아마네의 의문에 대해서도 하세는 짚이는 것이 있었다.

"……불이 붙었다기보다는 눈앞이 새하얗게 번쩍한 느낌이었어요."

스가야마가 신기한 듯 끄덕이는 모습을 보고 이야기를 계속한다.

“어쩌면 마그네슘이 있었을지도 몰라요. 과학 실험을 해봤던 분은 아마 아실 거라 생각합니다만, 마그네슘이 타면 딱 그런 색으로 빛나거든요. 게다가 가볍고 견고해서 다양한 물건에 사용되기 때문에 손에 넣기도 쉽습니다.”

컴퓨터 본체나 휠체어의 프레임, 비행기 몸통, 여행 가방, 골프 클럽 등 다 헤아릴 수도 없을 만큼 마그네슘은 여러 곳에서 사용된다.

“하지만 마그네슘에 불이 붙은 것만으로는 폭발이 일어나지 않습니다. 아마 불씨로만 사용되었을 거예요.”

“그럼 왜 폭발한 거예요? 나 문과 출신이니까 알기 쉽게 설명해줘요.”

그때 뭔가를 이해했다는 듯 아마네가 화들짝 손을 들었다.

“혹시 테르밋 반응인가요?”

“역시 고3 수험생.”

“뭐야, 그게?”

마사키뿐 아니라 스가야마도 설명이 필요한 듯한 눈빛을 보내온다.

“간단히 말하자면, 알루미늄과 구리를 섞어서 불을 붙이면 온도가 어마어마하게 높은 불꽃이 발생하는 거예요. 용접 같은 걸 할 때 쓰이고 실험 규모에 따라서는 2,000도를 넘는 것도 가능합니다."

"2,000도?"

마사키가 눈을 부릅뜨며 몸을 뒤로 젖혔다. 마그마 온도를 뛰어넘는 온도다.

우주 호텔은 건축 자재 대부분이 불연 소재와 준불연 소재로 만들어졌다. 인테리어에도 방화 소재와 난연성 물질이 사용되었지만, 그 정도 온도가 되면 의미가 없다.

"왜 그런 위험한 것이 호텔에 있는 거죠?"

"알루미늄과 구리 둘 다 우리와 밀접한 물질이니까요."

"그렇지만 알루미늄과 구리를 가루로 만들어서 잘 섞지 않으면, 계획이 뜻대로 진행되지 않을걸요? 실제로 학교에서 실험했을 때도 잘 섞지 않은 친구들은 실패했어요."

"……역시 고3 수험생."

지식으로 외우고 있던 하세와 달리 경험을 근거로 한 정보에 그저 감탄한다.

그리고 방금 들은 말에서 중요한 사실이 생각났다.

우주선은 비행기와 마찬가지로 액체와 분말 상태의 물체를 반입할 수 없게 되어 있다. 분진 폭발이 나거나 분말이 기계의 틈새로 들어가 고장 나는 것을 막기 위해서다.

따라서 범인은 알루미늄과 구리의 분말을 현지 조달했다는 뜻이 된다. 아무리 구하기 쉬운 물질이라고는 해도 아무

도구도 없이 가루로 만들 수는 없다. 대체 어떻게 한 거지?

"유튜브에서 본 적 있는데,"

고민하고 있던 찰나에 마사키의 가벼운 목소리가 미끄러져 들어온다.

"아이폰을 가루로 만드는 믹서기라는 동영상이 있거든요. 미국의 유명한 믹서기 제조사가 홍보용으로 만든 건데 아이폰만이 아니라 태블릿 같은 걸 가루로 만들더라고요. 그러니까 믹서기를 사용하면 되지 않을까?"

"그 동영상은 저도 본 적 있어요."

스가야마가 고개를 끄덕인다.

"그리고 아마 그 믹서기를 레스토랑에서 사용했을 거예요. 홍보 영상에 대한 찬반 의견은 있지만 성능은 워낙 뛰어나서."

"그러고 보니 미야하라 씨가 믹서기가 쓰기 편하다며 좋아했던 것 같아요."

그런데도 하세는 힘없이 고개를 좌우로 흔들고는 말한다.

"스마트폰을 갈더라도 불순물이 섞여 있기 때문에 화학반응은 약할 거예요."

"아, 아니다, 그게 아니라……."

마사키가 주머니를 뒤적여 지갑을 꺼낸다. 지갑에서 1엔짜리 동전과 10엔짜리 동전을 꺼내 손바닥에 올렸다.

"1엔짜리 동전은 알루미늄 100퍼센트잖아요? 그래서 1엔을 만드는 데 3엔이 든다는 말을 들은 적 있어요. 10엔도 아마 구리가 95퍼센트 정도 됐던 것 같은데?"

"그겁니다!"

맹점이었다. 돈에는 반입 제한이 없다. 필요한 재료는 이걸로 해결했구나. 하세 자신도 방법은 이것뿐이라는 확신이 들었다.

그렇기는 한데…… 그렇게 때맞춰 정전기가 발생할 수 있나? 게다가 계획한 대로 폭발하게 하려면 경험도 필요하다. 실제로 아마네의 반 친구는 실패했다고 했다.

착화 요인이 너무 불확실하다.

우선, 성냥조차 반입을 금지할 만큼 우주 호텔은 불에 예민하다. 정전기 대책도 세워져 있을 것이다.

아니면 뭔가 다른 방법으로 확실하게 정전기를 일으킨 걸까? 그렇다면 그건 어떤 장치지?

"그런데 대체 누가 이런 짓을……."

아마네가 소화제 때문에 달라붙은 앞머리를 쓸어올리면서 탄식했다.

"역시 틀림없다니까. 이건 완전히 정부의 음모라고. 지구가 평면이라는 사실이 알려지지 않도록 우리 모두 여기서 죽게 돼 있는 거야."

겁먹은 마사키에게 이제는 아무도 반응하지 않는다. 아마네도 냉소조차 띠지 않았다.

누군가 확실히 살의를 품고 행동하고 있다. 음모론을 상대하고 있을 여유 따위 없다.

게다가 사와다 때는 그나마 범행을 숨기려고 하는 시늉이라도 했으나, 이제는 주변 시선을 아랑곳하지 않는다.

억측으로 범인을 특정하고 싶지는 않지만 어쩔 수 없다.

하세는 애써 냉정함을 잃지 않으려 하면서 상황을 확인했다.

"산소와 테르밋 반응에 필요한 물건은 누구든 미리 준비할 수 있습니다. 그런데 이 짧은 시간에 야마구치 씨를 기절시키는 것이 가능한 인물은 한 사람뿐이에요."

레스토랑에서 해산한 뒤 하세가 야마구치의 방에 도착할 때까지 걸린 시간은 30분 정도였는데, 자취를 감추고 도망치는 시간까지 감안할 때 범인은 20~25분 정도 걸렸을 것이다.

그사이에 도어록을 파손하고 야마구치를 살해 혹은 기절시키고 테르밋 반응을 일으키는 장치를 설치한다……. 말로는 간단하지만 그것은 생각보다 훨씬 어려운 작업이다. 야마구치가 조금이라도 저항한다면 시간 안에 끝내는 건 불가능할 것이다.

그런 불편한 감정으로 헤어진 이상, 야마구치도 다른 여행

객을 경계할 터. 혼자 있는 사람부터 죽는다는 불쾌한 말을 아마네에게 들었으니 더욱 그럴 것이다.

도어록 문제만 먼저 해결해두면 야마구치를 쉽게 기절시킬 수 있는 인물이 있다.

모두가 같은 생각에 이르렀는지 일제히 탄식한다. 특히 마사키가 격하게 반응한다.

"거짓말이죠? 저는 못 믿겠는데요. 그 사람은 아내와 자식의 성묘를 위해 우주에 온 거였잖아요? 그런데 사람을 죽이다니……. 시마즈 씨가 그런 짓을 할 리가 없다고!"

하세도 같은 의견이었다. 세상 떠난 처자식의 이야기를 들려줬고 가족을 소중히 여기는 사람이라는 인상이 있어서 이런 비뚤어진 짓을 할 사람이라고는 생각되지 않았다.

"그것도 사실인지 아닌지 알 수 없죠. 우리를 방심하게 하려고 한 거짓말일지도 모르고."

하기야 신원조사를 한 것도, 진위를 확인한 것도 아니다. 전부 본인이 꾸며낸 이야기일 가능성도 있다.

"게다가 그게 사실이라 해도 그런 사람이 살인을 하지 않을 거란 보장은 없지 않나요?"

"아마네 양 말이야, 진짜 고등학생 맞아? 너무 가차 없는 거 아니야? 아니면 요즘 애들은 다들 그런 식인가?"

"그보다 일단 시마즈 님을 찾아봅시다. 아직 범인이라고 결론이 난 건 아니지만 위험한 건 분명하니까요."

"사와다 씨와 미야하라 씨!"

아마네가 소리친다.

"만약 정말로 시마즈 씨가 범인이라면 그 두 사람에게도 빨리 알려야 해요!"

"안내방송 같은 거 못 해요?"

마사키의 물음에 스가야마가 면목 없다는 듯 답한다.

"그게 고장이 나서……."

"범인이 CCTV를 고장 냈어요. 그쪽에도 미리 손을 쓴 거겠죠."

"아무리 외부의 벽을 강화하려고 해도 안에서 문제가 발생하면 어떻게 할 도리가 없죠."

"이런 제기랄!"

단정은 피하면서도 일동은 시마즈가 범인이라고 여기기 시작한 듯했다. 하지만 그렇게 되면 또 이상한 점이 생긴다.

야마구치가 말했듯이, 이 우주 호텔에 모인 사람들에게선 살인의 동기가 보이지 않는다.

범행 내용도 지나치게 복잡하고 품이 들어갔다.

무중력 공간에서 목을 맨 사건으로 시작해, 인터넷과 CCTV를 못 쓰게 만들고 이산화탄소에 의한 질식사를 시도하고 산소의 연소를 이용한 테르밋 반응으로 폭발을 설계했다.

범인이 시마즈고 목적이 무차별 살인이라면 그냥 뒤에서 덮치기만 해도 충분할 것이다.

하세는 모두가 수상하면서 또 모두가 결백한 것 같기도 했다.

"아무튼 세 사람을 찾아보죠. 찾는 대로 상황을 설명하고 경우에 따라서는 포박해야 할 수도 있어요."

"그런데 대체 어디에 있는 건지……."

스가야마의 의문에 하세가 대답한다.

"이렇게나 사이렌이 울렸는데 얼굴도 내밀지 않는 걸 보면 적어도 링 구역에는 없는 것 같습니다."

도망치던 중에 아마네가 방문을 두드려댔지만 아무도 나오지 않았다.

"먼저 승강장 구역으로 갔을지도 몰라요. 시간도 슬슬 한 시간쯤 되어가고……."

시간을 확인하려고 스마트폰을 꺼낸 아마네가 몸을 뒤로 젖혔다.

"말도 안 돼. 내 스마트폰 망가졌어요. 방수되는 건데."

"진짜? 이런, 내 것도 그러네. 젖어서 그런가……. 젠장!"

마사키가 먹통이 된 스마트폰을 짜증 난다는 듯 주머니에 찔러 넣는다.

하세는 정체 모를 찜찜함을 느꼈다. 하지만 지금은 이런저런 생각을 할 여유가 없다.

"일단 승강장 구역으로 내려갑시다."

엘리베이터 문이 열리고 탑승한다.

엘리베이터가 움직이기 시작하자 관성의 법칙에 따라 천장을 향해 몸이 당겨졌다.

하세는 손잡이는 잡지 않고 자석 부츠를 이용하여 천장에 발을 대고 이때다 싶어 가방에서 수건을 꺼내 몸을 닦았다. 속옷까지 흠뻑 젖어서 옷을 갈아입고 싶었지만 아마네도 있고 여벌 유니폼은 사와다에게 빌려준 상태. 옷이 달라붙은 느낌이 싫었지만 그대로 있을 수밖에 없었다.

엘리베이터는 조용했다. 기계 작동음도 들리지 않고 모두가 깊이 침잠한다.

5분 정도의 시간이지만 입을 다물고 있는 것을 못 견디겠다는 듯 아마네가 부자연스럽게 한숨을 섞어 어깨를 떨구었다.

"하아, 최악이야……. 결국 하고 싶은 건 하나도 못 했어."

"피아노 연주를 라이브로 방송하고 싶다고 했죠?"

하세가 묻자, 붉은 머리칼이 언뜻 보이는 옆얼굴이 힘주어 고개를 끄덕인다.

스가야마가 알겠다는 듯 미소 짓는다.

"그만큼 멋진 연주 실력이라면 충분히 할 만하죠."

"슈퍼챗 같은 걸 하면 수입도 생길 테고."

"그런 건 딱히 필요 없어요."

"그럼 왜 라이브 방송을 하는데? '좋아요'를 많이 받고 싶어서 그런 거 아냐?"

"저는 그냥 친구한테 들려주고 싶은 곡이 있을 뿐이에요."

정색하고 대답하는 모습을 보니 뭔가 사정이 있어 보인다.

"우와, 일부러 우주에서 들려주고 싶다니, 친한 친구야? 아, 혹시 남자친구?"

"……."

분위기 파악을 못 하고 눈치도 없는 마사키의 놀림에 아마네의 표정이 싸늘하게 식었다.

아마네가 말했다.

"제가 마사키 씨에 대해 오해하고 있었습니다. 음모론에 심취한, 머리가 좀 이상한 사람이라고 생각했는데, 그게 아니네요."

"뭐야 갑자기. 그래도 뭐 오해가 풀렸다면 다행이고. 맞아, 내가 오해받기 쉬운 성격인 모양이더라고."

마사키는 기쁜 표정을 띠지만, 하세와 스가야마는 다음의 대사를 예상할 수 있어서 시선을 피했다.

"네. 그게 아니라 그냥 멍청하신 거네요."

마사키가 반응하기 전에 엘리베이터가 멈췄다.

조용히 문이 열린다.

"도착했습니다."

하세는 두 사람의 얼굴을 보지 않으려 하면서 밖으로 나가도록 유도했다.

제일 먼저 스가야마가 익숙한 모습으로 무중력 속을 헤엄쳐 나간다.

아마네가 태연한 표정으로 이어서 나가고, 하세는 어색한 분위기를 무시하고 주의를 당부했다.

"지금부터는 혼자 있는 것은 위험합니다. 반드시 두 명 이상씩 움직이기로 해요."

"그래야죠. 여기서 혼자 있다가는 또 플래그가……."

마사키가 말을 하려다 말고 입을 다물었다.

이번에는 웃거나 하는 사람 없이 전원이 고개를 끄덕인다. 서로를 배려하며, 긴장감에 절로 입을 다문다.

거의 날다시피 무중력 속을 이동해 우주선의 승강구까지 왔는데, 하세는 아마네가 안으로 들어가려는 것을 제지했다.

"잠깐만요. 혹시 안에 누가 있는지 먼저 확인하고 올게요."

범인이 그 안에서 기다릴 것을 충분히 예상할 수 있었다.

"두 분은 여기서 망을 봐주세요. 절대 혼자 있지 마세요."

스가야마와 마사키에게 뒤를 부탁하고, 하세는 우주선에 올라탔다.

이중 해치로 된 에어록을 신중하게 열고 안을 들여다본다.

언뜻 보기에는 아무도 없고 인기척도 없다. 그래도 방심하지 않고 화장실 안과 벽장까지 구석구석 살펴봤지만 아무도 없었다.

긴장을 풀지 않고 이번에는 조종실로 향했다.

엔진에 시동을 걸어 각종 스위치를 켜고 우주선의 셀프 체크를 이행한다.

결과는 이미 나왔다. 엔진과 기체에는 이상이 없다. 통신기기가 망가지긴 했지만 비행하는 데에 지장은 없을 것이다.

객실 카메라에 비치는 사람은 아무도 없다.

사와다와 미야하라, 시마즈, 이 세 사람은 아직 오지 않은 듯하다.

서둘러 밖으로 나와 상황을 설명하자 스가야마, 마사키 그리고 아마네는 이제 지상으로 돌아갈 수 있다며 우선 안도했고, 이어서 사와다를 비롯한 나머지 사람들의 모습이 보이지 않는 것에 불안감을 드러냈다.

스가야마가 걱정스러운 듯 주위를 둘러본다.

엘리베이터가 작동 중인 기색도 없다.

"어쩌면 아직 방에 있는지도 몰라요. 하지만 문을 걷어차도 반응이 없었는데……."

아마네의 얼굴이 파랗게 질린다.

"안에 있었다면, 야마구치 씨 방의 불길이 퍼져서 지금쯤 큰일이 났을지도 몰라요. 어떡해요."

"괜찮다니까. 마지막이라 생각해 여기저기 돌아보고 있는 거 아닐까? 아니, 그렇게까지 태평한 사람들은 아닌가."

마사키가 자문자답한다. 희망을 주고 싶은 건지 아닌 건지 모르겠다. 아마 본인도 동요하고 있는 것이리라.

상황이 상황인지라 세 사람을 마냥 기다릴 것이 아니라 찾아 나서는 편이 좋을지도 모르겠다.

하지만 무작정 움직이는 것도 주저되었다.

"마사키 씨, 지금 시간을 알려주시겠어요?"

"……방금 막 11시가 됐네요."

집합 시간에 늦는 거라고 생각하기도 어렵다.

"……세 사람을 찾아오겠습니다. 여러분은 서로 엇갈리지 않게 여기서 대기해주세요. 좀 전에도 말했지만 절대 혼자 있지 마세요."

"잠시만요, 부기장님."

막 뛰어나가려는데 스가야마가 불러 세워 하세는 뒤를 돌아보았다.

"우선 이 층을 찾아보는 편이 좋을 것 같습니다."

"왜요?"

"아까도 말씀드렸지만, 그만한 소동이 있었는데 아무도 방에서 나오지 않았다는 건 이미 이동한 뒤라서 그런 것 같습니다. 게다가 우리가 온 뒤로 엘리베이터도 움직이지 않았어요. 먼저 도착한 게 아닐까요?"

"그럼 왜 아무도 보이지 않을까요?"

"어떤 이유가 있어서 숨어 있는 것일지도 모르죠."

범인의 행동은 과감해졌다. 이들이 들이닥치자 몸을 숨겼을 가능성도 있다.

"혹시 아직 다른 층에 있다면 어차피 엘리베이터로 내려올 수 있을 겁니다. 먼저 승강장 구역을 찾아보는 편이 좋을 것 같아요."

하세는 그의 말을 납득하고 등을 돌렸다.

"그럼 제가 찾으러 간 뒤에 엘리베이터가 내려오면 큰 소리로 알려주세요."

전원이 순순히 따른다.

"아, 맞다!"

뭔가 생각난 것이 있어 하세는 다시 뒤를 돌아보았다.

"하는 김에 이토 씨의 시신을 수습해오고 싶은데 따라와주실 수 있을까요?"

"좋아요."

스가야마에게 부탁할 작정이었는데 아마네가 자진해서 나서주었다.

마음은 고맙지만 미성년자에게 시체를 보게 할 수는 없다. 그런 생각에 거절하려고 했는데 스가야마와 마사키를 보니 피로 때문인지 축 늘어져 있다.

특히 스가야마는 그을린 유니폼 차림이 안쓰럽다.

평상시라면 스가야마도 하세와 같은 판단을 했을 테지만 지금은 그럴 여유가 없다.

어쩔 수 없다.

실랑이할 시간도 아깝다 싶어 하세는 아마네와 함께 지면을 발로 차고 허공을 날았다.

창고로 향하는 직원 전용 구역의 문까지 왔을 때 생각이 났다.

그러고 보니 이곳의 문도 처음부터 열려 있었다. 그때는 이토가 일부러 열어둔 것이라고 생각했지만, 사와다와 야마구치의 방도 문이 잠겨 있지 않았다.

대체 범인은 어떻게 해서 잠금장치를 열었을까…….

"사와다 씨! 미야하라 씨! 시마즈 씨! 계시면 대답해주세요! 아무도 없습니까?"

긴 통로를 앞으로 나아가면서 소리를 지르고 제1창고, 제2창고를 확인한다. 출입문의 유리창으로 엿보는 데에 그치지 않고 사각지대를 놓치지 않으려고 안에까지 들어가 꼼꼼히 확인한다.

텅 비었다. 아무도 없다. 수하물도 없어 숨을 장소도 없다.

제3창고 앞까지 와서 문을 열기 전에 하세는 아마네를 염려해 잘 알아듣게 말했다.

"이 문을 열면 시체를 보게 될 거예요. 만약 도저히 못 보겠거나 너무 무섭거나 하면 내 눈치 보지 말고 도망가세요."

"……괜찮아요."

굳은 표정으로 아마네가 말한다.

하세는 고개를 끄덕이고 문을 열었다.

마지막에 본 모습 그대로 창고 안은 짐들이 어지럽게 떠 있었다.

채소, 과일, 쌀, 빵, 알코올음료, 각종 조미료와 식재료가 많다. 재료 중에서도 냉장할 필요가 없는 것들이다.

크고 작은 다양한 수납 케이스와 저장 용기도 허공에 떠다닌다. 고정하기 위한 밴드도. 그런 것들이 허공에 흩어져 있었다.

만물은 힘이 가해지면 장애물이 없는 한 계속해서 움직이는 성질을 가지고 있다. 지상이라면 중력이 주된 장애물이 되겠지만 여기서는 공기 저항뿐이다.

그래서 줄곧 이렇게 허공을 떠다니면서 흩어져 있는 것일 테다. 덕분에 시야가 좋지 않다.

그런데 올려다본 그 끝에서 이질적인 물체를 발견했다.

검은색 바탕에 은색 선을 넣은 옷, 회사의 제복이다.

이토의 시신이라고 생각해 뚫어지게 바라보다…… 하세는 말문이 막혀버렸다.

"하세 씨…… 저거."

아마네의 목소리도 떨리고 있다. 그래도 목소리가 나오는 걸 보면 그만큼 대담한 성격인 듯하다.

하세가 할 수 있는 일이라곤 기도가 좁아진 목구멍으로 간신히 숨을 내쉬는 것뿐이었다.

어떻게 된 거지?

어떻게 이런 일이 있을 수 있는 거지?

흡사 큰 뱀 두 마리가 수박이라도 삼킨 듯 몸을 부풀려 천장에 매달린 모습이다.

아니, 그렇게 보인 것은 안전벨트가 계속 흔들리기 때문일 것이다.

공포와 의문, 그보다 더 큰 충격에 하세는 할 말을 잊고 말았다.

대체 어떻게 이런 일이?

이런 말도 안 되는 일이 어떻게?

혼란스러워서 시야와 호흡이 당장이라도 흐트러져버릴 것 같다.

거기에,

사와다와 미야하라가 이토와 마찬가지로 목을 매고 죽어 있었다.

2

땅이 꺼져버린 느낌이다. 쓰러지지 않고 버틸 수 있는 것은 이곳이 우주이기 때문이다. 비틀거리지도 않고 멍하니 공중에 서 있다. 이리저리 날아다니는 과일이 뺨에 부딪혀도 미동도 하지 않고 하세는 심리적 충격이 온몸으로 퍼져가는 걸 느끼고 있었다.

"하세 씨!"

고막을 치는 소리가 감각을 일깨운다.

화들짝 놀라 하세는 정신을 되찾았다.

설마 그 두 사람이 목을 맸을 줄이야. 이미 숨진 것으로 보이지만, 서둘러 생사를 확인해야 한다.

하지만 머뭇거려졌다. 만약 이 주위에 누군가 잠복해 있다면?

어떤 방법인지는 모르겠지만, 이토를 포함한 세 사람은 같은 방법으로 살해당한 것이 틀림없다. 그러니 더더욱 경솔하게 들어설 수 없어 하세는 주변을 살폈다.

날아다니는 대량의 화물이 시야를 방해한다. 범인이 어딘가에 숨어 있을지, 아무도 없는 건지 바로는 알 수 없었다.

아마네만이라도 먼저 우주선으로 돌려보내야 할 것 같다.

하지만 그렇게 되면 왔던 길을 혼자 돌아가야 하는데 위험하지 않을까?

제일 좋은 건 지금 당장 함께 우주선으로 돌아가 출발하는 것이다.

그렇지만 사와다와 미야하라의 생사를 정확히 확인하지 않고 이 자리를 뜰 수도 없다. 아직 숨이 남아 있다면, 그거야말로 산 사람을 유기한 것이 된다.

몇 초간 고민하다 하세는 결단을 내렸다.

"아마네 양은 여기서 기다려주세요. 절대 창고에는 들어오지 말고."

힘주어 당부하고 바닥을 찬다.

하세의 몸은 허공을 헤엄쳐 시체를 향해 날았다. 떠다니는 물건들 사이를, 때로 몸에 부딪히는 것을 밀어내면서 두 사람에게 다가간다.

가는 도중에 안경이 빙글빙글 다가오는 것을 보고 손을 뻗었다. 사와다의 안경이다.

몇 초 늦게 사와다의 몸을 공중에서 붙들어 안는다.

체온은 아직 남아 있지만, 살펴본 눈동자에 빛은 없었다.

호흡도.

안전벨트가 목을 휘감고 깊이 파고들었는지 또렷하게 흔적이 새겨져 있었다.

교살흔은 없다.

일순 사와다의 유서가 뇌리를 스친다. 그렇지만 자살일 리가 없다. 그는 바로 조금 전 인생에 대해 긍정적인 태도를 갖기 시작했다. 힘들었던 과거를 극복하려 하고 있었다.

참을 수 없는 안타까움에 마음이 무겁다.

맥을 짚어보지만 소용없다. 걱정스러운 얼굴로 올려다보는 아마네를 향해 고개를 젓는다. 그러고는 목에 감긴 안전벨트를 풀었다.

아마네 쪽으로 시신을 밀어 보내고, 그 반동을 이용해 미야하라에게 다가간다.

이쪽도 마찬가지였다. 안전벨트가 목에 감겨 있고 교살흔은 없으며 몸은 아직 따뜻하다.

뺨에는 눈물이 흐른 자국이 있지만 이미 말랐다.

갑작스럽게 죽음을 맞이해 틀림없이 원통했을 것이다.

미야하라의 팔은 마치 무언가 잡으려고 한 것처럼 뻗어 있었다.

그러고 보니 이토도 비슷한 모습이었다.

죽음으로부터 도망치려고 안간힘을 쓰는 모습 같아 보여 더욱 가슴이 아팠다.

하지만 슬픔에 잠겨 있을 여유가 없다. 곧장 우주 호텔을 출발해야 한다.

왜 이런 일이 벌어졌는지를 생각하는 건 나중 일이다.

아마도 경찰이 제대로 수사해주겠지.

그러려면 시신을 잘 모셔가야 한다.

무엇보다 유족을 위해서라도.

사와다와 마찬가지로 시신을 밀어 보내려고 미야하라의 뻗은 손을 잡았다.

불쑥 이상한 느낌이 든다.

"하세 씨? 왜 그러세요?"

아마네의 목소리는 들렸지만, 하세는 미야하라에게서 시선을 떼지 않는다.

뭔가 이상하다. 그런데 그게 대체 뭐지?

팔? 팔이 묘하게 신경 쓰인다.

아니야, 그게 아니다.

팔이 아니라 손목이다.

정확히는 손목에 채워진 시계다.

미야하라의 손목시계가 멈춰 있었다.

부딪힌 흔적도 없는데 바늘이 전혀 움직이지 않는다.

"아마네 양!"

자기도 모르게 하세는 거의 고함치듯 소리를 질렀다.

아마네가 깜짝 놀라 몸을 움찔한다. 마침 창고의 출입구에서 사와다의 시신을 건네받은 참이었다.

"사와다 씨의 팔에 시계가 채워져 있습니까?"

"손목시계요? 아, 네 있어요. 그런데 화면에 아무것도 안 나오는 것 같아요."

스마트 워치.

인터넷.

도어록.

컴퓨터.

손목시계.

지금까지 갑작스럽게 사용할 수 없게 된 물건들이다.

혹시 자동판매기도? 그렇게 튼튼한 물건이 고장 난다는 건 생각도 못 했다. 하지만 이용자가 없다고 해서 콘센트를 뽑거나 하진 않을 거라고 이제 와서 생각한다.

이곳은 우주다. 모든 것이 튼튼하게 만들어졌을 터다. 그런데 모든 물건이 너무 쉽게 고장 났다.

문득 뒷주머니의 위성 휴대전화가 생각나 꺼냈다.

줄곧 서멀 블랭킷에 감싼 채였다.

열어보니 액정 화면은 정상적으로 표시되고 있었다.

그러고 보니 마사키와 아마네의 스마트폰이 고장 났을 때도 이상했다. 순수는 거의 전기를 통과하지 않는다. 더군다나 아마네는 자신의 스마트폰은 방수가 되는 것이라고 분개했었다.

그렇다면 스마트폰이 망가진 것은 스프링클러가 작동하기 전이라는 뜻이다.

마사키의 손목시계는 고장 나지 않았다.

"아앗!"

뇌리를 번뜩 스치는 것이 있었다.

드문드문 점처럼 흩어져 있던 사건들이 선으로 연결되어 간다.

다만 너무나 터무니없어 자신의 생각이 맞는지 확신할 수 없다.

"확인해야 해……."

무의식적으로 중얼거리며 하세는 주위를 둘러보았다.

이토의 시체가 떠 있지만, 지금은 그쪽보다 먼저 조사해야 하는 것이 있다.

창고는 상온이라고는 해도 실온이 너무 올라가지 않도록 에어컨이 설치, 가동되고 있다. 그것을 조절하는 관리실이 지하에 있다.

이토가 사망했을 때 확인했지만 그 후로 안에는 들어가지 않았다.

현장을 보존하기 위해 가까이 가지 않으려고 했기 때문이다.

그때는 미심쩍은 부분이 없었지만, 이 부근에 **전력을 대량으로 비축해둔 장소**는 그 관리실뿐이다.

하세는 안전벨트를 끌어당겨 일단 다리를 바닥에 닿게 한 다음 그쪽을 향해 뛰어올랐다.

그런데 갑자기 뒤에서 누군가 잡아당기는 바람에 푹 고꾸라지며 균형을 잃었다. 그 힘에 강제로 뒤를 돌아보게 되자 아마네가 성난 표정을 지으며 꾸짖었다.

"하세 씨! 어딜 가려는 거예요!"

언제 다가왔는지 놀랄 겨를도 없었다.

"혼자 있으면 위험하다고 한 건 하세 씨잖아요!"

"미안해요……."

연구자 시절에 들인 나쁜 습관이다. 뭘 조사하다 보면 거기에 열중한 나머지 주변이 보이지 않는다. 자식뻘만큼이나 나이 차가 나는 사람에게 야단을 맞으니 아차 싶어 반성하는 마음이 들었다.

"하지만 아마네 양을 데려가는 건 위험할지도 몰라서……."

"여기까지 온 이상, 독을 먹으려면 접시까지 먹어야죠."

아마네는 밝고 대수롭지 않게 말하지만, 그 독은 치명적인 것일지도 모른다. 하세로서는 쉽게 수긍할 수 없다.

하지만 아마네는 무슨 일이 있어도 따라올 모양이다.

"알겠습니다. 단, 제 지시에 따라주세요."

"물론이죠. 그런데 하세 씨도 참 특이한 사람이네요."

"무슨 의미예요?"

난데없는 말에 고개를 갸우뚱한다.

"보통은 고등학생이 이렇게까지 막무가내로 굴면 아무리 고객이라도 어른들은 화를 낼 거예요."

이상하다는 듯 웃는 아마네지만 하세에게는 나름의 이유가 있다. 잃어버린 세대로 태어났다는 이유만으로 얼마나 많은 사람들에게 업신여김당하고 천대받고 무시당해왔던가.

'나는 저렇게 사람을 깔보는 인간은 되고 싶지 않아.'

경험에서 얻은 교훈으로 당시의 일을 잊지 않기 위해 하세는 무슨 일에서든 잃어버린 세대를 얕보지 마, 하고 큰소리치는 게 습관이 되어 있었다.

하지만 지금 그 감정을 고등학생에게 설명하기는 어렵고 그럴 시간도 없다.

"저는 어떤 상대든 얕보지 않겠다고 마음먹었을 뿐이에요."

간단히 설명하자 아마네는 납득한 듯 크게 고개를 끄덕였다.

“그래서 하세 씨와는 얘기하는 게 싫지가 않은가 봐요. 어른들이랑 대화하면 무시하고 깔보는 사람이 진짜 많거든요. 특히 아저씨 중에 많죠.”

“저도 아저씨라고 불릴 나이입니다만.”

쓴웃음을 지으며 관리실 문을 열었다.

거기에는 직경 1미터 정도의 구멍이 있고 그 한가운데 철봉이 세워져 있었다. 무중력 상태에서는 계단을 설치하는 것보다 이 방법이 합리적이다.

철봉에 안전벨트를 걸고 내려가서 한 번 더 문을 연다.

방은 어둡고 안쪽까지는 잘 보이지 않는다. 그런가 싶었는데 조명이 자동으로 켜졌다. 다만 절전을 위해서인지 광량이 절제되어 있다.

넓다. 대강 둘러보기로는 축구장 정도이거나 그 이상 될 것 같았다. 아마도 창고 전체 에어컨을 여기서 관리하는 것이리라.

보니까 철봉이 더 있다. 제1창고와 제2창고에서도 이동할 수 있게 되어 있었다.

그 밖에도 뒤죽박죽 다양한 기자재들이 늘어져 있지만, 하세는 우선 창고의 관리 시스템을 확인했다.

방 한구석에 투명한 아크릴로 칸막이가 된 부스가 있다. 컴퓨터와 모니터, 다양한 스위치가 달린 기계류도 같이 있는 것으로 보아 분명 저기서 창고를 관리하는 것일 테다.

안으로 들어가자 에어컨은 고장 났는지 전혀 작동하지 않았다. 컴퓨터도 전원조차 켜지지 않는다. 아마 스가야마도 모르고 있지 않을까. 시스템이 고장 났다는 통지를 받았다는 말은 하지 않았다. 원래대로라면 모든 고장 정보가 스가야마에게 전달되어야 한다.

심장이 서늘해지는 느낌을 무시한 채 이어서 하세는 이 방에 들어올 때부터 눈에 들어왔던 물체로 시선을 향했다.

축구장만 한 관리실 가득히 서멀 블랭킷에 뒤덮인 거대한 물체가 늘어서 있다.

거대한 드럼통을 옆으로 쓰러뜨린 모양새의 장치로, 삼단으로 쌓여 안쪽까지 줄줄이 이어져 있다.

대강 보기에는 한 단에 스무 개 정도는 된다.

그 전체가 밸브와 파이프로 연결되어 있고, 움직이지 않도록 튼튼해 보이는 프레임에 고정되어 있다.

"이게 뭐예요?"

"배터리 탱크예요."

예측하지 못한 사태에 대비해 잉여 전력을 축적해두는 거대 배터리다.

발전된 전기는 일단 이 배터리 탱크에 비축되고, 이곳에서 계획적으로 각 장소로 분배되는 시스템이다.

"우와 이게 배터리군요!"

철과 탱크가 주원료라 희소금속을 필요로 하지 않는 최신 수소저장합금 탱크다.

만약 이것이 완전히 충전된 경우라면 지금 당장 태양광 발전이 멈춰도 일주일은 정상 영업을 할 수 있다. 그만큼의 전력이 비축되도록 설계되어 있다.

기기를 확인하니 절반 정도의 축전蓄電 상태를 확인할 수 있었다. 배터리는 충전하면서 사용하는 경우에 가장 빨리 손상된다. 따라서 충전과 사용을 교대로 반복하고 있기 때문에 모든 배터리가 완전히 충전되는 상태는 있을 수 없다. 이것이 통상적인 운전 방식이다.

하세의 설명에 아마네는 고개를 갸웃거린다.

"정말로 그렇게 많이 축적된단 말이에요?"

"배터리는 여기뿐 아니라 벽에도 매립되어 있고 호텔 이곳저곳에 설치되어 있어요. 그걸 전부 사용하면 계산상으로는 가능할 거예요. 그걸 확인하기 위한 모니터링 여행이기도 하고요……."

얘기하면서 하세는 배터리 탱크에서 부자연스럽게 뻗어 나온 전선을 발견했다.

나중에 추가된 것이 명백해 보이는 전선으로, 그 선을 따라가자 배전반으로 이어졌다. 거기서부터 또 원래 설치되어 있었을 다양한 기자재 선반으로도 이어져 있었다.

그 대부분을 서멀 블랭킷이 덮고 있다.

이런 거, 처음 확인했을 때는 없었다. 소동의 배후에서 누군가 어떤 작업을 하고 있었던 모양이다.

겉보기만으로는 대체 무엇을 위해 배선된 건지 알 수 없지만, 지금까지의 일과 서멀 블랭킷이 사용된 방식을 보니 하세는 어느 정도 예상할 수 있었다.

"……설마 정말로? 하지만 무엇을 위해서?"

설명해주기를 바라는 아마네의 눈빛도 눈치채지 못하고 혼잣말을 내뱉은 후, 가만히 전선을 노려본다.

그러다 전선을 다시 연결하기 시작했다. 배터리에 연결되어 있던 전선을 제거하고 대신에 자신의 스마트폰을 꺼내 바닥에 던졌다.

"뭐 하시는 거예요?"

놀라는 아마네도 무시하고 하세는 깨진 스마트폰에서 리튬이온 배터리를 집는다. 그대로 드러난 단자에 방금 전의 전선을 연결한 다음 증설되어 있던 스위치에 손가락을 댔다.

"안전하다고는 생각하지만, 혹시 모르니 조금 떨어져주세요."

진지한 목소리에 아마네는 의심쩍어하면서도 순순히 따른다.

숨을 한 번 쉬고 하세는 스위치를 눌렀다.

지지지지지, 하는 소리가 난다. 정전기가 연달아 일어나는 듯한 소리다.

순간, 제일 가까운 LED 형광등이 점멸했다.

황급히 스위치에서 손을 떼자 점멸하던 LED 형광등은 완전히 꺼지고 벽에 있는 스위치를 조작해도 두 번 다시 불이 들어오지 않았다.

"형광등, 망가졌어요. 왜 그런 거예요?"

하세에게는 아마네의 질문이 들리지 않았다.

화재에 이어 두 번째로 얼이 빠졌다.

"EMP다."

그 중얼거림도, 아마네를 향한 것이 아니라 생각이 그저 말로 흘러나온 것이다.

"이런 걸 알아채지 못했다니……."

텅 비었던 마음에 극심한 후회가 밀려와 정신을 되찾는다.

"누군가 이곳에서 EMP 발생 장치를 만들었어요."

"뭔데요, 그게?"

"일렉트로 마그네틱 펄스(Electro-Magnetic Pulse). 줄여서 EMP. 자극 신호에 따라 전자파를 발생시키는 장치를 말해요."

"그래서 그게 어떻게 되는 건데요? 불이 꺼진 것도 관계가 있어요?"

"크게 관계가 있죠."

하세는 머리를 감쌌다.

"EMP는 간단하게 말하면 고에너지인 서지 전류*를 전자회로에 흘러 들어가게 하는 장치예요."

아직 어렵다. 아마네의 눈썹이 미간에 가까워진다.

하세는 자신이 흥분해서 여러 가지 설명을 건너뛰었음을 을 알아차렸다.

"다시 말해, 전자기기를 망가뜨리는 전자파를 발사하는 장치를 말해요."

"그거 혹시 전에 설명했던 자기폭풍 같은 건가요? 전기 덩어리가 날아온다고 했던? 그런 위험한 물건이 왜 여기에?"

"EMP 장치 자체는 희귀한 것이 아니에요. 예를 들어, 컴퓨터 폐기업자가 하드 디스크를 완전히 망가뜨리기 위해서도 사용하죠."

구조도 간단하다. 시중에 판매되는 전지, 고전압 컨버터, 코일을 연결하기만 하면 된다. 전류에 불꽃을 튀게 하면 손바닥만 한 EMP 장치가 완성된다. 그 정도의 전력으로도 하드

* 벼락이 떨어지면서 송전선에 유입되는 전류처럼 짧은 시간 내에 극심하게 변화하는 과도한 전류

디스크는 물론 스마트폰이나 컴퓨터, 전기 자동차마저도 내부에서 파괴할 수 있는 위력이 있다.

"이것으로 여러 물건이 고장 난 이유를 알았습니다. 테르밋 반응이 일어난 이유도. EMP를 생성하기 위해서는 전기를 합선시킬 필요가 있어요. 그 불꽃으로 마그네슘에 불을 붙인 겁니다, 분명."

역시 때마침 정전기가 발생한 것도 아니고 그 정도의 열로 불이 붙은 것도 아니었다.

그 후 아마네와 마사키의 스마트폰이 망가지고, 마사키의 손목시계는 작동했던 것도 설명이 된다. 전자파는 기계식 손목시계에는 아무 영향도 미치지 않는다.

지금까지 있었던 고장과 고장 알림 통보가 스가야마에게 오지 않았던 것도 전부 설명할 수 있다.

자동 잠금장치는 전자석 방식이다. 전기가 통하는 동안만 자력이 작용하기 때문에 EMP로 전기의 흐름을 막으면 잠금이 해제된다. 이런 대규모 EMP를 만들 정도의 지식이 있으니 당연히 소형 EMP도 만들 수 있었을 테다. 그걸 이용해 다른 사람의 방을 드나들었던 것이 틀림없다.

인터넷을 사용하기 위한 모뎀과 여러 전자기기가 파손돼 있던 것도 그렇다.

고장 알림도 애초에 기능 자체가 고장 났다면 전달될 리가 없다.

왜 금방 알아차리지 못했을까.

인터넷 상태가 고르지 못할 때는 자기폭풍을 의심했고 호텔 밖에 나갔을 때는 일부러 서멀 블랭킷까지 준비했는데.

전자파는 우주 호텔의 바깥이 아니라 **내부에서 발생**하고 있었던 것이다.

"그런데……."

아마네가 자기 턱에 손가락을 대며 물었다.

"시마즈 씨는 이런 걸 만들어서 뭘 하고 싶었던 걸까요?"

"그건…… 모르죠."

분하지만, 하세는 아직 사건의 전모를 파악할 수 없었다.

"하지만 알게 된 것도 있습니다. 도어록과 모뎀이 망가진 건 EMP 장치를 이용한 것 같아요. 이런 대규모 장치가 아니라 아마도 소형 장치를 이용했겠죠."

"하기야 그렇게 하는 편이 작동하기 쉬울 테니까요."

범인은 우주에 도착하자 곧장 소형 EMP 장치를 사용해 직원 전용 구역으로 침입하여 모종의 이유로 이토를 살해했다.

그 후 이곳에서 거대한 EMP를 만들었다. 거대한 배터리가 있다는 것은 안전성을 강조하기 위해 사전에 공표된 사실이다.

어쩌면 이토의 시체를 발견한 그때, 범인은 가까이에 숨어 있었는지도 모른다.

그렇게 생각하자 분한 마음이 가라앉지 않았다. 그 시점에서 범인을 잡았다면 다른 희생자가 나오지 않고 끝났을지도 모르는데…….

아니, 어쩌면 함께 살해당했을지도 모른다. 시마즈의 기술을 본 뒤로는 그럴 가능성에 무게가 더 실렸다. 뒤에서 접근해 목을 조른 게 틀림없다.

여기까지 생각하자, 이토가 왜 무중력 공간에서 목을 매달아 사망한 상태였는지 어렴풋이 알 것 같았다.

시마즈는 이토가 알아차리지 못하도록, 혹은 알아차렸다 하더라도 경계하지 않도록 다가가 목을 졸랐을 것이다.

목을 졸라 쓰러뜨리기만 하면 나머지는 코와 입을 막기만 하면 된다.

그렇게 해서 죽이면 교살흔도 생기지 않는다.

그러고는 사건 현장과 수사에 혼란을 주려고 안전벨트를 목에 감아 목을 매단 것처럼 했다.

범인의 의도대로 하세와 지상팀의 직원은 무중력하에서 목을 매단 어처구니없는 광경에 농락당한 셈이다.

그렇게 생각하니 앞뒤가 들어맞는다.

사와다와 미야하라도 아마 비슷한 방식으로 죽였을 것이다.

시마즈라서 가능한 살해 방법이다.

그 가느다란 팔로……

"……아냐."

하세는 자기도 모르게 중얼거렸다.

시마즈가 목을 조르는 모습을 상상하자, 지금까지 생각해 온 것이 한 방에 무너졌다.

"네? 뭐가 아니에요?"

"시마즈 씨는 범인이 아니야."

"네? 왜요?"

"시마즈 씨의 손목시계. 그건 쿼츠식이었어."

흰 바탕에 테두리 부분은 무지개색이고 잠금쇠와 LED 버튼에 고래 그림이 디자인되어 있던 시계를 기억한다.

"EMP 장치를 이용하면 전자기기가 망가진다는 건 알고 있었을 텐데 쿼츠식 손목시계를 차고 올 리가 없지."

"그럼 범인은 기계식 손목시계를 찬 사람이라는 건데, 그건……."

믿을 수 없다기보다는 어딘가 수상쩍다는 듯 아마네는 말을 삼킨다.

대신 하세가 말했다.

"마사키 씨가……."

"아니, 아무리 그래도 그건……."

"하지만……."

말문이 막혔고, 두 사람은 동시에 고개를 저었다.

"지금까지 보였던 모든 태도가 허풍이었을 가능성도 있습니다. 지구평면설도 포함해서."

"그렇다면 굉장한 연기자네요."

"범인은 이렇게까지 용의주도한 사람이에요. 그 정도야 어려울 거 없죠."

납득이 안 간다는 듯 아마네가 콧잔등에 주름을 잡았다.

그래도 반론은 하지 않고 일단 수긍한다.

"여기서 얘기하기보다 본인에게 확인하는 편이 빠르겠네요."

그런 말로 대화를 일단락 짓고 아마네는 발걸음을 돌린다.

"돌아가요. 만약 정말로 마사키 씨가 범인이라면 스가야마 씨가 위험할지도 몰라요."

아마네의 목소리에는 위기감이 없다. 사실은 어떻게 생각하고 있는지 분명했다. 하세도 가능하면 동조하고 싶다.

마사키를 무시해서가 아니라 의심하는 것에 지쳤다.

시마즈가 범인이 아니라면 살해 방법도 아직 모르는 상태다. 게다가 시마즈가 모습을 드러내지 않는 이유는 뭘까? 혹시 어디선가 사와다, 미야하라와 같은 일을 당한 것은 아닌지?

그렇다면 범인은 누구지?

불길한 상상을 끊어내기 위해 하세는 기합을 넣듯이 뺨을 두드리고 창고로 돌아갔다.

그때 불쑥 과일 냄새가 코를 스친다.

자몽이 눈앞을 날아간다. 그 밖에도 파인애플, 복숭아, 배, 망고, 멜론, 키위 등 여러 과일이 떠다닌다. 어제 아마네가 맛있게 먹었던 것들이 다 있다.

하루 동안 상온에 둔 정도라 상하지는 않았지만, 복숭아와 배는 벽에 몇 번이나 부딪혔는지 꽤 물렀다. 이만큼의 식재료가 낭비되어 아깝다. 그러지 않아도 우주에서는 신선한 재료가 귀중한데. 국제난민기구에서 활동했던 야마구치가 봤으면 뭐라고 생각했을까.

여기서 이대로 썩힐 거라면 난민 지원으로 돌려줬으면 좋겠다는 식으로 말했을 것이다.

'…….'

불현듯 하세는 머리가 맑아지는 느낌이 들었다.

"아마네 양, 먼저 돌아갈래요?"

네? 하고 아마네가 뒤를 돌아본다. 당혹스러운 듯 미간에 주름이 잡혀 있다.

"하지만 혼자 있는 건 위험하다고……."

"네. 그런데 좀 알아보고 싶은 게 있어서."

그렇게 말하면서 하세는 주머니에 찔러두었던 미야하라의

명함을 꺼냈다.

그 뒷면에 이토의 볼펜으로 무언가를 휘갈겨 쓴다.

아마네의 눈썹이 폴짝 뛰었다.

“알겠습니다. 그래도 조심하세요.”

“……최대한 노력해볼게요.”

그렇게밖에 말할 수 없어 하세는 난감한 얼굴로 웃었다.

체념한 듯, 아마네가 한숨을 내쉰다.

뭔가 말하고 싶은 것처럼 입을 열지만 결국 말없이 몸을 돌려 창고를 나간다.

혼자 남겨진 상태로 하세는 주변을 둘러본다.

어질러진 짐들과 목을 맨 이토의 시신이 허공을 떠다니고 있다. 사와다와 미야하라의 시신은 입구 쪽에 안전벨트로 고정되어 있다.

그들이 죽어야 할 이유는 없다. 오히려 앞으로의 삶이 더욱 의미가 있을 사람들이었다.

이토는 병을 극복하고 우주로 막 돌아왔다.

사와다는 누명 사건으로 인한 억울함을 애써 극복하려고 했다.

미야하라는 그런 사와다에게 희망을 주고, 자기 일에 자긍심을 갖기 시작했다.

그런 사람들의 인생을 빼앗아간 놈을 이대로 놔두고 지구로 돌아갈 수는 없다.

만약 사건이 하세의 예상대로라면 슬슬 때가 올 것이다.

"아……."

갑자기 몸에서 힘이 빠졌다.

주위에서부터 서서히 시야가 어두워진다.

가스인지 뭔지에 당한 것처럼 의식이 혼미해진다.

도망쳐야 해……. 그렇게 생각하지만, 몸을 움직일 기력이 없다.

덜컹, 뒤에서 소리가 난다.

그러나 뒤를 돌아볼 수도 없다. 묵직하게 머리가 아파 공중을 떠다니고 있는 것만도 괴롭다.

다만 무슨 뚜껑이 열리는 소리였던 것 같다. 컨테이너나 커다란 상자의 뚜껑이 열리는 것 같은 소리다.

이어서 뒤에서 기척이 느껴진다.

아마네는 아니다. 아마네라면 아무 말 없이 서 있기만 하지는 않을 테니까.

의식이 몽롱해지는 가운데 목둘레에 이물감이 든다.

안개 낀 듯 부연 시야로는 무슨 일을 당하고 있는지 알 수 없다.

지금까지의 사례로 보아 안전벨트나 로프 형태의 것이 걸려 있을 것이라 예상된다.

몸이 마비된 것처럼 움직이질 않아서 그 줄을 풀려고 손가락으로 목을 긁을 수도 없다. 그렇다. 교살흔은 생기려야 생길 수 없었던 것이다.

"역시 내 생각이 맞았네."

가까스로, 하세가 쉰 목소리를 낸다.

깜짝 놀란 기척이 느껴졌다.

하세는 이토의 볼펜으로 자신의 허벅지를 찔러 의식을 붙잡고 있었다. 불같은 통증과 마비되는 듯한 감각 속에, 마침내 범인을 밝힐 수 있었다.

이토를 죽이고, 사와다를 이산화탄소로 질식시키고, 야마구치의 방을 테르밋 반응으로 폭발시키고, 사와다와 미야하라를 죽인…….

그리고 **자신을 죽었다고 생각하게** 만든 남자.

"당신이 모두를 죽였지, 야마구치."

몸이 제압되고 다리가 강한 힘으로 당겨진다.

그것이 대답이었다.

저항할 힘은 남아 있지 않았다.

뭔가 말소리가 들렸는데 무슨 말을 하는지 모르겠다.

결국 의식은 어둠 속으로 멀어져간다.

한발 늦게 유리 깨지는 소리가 멀리서 울렸다.

"하세 씨!"

“무사하십니까, 부기장님!”

“아직 죽은 거 아니죠?”

아마네, 스가야마, 마사키, 세 사람이 뛰어 들어온다. 출입문의 유리창이 깨지고, 반짝거리는 파편이 여기저기 흩날렸다.

이쪽의 모습을 인지하더니 세 사람은 그대로 돌진해와서 하세에게 부딪혀, 사람의 형체—야마구치를 냅다 날려버렸다.

가속이 붙어 마스크 같은 장치가 날아간다. 그것은 이산화탄소 소화기와 세트로 놓여 있던 이동식 호흡기다.

야마구치는 허겁지겁 리모컨 같은 장치를 꺼내고 스위치를 눌렀다. 그러자 바닥으로 당겨졌던 다리가 자유로워졌다.

날아간 호흡기를 아마네가 공중에서 붙잡는다. 아마네는 부츠는 벗은 상태였고, 하이삭스만 신은 채로 벽을 차서 이쪽을 향해 날았다.

호흡기가 하세에게 장착되고 산소가 흘러 들어온다.

하세는 자신이 목숨을 건 도박에서 이겼음을 확신했다.

*

3

"하아, 하아, 하아, 하아…… 콜록, 콜록, 하아……."

창고에 산소가 채워진다. 바로 조금 전까지 거의 진공 상태였지만 지금은 호흡기가 없어도 될 만큼 산소 농도가 충분하다.

메스꺼움과 두통이 있었지만 시간이 흐르며 천천히 사라졌다.

다만 허벅지의 자상만큼은 지금도 욱신욱신 아프다. 의식도 조금 몽롱하다. 몸의 마디마디가 쑤신다. 감압증 증상이다.

"이야, 위험했어요. 아니, 출입문의 유리창으로 하세 씨의 목이 졸리는 게 보이는데 창고 문이 안 열리는 거예요. 이걸로 유리를 깨고 간신히 열었다니까요."

마사키가 손에 들고 있던 소화기를 던져버린다.

기압 차가 생겨 문이 움직이지 않았을 것이다. 도시락통의 열기를 식히지 않고 뚜껑을 덮어버리면 열리지 않는 것과 똑같은 원리다.

유리가 깨지면 기압 차도 없어지고 문을 여닫기가 쉬워진다.

"와줘서 고맙습니다……. 1초만 늦었어도 죽었을 거예요."

"그러니까요. 얼마나 위험했는지 알아요? 이런 위험한 짓을 하면 어떡해요."

야단을 맞았지만 이상하게 기쁘다.

살아 있음을 실감하기 때문인 것 같다.

스가야마도 하세의 등을 쓰다듬으면서 안도했다.

"무사해서 정말 다행입니다. 그 메모를 봤을 때는 깜짝 놀랐어요."

"맞아요. 죽었다고 생각했던 사람이 범인이라고 적혀 있으니까."

마사키가 메모가 적힌 명함을 꺼낸다.

조금 전 아마네에게 건넨 미야하라의 명함이다.

뒷면에 '범인은 야마구치. 살아 있음. 우주선에 있는 두 사람을 데려올 것. 단, 부츠를 벗고'라고 적혀 있었다.

"과연. 스스로 미끼가 된 거였군요."

야마구치가 입을 열었다. 그는 태연한 모습으로 공중에 우뚝 서 있다.

이제 숨길 필요도 없다고 생각한 건지 당황하지도 않고 머리카락을 뒤로 곱게 매만진다.

"당했네요. 그런데 어디서 눈치를 챘습니까?"

"순서대로 확인해보죠."

호흡이 안정되기 시작해 하세가 대답했다.

"당신은 뭔가의 이유를 대서 사와다 씨와 미야하라 씨를 이 창고로 불러냈어."

"그래요. 두 사람이 엘리베이터로 내려왔을 때 창고로 오도록 유인해 여기서 죽였어요. 나도 귀환에 찬성했다, 그러니 조종사님의 시신을 가지고 돌아가는 걸 도와달라고 말했죠."

"타인의 선의를 이용하다니……."

노여워하는 아마네를 진정시키려 팔을 뻗어 제지한 뒤 하세는 설명을 이어간다.

"첫 번째 계기가 된 것은 미야하라 씨의 시신입니다."

야마구치의 두꺼운 눈썹이 씰룩거렸다.

"눈물이 뺨을 타고 흘러내렸더군요. 무중력이라면 눈물은 흐르지 않습니다. 표면장력 때문에 방울지면서 얼굴에 달라붙거든요. 그런데 뺨을 통해 흘렀어요. 생각할 수 있는 이유는 두 가지죠. 중력이 발생했거나 아니면 공기의 흐름에 영향을 받아 움직였거나."

물론 갑자기 중력이 발생할 리가 없다. 따라서 공기의 흐름을 의심했다.

“결정적인 것은 냄새였어요.”

마침 두 사람 사이를 과일이 흘러간다. 자몽, 파인애플, 복숭아, 배, 망고, 멜론, 키위.

“이토 기장님이 돌아가셨을 때도 그랬지만 창고에는 딸기 같은 베리류의 냄새가 났어요. 그때는 당연히 과일이 여기저기 흩어진 탓이라고 생각했는데, 지금 보시다시피 딸기는 입하되지 않았습니다.”

“앗, 정말이네.”

“시마즈 씨가 알려줬어요. 이것이 우주의 냄새라고. 우주에 있는 특정 이온이 이런 냄새를 뿜어낸다고.”

그렇게 말하며 시마즈가 감회 깊은 듯 미소 짓던 모습이 머릿속에 되살아난다.

“어째서 우주의 냄새가 창고에까지 흘러 들어왔을까. 그런 고민을 하다가 딱 떠올랐죠. 이산화탄소 제거 시스템이 마련되어 있지 않다는 것을.”

“무슨 뜻인가요?”

호텔리어인 스가야마의 얼굴이 누구보다도 파랗게 질렸다. 자신이 일하는 시설에 설비가 미흡하다는 것이니 당연한 반응이다.

“EMP를 만들려면 고전압 컨버터와 코일이 필요합니다. 이

코일을 사용하면 이산화탄소 제거 시스템에 개입해 산소를 우주로 배출할 수가 있거든요."

아마네가 눈치채고 소리를 높였다.

"혹시 전자석인가요?"

"역시 고3 수험생!"

"이건 초등학교 때 배웠는데요. 아, 이제 이런 거 알고 싶지 않은데 정말."

두 뺨이 분하다는 듯 볼록해진다.

"떠올려보세요. 산소와 질소를 환류시키는 배관, 그리고 역류하지 않도록 설치된 밸브는 스테인리스입니다."

"자석으로 붙는 거구나!"

마사키가 소리쳤다.

"EMP의 규모로 보아 상당히 강력한 자력이 발생했을 겁니다. 그로 인해 밸브가 고정되어 이산화탄소와 함께 산소와 질소도 배출되고 얼마 안 있어 방에서 공기가 없어져버리는 거죠."

스가야마의 얼굴이 창백해졌다. 자신의 일터에 인명과 직결된 치명적인 결함이 있으니 당연하다. 물론 그렇게까지 강력한 자석이 사용될 거라고는 예상치 못했을 것이다. 일반적인 업무나 일반적인 사용에서는 딱히 문제가 되지 않는 점이다.

“야마구치 씨는 전자석을 이용해 창고에서 공기를 제거했어요. 이때 완전히 진공으로 만들 필요는 없습니다. 산소와 기압이 줄어들면 의식은 금세 몽롱해질 거예요. 물론 감압과 산소 농도 저하를 알리는 경고음 장치는 사전에 EMP로 파손했겠죠.”

이상이 발생하면 스가야마의 스마트 워치에 연락이 들어오는 시스템이었을 텐데 그전에 이미 관련 설비가 파손되었던 것이다.

이토의 죽음을 확인한 직후 고장 여부를 확인했지만, EMP를 이용했다면 겉으로 봐서는 알 수 없다. 외부에는 전혀 손상을 주지 않으니까.

“그렇게 해서 몽롱해진 상대의 뒤로 다가가 목에 안전벨트를 감는 거죠. 그대로 자력이 있는 쪽으로 몸을 흘려보내면 조금 전의 저처럼 자석 부츠가 당겨질 겁니다. 숨이 끊어진 뒤에 자력을 OFF로 하면 몸이 붕 뜰 거고…….”

“과연, 그렇게 해서 목을 맨 것처럼 만들었군.”

마사키가 자신의 목을 쓰다듬으며 혀를 내밀었다.

“CCTV 영상에서도 기장님은 갑자기 공중에서 균형을 잃고 짐을 다 쏟았어요. 그것도 전자석 때문이라고 생각합니다. 에어컨 관리를 위한 관리실에는 다른 창고에서도 내려올 수 있기 때문에 기장님이 눈치채지 못하게 준비하는 것은 어렵지 않았겠죠."

이 말을 들으며 야마구치는 거만해 보이는 자세로 어깨를 으쓱했다.

"그렇군요, 전부 다 들통 난 것 같네요. 그런데 어떻게 제가 살아 있다는 걸 알았습니까? 전자석을 이용한 것까지는 알았다 해도 그것과는 별개로, 다른 사람이라고 생각할 수도 있었을 텐데요."

"그거야 간단해요."

하세가 아니라 아마네가 의기양양하게 웃는다. 한 치의 빈틈도 없는 완벽한 미소였다.

"어떻게 생각해도 마사키 씨가 범인이라고는 생각되지 않았기 때문이에요."

응응, 하고 마사키는 자기 생각도 그렇다는 듯이 고개를 끄덕인다.

하세가 설명을 덧붙였다.

"스가야마 씨가 범인이 아닌 것은 기장님이 살해당했을 때부터 알고 있던 것입니다. 마사키 씨는 기계식 손목시계를 차고 있긴 하지만 스마트폰을 가지고 들어왔어요. 처음부터 전자기기를 하나도 가져오지 않은 사람은 야마구치 씨, 당신뿐입니다. 요즘 세상에, 아무래도 그건 너무 부자연스럽죠."

"……역시 스마트폰 정도는 가져올 걸 그랬군요."

결정적인 한마디였다.

"말해봐요. 대체 왜 이런 짓을 했는지, 지하에 있는 EMP 장치는 대체 무엇을 위한 것인지, 그리고……."

질문하는 하세의 목소리가 떨렸다.

"불이 났던 그 방에 있던 사람은 시마즈 씨입니까?"

대답은 없다. 단, 부정도 하지 않는다.

네 사람이 노려보는 와중에도 야마구치는 태연하게 뒷머리를 부드럽게 매만졌다.

깊고 격렬한 분노가 도리어 하세에게 무력감을 안긴다.

"왜 이런 짓을……."

"캄보디아."

난데없이 야마구치가 말했다.

"아프가니스탄, 소말리아, 케냐."

아무 설명도 없이 지명이 이어진다.

"르완다, 남수단, 코트디부아르, 시에라리온……."

패기 없는 목소리로 그저 목록을 소리 내어 읽듯이 담담하게 읊는다. 시간을 버는 것 같지도, 화제를 돌리려는 것 같지도 않고, 진의를 모르겠다.

"유엔난민기구에 있던 시절을 포함해 지금까지 업무차 방문했던 장소입니다."

아마네가 묻는다.

"하긴, 분쟁 해결 컨설팅 업무를 한다고 했죠?"

"맞아요. 분쟁이 일어난 현지에 들어가서 평화를 구축하는 것. 그게 저의 일입니다."

지명의 공통점을 이해했다.

모두 내전이나 폭동이 일어나 위험 지역으로 지정되었던 국가들이다.

"아프가니스탄에서는 매주 어딘가에 로켓탄이 떨어졌어요. 총성은 그야말로 일상다반사라 처음 방문했을 때는 아, 여기가 바로 지옥인가 싶었습니다."

상상해볼 필요도 없이 비참한 광경임은 분명하다.

"어떤 내전에서는 아이를 유괴해 무기를 주고 그 손으로 자기 부모를 죽이게 하는 수법이 쓰였습니다. 왜 그런지 아세요? 두 번 다시 원래의 공동체로 돌아가지 못하게 하고 자신들의 병사로 키우기 위해서입니다."

아마네가 얻어맞기라도 한 것처럼 몸이 뻣뻣해졌다.

마사키와 스가야마도 당황한 듯 뒷걸음질 쳤다.

"핵무기가 전 세계에 얼마나 있는지 아십니까? 약 1만 3,000발 분량이에요. 히로시마에서 14만 명을, 나가사키에서는 7만 4,000명을 학살하고도 인류는 아직 살인이 부족한가 봅니다. 러시아와 우크라이나 간 전쟁에서는 얼마나 많은 양의 전차가 도입되고 얼마나 많은 사람이 죽었는지……. 무기는 미사일만이 아니에요. 어뢰와 지뢰도 있지요. 알고 계십니까?"

이미 야마구치의 목적은 명확했다.

"저는 이 세상에서 무기를 없애고 싶습니다."

놀라움이 아닌 납득의 감정이 스며든다.

"그래서 이 우주 호텔을 거대한 EMP 장치로 개조할 속셈이었던 거군요."

"줄곧 마음에 품고 있던 아이디어였습니다. 동시에 저의 꿈이기도 했고요. 강력한 EMP 장치를 만들어 지구상의 무기를 고철 덩어리로 바꾸는 거."

"왜 굳이 우주까지 와서 그런 걸 만들려고 한 거요?"

마사키의 의문에 야마구치는 막힘없이 대답한다.

"출력 문제와 관련해 지상에서의 개발은 거의 불가능했습니다. 당연하죠, 통상적인 전자기 펄스 공격에서조차 핵무기가 필요하니까요."

가장 대중적인 전자기 펄스 공격 방법은 고도 40킬로미터에서 400킬로미터의 고층 대기권에서 핵폭발을 일으키는 것이다. 이때 핵분열에 의해 전자기 펄스가 발생한다.

거꾸로 말하면 EMP 공격을 하려면 핵폭탄급 전력이 필요하다.

"그만한 전력을 지상에서 모으기는 현실적으로 불가능합

니다. 그래서 거의 포기하고 있었는데 우연히 보게 된 거예요. 초저가 우주여행이 있다는 걸. 우주 호텔에는 제가 필요로 하는 것이 모두 구비되어 있었습니다. 거의 모든 정보가 사전에 공개되어 있었기 때문에 알아보는 건 간단했어요. 게다가 호텔의 사전 오픈을 이용한 초저가 여행이라면 최소한의 설비와 직원밖에 없을 터."

"안전성을 알리려고 택한 방법이 역효과가 되었다니……."

스가야마가 후회하듯 고개를 숙인다.

"게다가 3000만 엔이라면 어찌어찌 모을 수 있으니까요. 이제까지 그랬던 것처럼 수십억 엔을 내야 했다면 불가능했을 거예요. 그야말로 이건 신의 계시라고 생각했습니다."

연극배우가 무색할 정도로 힘 있는 목소리다. 이 계획의 정당성을 전혀 의심하지 않는다는 것을 알 수 있다.

하세는 분해서 절규하듯 신음했다.

"그런 대규모 장치를 만들 작정이었으니 하루이틀로는 무리였겠죠. 우주 호텔 전체의 배터리를 연결할 필요가 있으니까. 처음부터 우주 호텔에 장기 체재할 작정으로, 그래서 맨 처음 기장님을 죽인 거군요."

"네. 쉽게 지구로 돌아갈 수 있는 상황이라면 곤란하니까요."

"굳이 이런 유난스러운 장치를 써서 살해한 이유는 뭡니까?"

"힘으로 안 될 거라고 생각했으니까요. 조종사는 다양한 훈련을 받는다고 들었거든요. 게다가 살인인지 사고인지 알 수 없는 상황이라면 곧장 귀환하지는 않겠구나 싶어서."

실제로 회사는 다양한 이유를 들어 여행을 지속하기를 원했다.

"왜 그런 방법을 쓰게 된 겁니까? 이런 무리한 방법으로 세계 평화가 실현될 거라고 생각하는 겁니까?"

"지극히 정통적인 방법이에요. 우선 무기를 폐기한다. 그다음 군사들을 일상으로, 마지막에는 사회로 돌려보낸다. 이 과정을 거쳐 평화는 구축되는 겁니다."

무장 해제, 동원 해제, 사회 복귀.

언젠가 언급한 적 있는, DDR이라는 수법이다.

"그래서 EMP 장치로…… 전 세계의 무기를 강제로 폐기할 셈인가요?"

"에너지라면 무궁무진하게 있으니까요. 자연의 혜택이란 이런 것이죠."

"파괴되는 것은 무기만이 아니에요. 그 밖에 많은 것들이 파괴되어버려요."

"전자기 펄스는 인체에는 무해합니다."

"심장 박동기도 망가진다고요! 다른 의료기기도! 구할 수 있는 생명을 못 구하게 되는 겁니다! 자동차와 전철도, 재난 구조에 사용하는 헬기도! 지금도 스마트폰과 전자석 잠금장치가 고장 났잖아요. 약을 만드는 데에도 전자기기는 필요하고 수술할 때도 필요해요! 문명이 파괴되는 거라고요!"

"그래요, 바로 그 문명을 재설정하고 싶은 겁니다."

긴 손가락이 딱, 소리를 냈다.

"저도 지금 있는 무기들을 파괴한다고 해서 그게 끝이라고는 생각하지 않아요. 그렇게 해도 다시 새로운 무기와 병기가 만들어질 뿐이니까. 그렇다면 애초에 무기를 만들 수 없는 세상으로 다시 만들면 되는 겁니다."

"그런 건 정치인의 일 아닌가요?"

"미국 총기협회가 현 정권을 지지해왔기 때문에 당선 직후에 총기 난사 사건이 일어나도 총기 규제는 이루어지지 않았습니다. 온통 기득권의 이익만 챙기는 요즘 세상에서는 자정작용 따위를 기대할 수 없어요. 따라서 그 어떤 이해관계도 없는 사람이 해야만 하는 것입니다. 아무도 하지 않는다면 제가 할 수밖에 없는 거죠."

흔들리지 않는 신념이 담긴 목소리였다.

"우주 호텔의 입지도 정말이지 이상적이었습니다. 고도 약 320킬로미터. 이 높은 고도에서 EMP를 작동해 지구의 자전과 우주 호텔의 공전을 이용하면 전 세계 곳곳에 전자기 펄스를 내리쏠 수 있어요."

쉽게 말하는 야마구치에게 마사키가 화를 낸다.

"잠깐. 설마 당신 일본도 공격할 셈인 거야? 자기 나라를?"

"일본은 세계 5위의 군사 대국입니다."

마사키뿐 아니라 아마네와 스가야마도 당황한다.

"몰랐습니까? 하긴, 대다수가 무관심하니까. 그런 사람들이 안전한 장소에서 똑똑한 척 말해요. 군사 병기와 무기를 없앤들 전쟁은 사라지지 않는다고. 혹은 무력이야말로 균형을 가져오는 거라고. 군대가 있으니까 공격받지 않고 살고 있는 거라고. 구역질 나는 논리죠. 그럼 어째서 이 세상에서 전쟁이 사라지지 않는 겁니까?"

처음으로 야마구치의 목소리에 분노가 담긴 것 같았다. 지금까지는 방관자 같은 냉소적인 태도를 보였는데, 부조리를 향한 감정이 아지랑이처럼 피어오른다.

"그렇다고 해서 누군가를 함부로 죽여도 되는 권리 따위는 없어!"

하세가 고함을 지른다.

"이토 씨가 어떤 마음으로 우주에 돌아왔는지 알아? 남은 가족들은 어떻게 할 거야!"

"르완다에서 지뢰를 밟은 열다섯 살 소년에게도 여동생이 있었습니다. 남겨진 그 아이는 살아남기 위해 몸을 팔았어요.

겨우 열두 살짜리 여자애가 말이죠. 우리가 알았을 때는 이미 한발 늦은 때였어요."

아마네가 메스꺼움을 느끼는 듯 가슴을 누르고 고개를 숙였다.

"지뢰가 없었다면 그런 일은 일어나지 않았겠죠. 무기가 없었다면 아직 그 남매는 가난해도 사이좋게 살아가고 있었을 겁니다."

하세가 야마구치의 설득을 단념한 건 이때였다.

아무리 애를 써도 메울 수 없는 골이 두 사람 사이에 깊고 넓게 가로놓여 있었다.

"이런 얘기를 하면 좀 실례지만……."

마사키가 노골적으로 분노를 드러냈다.

"당신, 사이비 종교의 교주 같은 말을 하고 있어."

"글쎄, 지구평면설과 제 얘기 중 어느 쪽이 더 황당할까요?"

조롱하는 야마구치에게 마사키는 새빨개진 얼굴로 소리쳤다.

"지구는 당연히 평면이라고! 평소에 걸어 다니는 지면도 평평하잖아! 애초에 지구가 자전과 공전을 하고 있다면 속도가 너무 빨라서 제대로 서 있을 수 없을 거라고!"

"아이고 맙소사…… 당신처럼 단순하게 살 수 있다면 얼마나 행복할까요."

"당신 말이야! 자신의 생각을 이해받지 못했다고 해서 주변에 위해를 가하다니, 미친 거 아냐? 난 말이지, 아무리 내 의견을 무시당하더라도 우격다짐으로 따르게 하는 짓은 안 했어. 대신에 누구보다도 열심히 돈을 모아 모두에게 성공해 보임으로써 갚아줬다고! 사촌들이며 동창생들이며 전 직장 사람들한테 말이야!"

하세는 한숨을 쉬면서 야마구치의 계획에 다시금 놀랐다.

직원과 손님의 수도 적고 모두가 우주 호텔이라는 장소에 익숙하지 않은 지금이 아니면 실현할 수 없었던 계획이다.

이렇게까지 용의주도하다면 자신의 목표가 탄로 났다고 해서 계획을 멈추지는 않을 것이다.

"아무리 사정해도 그 계획을 멈출 수는 없는 건가요?"

"그렇다면 어떻게 할래요?"

정장의 옷깃을 바로잡으면서 야마구치가 경계 태세를 갖춘다.

그 모습을 보고, 스가야마는 낮게 신음하고 마사키는 주먹을 꼭 쥐었다.

"그런 당신이야말로 어떻게 할 건데? 4대 1이라고."

"에? 저도 머릿수에 들어가는 거예요? 치고받는 싸움 같은 건 해본 적 없는데?"

"아마네 양은 물러나요."

설령 경험이 있다고 하더라도 여고생을 살인범과 싸우게 할 수는 없다.

게다가 아마네에게는 따로 부탁하고 싶은 것이 있어서 하세는 그녀에게 귓속말을 했다.

아마네가 고개를 끄덕이고 뒤로 물러난다. 자석 부츠는 벗고 있어서 안전벨트를 양손으로 끌어당기며 이동해간다.

하세, 마사키, 스가야마 세 사람이 야마구치를 에워싼다. 뛰어들 타이밍을 계산하듯 서로 노려본다.

그 틈을 타 하세가 뒤에서 달려들었다.

탕, 하는 소리가 났고, 뻗은 손에 바늘에 찔린 듯한 통증이 몰려온다.

"아악!"

비명과 함께 하세는 통증을 못 참고 뒤로 홱 물러섰다.

야마구치의 손에 소형 전기 충격기가 들려 있다.

아마도 직접 만든 것이리라. EMP 장치와 전기 충격기는 전기 불꽃을 튀게 한다는 구조는 같다. 시마즈를 기절시킬 때도 사용했을 것이 틀림없다. 그러지 않고서는 그 실력자를 어떻게 할 수가 없었을 거다.

"으악!"

이어서 스가야마가 비명을 지르며 부르르 떨었다.

야마구치가 전기 충격기를 휘두르면서 다가오려고 한다.

"어이쿠 이러면 위험하지."

마사키가 등을 돌리고 도망치기 시작했다.

스가야마가 재차 덤벼들려고 하지만 전기 충격기 때문에 선뜻 덤비지 못한다.

야마구치는 야마구치대로, 공격에 지친 듯 하세와 스가야마의 움직임에 긴장하고 있다.

계속해서 서로 노려보던 중, 드높은 음성이 울렸다.

"거기까지야!"

뒤를 돌아보자 마사키가 돌아와 있었다.

손에는 소화기가 쥐어져 있다. 조금 전 출입문의 유리창을 부쉈던 그 소화기다.

분사구가 야마구치를 향하고 소화제가 분사된다.

"으아아악!"

바로 그때 소화기를 들고 자세를 잡고 있던 마사키가 뒤로 회전하면서 허공을 날았다.

자석 부츠를 신고 있지 않은 탓에 다리에 힘을 주고 버틸 수 없었던 모양이다. 소화제와 비명이 이리저리 난무한다.

후훗, 야마구치가 입술을 치켜올리며 말한다.

"작용 반작용의 원리네요. 공중에서 하면 저렇게 되는 게 당연하죠."

말을 마친 순간, 그 얼굴에 소화제가 들러붙는다.

공중에서 몸의 자세를 고쳐 세운 마사키가 히죽 웃고 있다.

"운동 신경은 좋거든, 내가."

"젠장! 눈이……!"

참지 못하고 얼굴을 닦으려는 찰나, 하세가 몸을 마구 밀어붙였다.

동시에 전기 충격기를 빼앗으려고 손목을 움켜쥔다.

"이거 놔!"

야마구치가 다급함을 보인다.

하세는 야마구치를 눌러 꼼짝 못 하게 하려고 잡은 손에 혼신의 힘을 쏟았다.

그러나 공중에서 옥신각신하는 신체는 통제하기가 어렵다.

한순간 틈을 놓쳐 복부를 강타당했다.

호흡이 멎을 듯한 충격이 덮쳐온다.

움켜잡은 손이 느슨하게 풀어졌고, 곧이어 수백 개의 바늘을 한데 모아 찌르는 것 같은 통증이 몰려왔다.

전기 충격기 한 방에 눈앞이 번쩍거리고 힘이 빠진다.

근성과 기력으로 견딜 수 있을 만한 통증이 아니었다.

'힘들 때 근성은 도움이 되지 않아.'

"압니다, 그런 거!"

하세는 저도 모르게 기억 속의 이토에게 소리쳤다.

야마구치는 그런 하세를 향해 머리가 어떻게 된 거 아니냐고 말하는 듯한 눈빛을 보낸다.

하세는 그런 그를 마구 후려갈기고 싶은 마음을 꾹 참고, 세게 걷어찬다.

두 사람의 몸이 간신히 떨어지고 나선형으로 하강하면서 허공을 날았다.

하세가 먼저 벽에 착지한다.

"지금이에요! 아마네 양!"

하세가 사인을 보낸다.

순간, 불이 꺼졌다.

비상등도 포함해, 설치된 조명의 불빛이 모두 사라졌다.

갑작스러운 어둠에 누가 어디에 있는지 전혀 알 수가 없다.

하세는 주저 없이 벽을 차 어둠 속으로 돌진한다.

손에는 소화기가 들려 있다. 방금 마사키가 들고 온 것이다. 불이 꺼지기 전에 공중에서 건네받은 그 소화기로 전기 충격기를 들고 있는 야마구치의 손을 내리친다.

비명을 지르며 야마구치가 전기 충격기를 떨어뜨린다. 몸이 흘러가는 대로 접근해, 하세는 야마구치를 걷어찼다.

그러나 공중에서의 동작은 생각대로 되지 않아 다리가 야마구치의 가슴을 강하게 누르는 정도에 그쳤다.

야마구치의 몸이 뒤쪽으로 흘러간다.

'어떻게 내 위치를 아는 거야?'

그렇게 말하는 표정이 어둠 속에 떠올라 있었다.

그러다 무언가 눈치채고 야마구치는 자신의 배에 손을 댄다.

배꼽 부근 옷에 볼펜이 걸려 있다.

이토가 아내와 딸에게 선물 받았다는 그 고급 볼펜이다.

몸체가 알루미늄 재질이라 EMP에도 내성이 있었던 건지 붉은색 불빛이 켜져 있다. 조금 전 서로 몸이 엉켰을 때 하세가 꽂아 넣었다.

적색 불빛은 천체 관측에도 이용되도록 눈을 크게 자극하지 않고 어둠을 방해하지도 않는다. 바꿔 말하면 불빛이 있다는 걸 알아채기 어렵다. 소리도 나지 않는 트위스트식이라 스위치를 켰다는 것도 눈치채지 못했으리라.

하세는 적색 불빛을 찾아 다시 한번 달려들어 야마구치의 정수리에 소화기를 내리쳤다.

콩, 하고 예상 외로 가벼운 금속음이 울렸고 야마구치가 눈을 부라린다.

됐다! 그렇게 생각할 틈도 없이 하세의 몸은 공중을 빙그르르 돌아 평형감각을 잃었다.

기세가 멈추지 않아 야마구치의 몸에 부딪혔고 두 사람은 서로 뒤엉키면서 10여 미터를 이동하다가 벽에 격돌했다.

몸이 산산이 부서지는 듯한 충격이 몰아치고 숨 쉬기가 힘들다.

10여 미터라고 하면 대개 건물 4층에서 5층 높이 정도다. 속도가 그다지 나지 않은 덕분에 무사했지만, 목소리는 안 나오고 몸에서 뚜둑 하는 꺼림칙한 소리가 들린 것 같다.

"하세 씨! 어디에 계세요? 하세 씨!"

아마네의 목소리다.

마사키와 스가야마의 목소리도 들린다.

"하세 씨, 대답해요! 어디예요?"

"부기장님!"

소리를 지르려고 하지만 통증 때문에 목이 꽉 막혔다.

어둠 속, 하세는 야마구치와 엉겨 붙어 있던 중에 되찾은 볼펜을 들었다. 붉은색 LED 불빛이 켜져 있다.

"여기, 있어요. 여기."

숨 쉬는 것만으로도 가슴이 아프다. 빽적지근하게 쑤시는 감각이다. 늑골이나 늑연골이 골절된 것일지도 모른다.

그래도 안도감이 가슴을 가득 채웠다.

"나이스 타이밍이었어요, 아마네 양. 고맙습니다."

어둠 속에 있을 아마네에게 감사 인사를 한다.

야마구치와 대치했을 때 아마네에게 귓속말로 전한 것은 이거였다.

야마구치를 잡아두는 사이에 관리실로 가서 조금 전 하세가 푼 배선을 다시 연결해 사인과 동시에 EMP의 출력을 높여서 주변 조명을 파괴하라는 것.

평소대로 조명을 끄기만 하면 비상등이 꺼지지 않는다. 여기까지의 효과는 예상하지 못했을 것이다.

덕분에 지금은 적색 LED를 제외하고는 아무것도 보이지 않는다.

"맞다."

아마네의 목소리가 들리고 부스럭거리는 소리가 이어진다.

뭘 하고 있는 건지 의아해하고 있는데, 불빛이 켜졌다.

아마네가 태블릿을 들고 있었다.

"내 생각이 맞았네. 제 태블릿 케이스, 알루미늄 재질이거든요. 이걸 사준 아빠한테 감사해야겠어요."

화면 보호를 위해 수첩 스타일로 디자인된 것도 다행이었다. 전체가 알루미늄으로 덮인 덕분에 전자파의 영향을 피할 수 있었던 것 같다.

어슴푸레한 가운데 하세는 주위를 살핀다.

"야마구치 씨는요?"

"정신을 잃은 것 같습니다."

스가야마가 몸에 힘이 빠져 붕 떠오른 야마구치의 몸을 운반해온다.

큼직한 혹은 생겼지만 죽지는 않았다. 두개골도 푹 들어가거나 하진 않은 것 같아 하세는 진심으로 안도했다.

소화기를 휘두르면서, 죽일 수도 있겠다는 각오는 했다. 그러지 않으면 자신뿐 아니라 나머지 세 사람까지 살해당할 테니까.

그래도 야마구치를 죽이지 않고 끝냈음에 말로 표현할 수 없는 안도감이 든다.

상대가 아무리 살인범이고 이토를 죽인 원수이긴 해도 하세 자신이 살인을 하고 싶진 않았다.

이제야 손이 떨린다.

보다 못해 아마네가 손을 잡아주지만 한동안은 진정될 것 같지 않다.

마사키와 스가야마가 자신의 벨트를 풀어 야마구치의 양손과 양다리를 묶는다.

쉴 틈도 없이 하세가 말했다.

"서둘러 탈출합시다."

서로 고개를 끄덕이고 곧장 창고를 나선다.

야마구치의 신병과 세 사람의 시신은 스가야마와 마사키에게 부탁했다.

하세는 똑바로 걸을 수가 없어서 아마네가 부축한다. 처음에는 아마네에게 도움받기를 주저했지만, 여고생에게 시체와 범인을 맡기는 쪽이 오히려 더 가혹할지도 모른다는 생각이 들었다. 그렇게 자신을 납득시키고 아마네의 호의를 받아들이기로 했다.

승강장 구역까지 돌아왔지만 하세와 스가야마, 마사키 그리고 아마네는 우주선으로 향하지 않았다. 용의주도한 야마구치가 어떤 장치를 해놨을지 알 수 없다. 출발하는 순간 폭발하는 것도 가능성 있는 시나리오다.

그래서 탈출 포드를 이용하기로 했다. 거기서는 외부에서 작용하는 전자파가 일절 효과가 없다.

탈출 포드를 이용하려면 링 구역으로 돌아가야 해서 엘리베이터까지 돌아왔는데 문이 열리지 않는다.

아무래도 EMP 때문에 우주 호텔 전체의 전기가 차단된 듯하다.

새삼 야마구치의 치밀함에 놀라 혀를 내두른다. 아무리 구조가 단순하다고는 해도 이렇게까지 효과적인 장치를 하루만에 만들어내다니. 전직 엔지니어였다는 말이 허세가 아니었던 모양이다. 만약 우주 호텔에 존재하는 모든 배터리를 연결해 완전히 충전해서 가동했다면 어떤 일이 벌어졌을까?

정말로 핵폭탄급 전자파 펄스 공격이 성공했을지도 모른다. 전기는 얼마든지 만들 수 있으니 황당무계하다고만은 할 수 없다.

스가야마와 마사키가 온 힘을 다해 엘리베이터 문을 열었다. 엘리베이터 내부에 비상 탈출구가 있었고 그곳을 통과해 밖으로 나갔다.

위를 올려다보니 엘리베이터의 통로가 끝이 없는 듯 이어져 있다.

마사키가 어떻게 해야 할까 묻는 얼굴로 뒤를 돌아보는데, 스가야마가 먼저 엘리베이터의 케이블에 안전벨트를 장착해 뛰어올랐다. 어느 정도 높이에서 케이블을 잡고 뒤를 돌아본다. 그쪽을 향해 마사키는 시신과 기절한 야마구치를 천천히 내던졌다.

그렇게 순서대로 옮기면서 일동은 허공을 날아갔다.

이윽고 링 구역에 도착했다.

여기서도 온 힘을 다해 엘리베이터의 문을 열지만, 곧장 뛰어들지는 않고 스가야마가 이산화탄소 농도 측정기를 꺼냈다.

여기까지 와서 사소한 실수로 죽고 싶지는 않다.

초조한 마음을 진정시키며 신중하게 링 구역의 이산화탄소 농도를 측정한다. 어쨌거나 이곳에서는 화재가 있었으니까.

다행히 야마구치의 방에서 나온 불꽃은 진화된 것 같았다.

이산화탄소 농도도 측정기 상으로 별다른 반응은 없다.

그래도 모두 호흡이 조심스러워진다.

신중하게, 하지만 서둘러 긴급 피난 구역에 마침내 도달한다.

시간상으로는 10분 정도 걸렸지만 어느 때보다 긴 10분이었다.

스가야마와 마사키가 남은 탈출 포드 중 하나에 이토를 포함한 시신 세 구와 포박한 야마구치를 실었다.

탈출 포드는 3인용이지만 이렇게 할 수밖에 없다. 귀환하는 도중에 야마구치가 깨어나 난동을 부릴 가능성도 있다. 그렇게 되면 좁은 포드 안에서는 대처하기가 어렵다.

시마즈의 시신만은 가져갈 수가 없다. 그 점이 마음에 걸린다.

아무 위로도 되지 않지만, 그가 아내와 아들이 있는 장소에서 잠들기를 바라며 하세는 눈을 내리깔고 기도했다.

하지만 그것도 잠시, 시간 여유가 없다.

"먼저 가세요. 저는 야마구치 씨가 탄 탈출 포드를 발사하고 난 다음에 마지막으로 나가겠습니다."

스가야마가 긴장한 듯이 눈을 깜박거리면서 하세의 두 손을 잡고 말했다.

"……잘 부탁드립니다."

"지구에 돌아가면 넷이서 한잔합시다. 내가 살 테니까. 참, 아마네 양은 주스로."

스가야마와는 대조적으로 마사키의 태도는 어딘가 가볍다. 지구평면설을 믿는 만큼 대기권 재돌입에 대한 공포심도 없는 듯하다. 낙하산이 펼쳐지고 손쉽게 지상에 돌아갈 수 있다고 생각하는 건지도 모른다.

어설프게 겁먹는 것보다는 낫다고 생각해 하세도 스가야마도 아무 말 하지 않았다.

두 사람이 탈출 포드에 올라타니 사이렌이 요란하게 울려 퍼진다.

예상한 대로 탈출 포드는 무사히 작동할 것 같다. 전자파에 대한 대책이 잘 세워져 있을 터.

이제 와 말해봐야 소용없는 일이지만, 가능한 한 모든 전기 계통에 대책을 제대로 마련해놨길 바랐었다. 비용 문제로 무산된 건 하세 자신도 계산기를 두드려본 적이 있으니 이해는 하지만, 고이와이 건설이 아직 우주 호텔을 개발할 마음이 있다면 그 점만큼은 강력히 주장하고 싶다.

쿵, 하는 소리와 함께 진동을 일으키며 마사키와 스가야마를 태운 탈출 포드가 발사된다.

그 모습을 지켜보고 안도한 순간, 하세는 느닷없이 목이 졸려 숨이 막혔다.

"하세 씨!"

아마네의 비명이 고막을 찢는다.

대체 무슨 일이 일어난 거지? 알 수가 없다.

그저 벨트 같은 것으로 목이 졸리고 있다. 아니, 벨트 같은 것이 아니라 진짜 벨트다.

필사적으로 힘을 써 뒤를 돌아보자 야마구치가 목을 조르고 있다.

'말도 안 돼, 팔다리를 모두 묶어놨었는데 어떻게?'

생각하고 있을 여유가 없다. 하세는 순간적으로 힘을 줘서 크게 뛰어올랐다.

몸이 붕 뜨고 공중에서 한 바퀴를 돈다.

그대로 야마구치의 뒤에 착지했을 뿐인데 이번에는 야마구치가 비명을 질렀고 목을 조르는 힘이 느슨해졌다.

하세는 즉시 뒤로 날아 거리를 뒀다.

야마구치는 고통으로 얼굴이 일그러지면서도 입가에 웃음을 띠며 매섭게 노려본다.

"지금 한 동작은 마치 성룡 영화의 한 장면 같았네요."

아무 의미 없는, 시시껄렁한 농담을 내뱉은 야마구치였지만 서 있는 모습은 유령 같아서 심장이 서늘해진다.

"우리, 같은 세대잖아요. 어릴 적 자주 영화관에 보러 갔었죠."

하세 역시 허세를 부려 가볍게 대꾸하면서 보니 야마구치의 두 팔이 힘없이 축 늘어져 있다.

양쪽 어깨가 탈구된 모양이다.

저렇게까지 해서 벨트를 풀어 내 목을 졸랐던 건가?

당연히 무척 아플 것이다. 극심한 통증을 참는 듯 일그러진 야마구치의 얼굴은 귀신 가면처럼 살기를 띠고 있다.

상상을 초월한 집념에 기가 막힌다.

“이제 거의 다 됐어요……. 조금만 있으면 이 세상에서 그 불길한 존재를 없애버릴 수 있단 말입니다.”

단념하라고 말할 수 없었다.

하세가 할 수 있는 것은 야마구치의 생각을 한 귀로 듣고 흘리는 것뿐이었다.

“나는 절대 핵무기와 폭격기 같은 대량 살상 무기를 용납하지 않아!”

야마구치의 목소리에는 자기 신념을 의심하지 않는 자만이 품을 법한 견고하고도 흔들림 없는 의지가 서려 있다.

“군사 대국은 소멸한다. 모든 국가가 평등하게 무기를 잃는다. 군대는 뜻하는 바를 이루지 못하고 해산해 사회에 적합한 형태로 재편성된다. 군사비로 할당되었던 예산은 지원이 필요한 곳에 사용할 수 있다. 많은 사람을 구할 수 있다고!”

야마구치의 몸이 불쑥 움직였다.

그러고는 아마네를 노리고 저돌적으로 다가온다.

하세는 그 즉시 아마네를 뒤로 숨기고 앞으로 나섰다.

아픈 늑골에 야마구치의 구두 끝이 파고든다.

힘껏 버티려고 했으나 허벅지 상처 부위가 욱신거려 힘이 빠졌다. 눈앞이 새빨갛게 물드는 것 같은 격렬한 통증에 비명조차 지를 수 없다.

하지만 야마구치의 양팔도 거의 제 역할을 하지 못한다. 공격은 했지만 그 뒤로는 이어지지 못하고 공중제비를 하듯 균형이 무너진다.

그때 아마네가 긴 다리를 뻗었다.

"깨끗하게 포기할 줄을 모르시네!"

하이삭스를 신은 다리가 야마구치의 안면을 강타한다. 그대로 그의 몸이, 이번에야말로 성룡 영화의 한 장면처럼 뒤로 날아가 열려 있던 탈출 포드에 머리부터 처박혔다.

재빨리 하세가 발사 버튼을 두드린다.

야마구치와 시신을 태운 탈출 포드의 문이 소리를 내며 닫혔다.

창문 너머로 어안이 벙벙해진 야마구치의 모습이 보인다.

이어서 쿵 하는 소리와 진동을 남기며 포드가 발사되었다.

한숨이…… 길고 긴 한숨이 흘러나온다.

끝났다. 마침내, 이번에야말로, 정말로 끝이다.

힘이 빠져 하세는 그 자리에 주저앉는다.

중력이 지상의 6분의 1인데, 말도 안 되게 몸이 무겁다.

하지만 여기서 꾸물거리고 있을 여유는 없다.

한시라도 빨리 탈출해서 지상과 연락을 해야 한다.

그렇게 생각하고 자리에서 일어서려 하는데…….

"어?"

한번 솟아올랐던 시야가 흘러내리듯 가라앉았다.

다리에 힘이 들어가지 않는다.

보니까 검은색 유니폼의 허벅지 부분이 피에 젖어 한층 더 시커멓게 변해 있다.

언제 이렇게…….

깊게 찔렸다고는 생각하지 않았는데, 마구 날뛴 탓에 상처가 악화되었는지도 모른다.

"하세 씨!"

아마네의 목소리가 멀리서 들리는 것 같다. 곧이어 몸이 서서히 끌려간다.

"이얏!"

아마네가 이를 악문 게 느껴진다.

하세의 피로 옷과 가방이 더러워지는 것도 개의치 않고 아마네는 탈출 포드까지 하세를 옮기려 애썼다.

아마네의 도움에 고마워하며 하세는 자신의 칠칠치 못한

모습에 화가 났다. 여행 참가자들을 지상으로 잘 돌려보내는 것까지가 나의 일인데…….

'눈앞의 일에 집중해야 해.'

하세는 얼마 남지 않은 부스러기 같은 체력을 쥐어짜서 무사한 쪽의 다리로 지면을 찼다.

비틀비틀 이동하면서 두 사람은 겨우겨우 탈출 포드에 몸을 쓰러뜨렸다.

곧장 문을 닫고 비치된 패널을 조작했다.

찰나의 순간을 지나, 몸이 훅 당겨졌다.

"끼야아!"

아마네의 비명이 바로 옆에서 들린다.

안전벨트를 했는데도 몸이 이리저리 치이며 시달리는 듯한 충격이다.

늑골이 삐걱거리고 고통스러워 차라리 기절할 수 있다면 좋겠다고 생각한다. 이럴 때는 의식이 점점 또렷해져 통증도 더 뚜렷이 느껴진다.

그러다 갑자기 중력이 사라져 몸이 편안해졌다.

덕분에 깊게 천천히 호흡할 수 있게 되자 하세는 통증을 놓아주듯이 조심조심 긴장을 풀었다.

서서히 안정을 되찾는다.

통증이 사라지지는 않았지만 하세는 한숨 돌릴 생각으로

덩어리 같은 숨을 토해냈다.

드디어. 이젠 정말 한시름 놓을 수 있다.

탈출 포드는 정상적으로 움직였고 지금으로서는 아무 문제도 보이지 않는다. 이제 남은 건 이대로 지구로 돌아가는 일뿐이다.

창밖을 바라보니 탈출 포드의 주위에 빛이 반짝이고 있다.

마찰 때문에 이온이 불꽃처럼 빛나고 있다. 마치 별 먼지가 우주 호텔에서 흘러넘치는 듯하다.

꼬리를 빼듯 길게, 길게…….

그런 광경을 바라보면서 하세의 의식은 끊어졌다.

4

얼마나 잠들었던 걸까.

뭔가 진동하는 걸 알아차리고 눈이 떠진다. 순간 어디에 있는지 알 수가 없어 당황하는데, 아마네가 얼굴을 들여다보더니 안심했다는 듯한 표정을 지었다.

“앗, 눈 떴다!”

그제야 의식이 깨어난다.

그랬지. 탈출 포드에 올라탔었다.

몸을 일으키려는 순간 가슴에 통증이 느껴진다.

“읍!”

소리 없는 비명을 질렀더니 졸음이 싹 날아간다.

늑골이 부러진 모양이다. 늑연골도. 자리에 주저앉을 정도의 통증이었다.

동시에 안도감이 든다. 통증이 있다는 것은 살아 있다는 증거이기도 하니까.

"괜찮으세요?"

걱정스러운 듯 아마네가 등을 쓰다듬어준다.

한심한 모습을 보이고 싶지 않아 괜찮은 척 허세를 부리려 했지만, 비명을 지르지 않는 것만으로도 최선이라 하세는 그저 웅크리고 있을 따름이다.

그때 바지 뒷주머니에서 진동이 느껴졌다. 그것도 몇 번이나.

가슴에 무리가 가지 않도록 주의하면서 위성 휴대전화를 꺼낸다. 서멀 블랭킷을 벗기자 흑백 액정 화면에 메일 착신 표시가 있었다. 그것도 몇 건이 연달아.

위성 브로드밴드에 연결된 모양이다. 지금까지 서버에 머물러 있던 것이 한꺼번에 몰려오는지, 읽지 않은 메시지가 점점 쌓여간다. 전부 나카타를 비롯한 회사 동료들이 보낸 것이다.

그 수가 너무 많아 웬일인가 싶어 무심코 웃음이 터진다.

그러자 다시 가슴이 아파와 얼른 호흡을 가다듬었다.

메일 수신 알림이 일단락되자 하세는 이토의 보스턴백을 등받이 삼아 몸을 기댄 채 차례대로 내용을 확인했다.

Danger! Ojima!

EMP ganungseong.

Rocket maybe gojang. Danger!

Wait! pick up you.

위험해! 오지 마!

EMP 가능성 있음.

로켓 고장 우려. 위험!

기다려! 데리러 가겠음.

너무 늦게 봤다. 덕분에 웃음이 터졌고 한바탕 웃었더니 또 가슴이 욱신거렸고 피로감이 훅 밀려왔다.

그래도 연락을 해야 하기에 하세는 기진맥진하면서도 회사로 전화를 걸었다.

"연결됐다! 하세! 무사한 거야?"

나카타의 목소리가 들려온다.

기껏해야 하루나 이틀 만인데도 와락 반가웠다.

"……아아, 듣고 있어."

"다행이다. 아니, 다행이 아니지! 어떻게 된 거야? 연락도 전혀 안 되고, 게다가 호텔이…… 스타더스트는 어떻게 된 거야? 아니, 그보다 벌써 탈출한 거야? 앞으로 30분 뒤에 여기서 로켓을 발사할 예정이었다고!"

맙소사, 이게 무슨 일인가 싶어 또 웃음이 나오려고 한다.

하지만 모든 걸 설명하기에는 너무나 지쳤다.

"걱정 끼쳐서 미안하네. 그런데 지금에서야 간신히 한숨 돌렸어. 이야기는 돌아가서 해줄게."

전화기 너머로 나카타가 우물거린다.

하고 싶은 말과 듣고 싶은 말이 산더미 같을 것이다.

그러나 이쪽의 심정을 헤아렸는지 더 이상 아무것도 묻지 않는다.

"그래, 그렇겠지. 아무튼, 살아 있으니까 다행이야."

"맞다. 먼저 한 가지 알려줘. 이번 여행 참가자, 어떻게 해서 선발한 거야?"

전화기 너머에서 수상쩍은 침묵이 잠시 흐르다가 대답이 돌아온다.

"앱이야. 빙고나 제비뽑기에 사용할 수 있는 앱이 있거든. 그걸 이용했어."

"그럼 완전히 무작위인 거지?"

"알고리즘을 해석해보면 나름대로 어떤 경향은 있겠지만……. 그게 왜?"

"아냐, 못 들은 것으로 해줘. 아니 그보다, 미안해."

"응?"

어리둥절한 나카타를 무시하고, 하세는 우선 자신이 무사한 것과 여행 참가자 중 세 명이 사망한 것, 이토 살해를 포함한 사건의 범인은 야마구치이며 그를 탈출 포드에 실어 발사했음을 알렸다.

나카타가 어안이 벙벙한 표정을 짓는 것을 이쪽에서도 알 수 있다. 그 틈을 타 전화를 끊었다.

지금은 어쨌든 쉬고 싶다. 돌아가면 죽도록 바빠질 것이다. 경찰 조사, 유족에 대한 대응, 회사에 대한 대응, 회사원으로서 세간에 대한 대응, 살아남은 자로서의 책임 등이 기다리고 있다. 무엇 하나 소홀히 할 수 없다.

그중에서도, 무슨 면목으로 유족을 마주해야 할지……. 문득 정신을 차리고 보니 하세는 이토의 유품인 볼펜을 손안에서 만지작거리고 있었다.

붉은색 LED 불빛을 바라보며 문득 깨달았다.

어떠한 일이 있어도 눈앞의 일에 집중해야 한다고.

모든 것을 뒤집는 신의 한 수 같은 건 없다.

도망치지 않고 하나씩 끝까지 해나갈 수밖에 없다.

이것이 이토에게 배운 가장 중요한 사실이다.

"그렇지. 인터넷이 된다면 마침 잘됐다."

아마네가 말하며 등에 멘 가방에서 건반을 꺼낸다.

"설마 여기서 하려고?"

“네. 지금 하면 생중계할 수 있을 것 같아서.”

손을 풀듯 건반을 두드리자 경쾌한 소리가 났다.

태블릿과 마찬가지로 건반도 그 엄청난 전자기 펄스 속을 기적적으로 무사히 헤쳐나온 모양이다.

“……잘하네.”

어이가 없기도 하고 대단하다 싶기도 한 마음을 담아, 하세는 태블릿을 가져다주기로 했다.

이런 상황에서도 아마네는 자신이 보기 좋게 나오도록 옷매무새를 가다듬는다.

“머리, 멋지네요. 안쪽만 붉게 염색한 게.”

하세는 긴장이 풀어졌는지 무심코 생각나는 대로 말해버렸다.

아마네의 입매가 순간 앙다물어졌다.

‘실수했다. 이런 것도 성희롱일지 모르는데.’

아차 싶어 후회하고 있는데, 아마네는 붉게 염색한 머리가 잘 보이도록 옆머리를 귀에 꽂았다.

“졸업식에서 〈보헤미안 랩소디〉를 쳤더니 재미있어한 아이가 있었다고 했잖아요? 그 애가 그랬거든요. 붉은색 머리가 잘 어울릴 것 같다고. 저는 검은색 머리를 더 좋아하지만 말이죠.”

“소중한 친구군요.”

"왜 그렇게 생각하시죠?"

"왜라니……. 왠지 그럴 것 같달까? 말투나 분위기가. 그 친구 얘기를 할 때 굉장히 밝은 표정을 지었으니까."

처음 대화할 때부터 줄곧 그랬지만, 아마네의 말과 행동에는 아이러니함이 있다.

그런데 그 친구 이야기를 할 때는 즐거워 보인다. 특히 졸업식 에피소드에서 느꼈다.

중반까지는 교사를 향한 증오를 숨기지 않았는데 재미있어한 반 친구가 있었다고 좋아할 때는 나이에 어울리는 천진함이 보였다.

"그 친구가 실종되어버렸거든요."

너무 태연하게 말을 해서 사안의 중대함을 인식하기까지 시간이 걸렸다.

"실종? 음, 가출……인가요?"

"그렇게 간단한 문제가 아니라, 어디로 갔는지 아예 알 수 없게 되어버렸어요. 두 번 다시 돌아오지 않겠다는 메모만 남기고."

"저런……. 대체 왜?"

"그 애의 부모님이 사이비 종교에 빠졌던 것 같아요."

하세는 자신의 얼굴이 복잡하게 일그러지는 걸 느낀다.

"들어보셨어요? 돈이 없어도 즐겁게 생활할 수 있는 유토 피아를 만들겠다며 140억 엔을 벌어들인 사이비 종교 마을. 거기에 재산을 몽땅 뜯겨서…….”

물어보는 듯한 어조지만 아마네는 딱히 대답을 바라지 않는 것 같다. 마음속의 응어리를 그저 뱉어내고 있을 뿐이다.

“그 아이의 부모님을 만나러 갔었어요. 뭔가 단서가 될 만한 게 없을까 하고. 그랬더니 부모님도 울기만 하시고……. 그래서 아무 말도 할 수가 없었죠.”

왠지 모르지만, 하세는 그때의 광경을 상상할 수 있었다.

아마도 아마네는 크게 따질 생각으로 친구 집에 쳐들어갔을 것이다. 사이비 종교에 빠져서 딸을 사라지게 하다니 부모로서 자격이 없다고 쏘아붙일 작정이었을지 모른다.

그러나 쓰러져 우는 부모님 모습을 보며 생각이 달라졌을 것이다.

게다가 어떤 이유로 사이비 종교에 빠졌는지도 알지 못한다. 어쩌면 그 부모도 피해자일지 모르는 일이다.

“그래서 적어도 재미있어했던 피아노 연주라도 그 애에게 들려주고 싶었어요……. 우주에서 생중계하면 꼭 알아봐줄 테니까. 그래서 무료 초대권 추첨에 응모했던 거예요.”

울지도 않고 조금의 흔들림도 없는데 아마네의 목소리가 마음 깊은 곳에 걸린다.

위로를 하고 싶지만 뭐라고 해야 좋을지 모르겠다.

하세도 나름대로 인생에서 어려움을 겪었다. 친구에게 버림받은 적도 있다. 하지만 아마네와 같은 절망을 맛본 적은 없다.

"그 친구가 이 연주를 들었으면 좋겠네요."

"꼭 듣고 있을 거예요. 그 애, 별을 좋아했으니까……. 어? 잘 나오고 있네요."

태블릿 화면을 확인하고 아마네가 다시 한번 자세를 고쳐 앉는다. 그리고 마지막으로 가볍게 건반을 확인하고 미소 짓는다.

"그럼 시작해볼까요?"

기다란 손가락으로 천천히 곡을 연주하더니 이어 노래도 시작한다. 퀸의 〈돈 스톱 미 나우〉다.

졸업식에서 치고 싶었는데 덜 유명해서 포기했다고 한 곡.

의외로, 라고 말하면 본인은 기분 나빠할지 모르지만 원곡에도 뒤지지 않을 섬세한 목소리가 고막을 간질여 기분이 좋다. 지친 몸에 노랫소리가 슬며시 배어드는 것 같다.

천천히 시작된 곡이지만 어느새 리듬이 통통 튀고 피아노 소리가 힘 있게 튕겼다.

거기에 질주하는 듯한 보컬이 포개진다.

그 순간 하세는 웃음을 터뜨렸다.

가사는 화자를 별똥별과 호랑이에 비유하고 있다.

현재 자신들의 모습과 똑같다.

탈출 포드도 지상에서는 이온의 마찰로 호랑이의 털 같은 색으로 보일지도 모른다.

화자는 기분 좋은 모습으로 소리를 높여갔다. 그런데 노래를 부르는 아마네의 표정은 즐기고 있다기보다 절실함으로 가득했다.

그 절실함은 함께 즐기자고 호소하는 듯한 가사가 등장했을 때, 더욱 선명하고 뚜렷해졌다.

그때 붉게 물들인 안쪽 머리카락이 흔들리는 걸 보고 하세는 알아차렸다.

이것은 실종된 친구에게 보내는 아마네의 메시지다.

노랫말이 전하는 그대로 연락을 바라는 것이리라.

하지만 사이비 종교에 빠진 부모님이 있는 앞에서 공공연하게 라이브로 호소한다면 그 친구 쪽에서 연락해오기는 어려울 것이다. 어쩌면 부모가 아마네에게 부탁했다고 그릇된 추측을 할지도 모른다.

그래서 둘만이 아는 방법으로 이렇게 메시지를 전하고 있는 것이다. 분명.

머리카락을 붉게 한 것도 어쩌면 개인적인 메시지라는 걸 알아봐주기를 바라는 마음에서다. 붉은색 머리카락이 잘 어울릴 것 같다고, 실종된 친구가 말했다고 하니까.

이 얼마나 장대한 계획인가.

야마구치의 계획 또한 말도 안 될 만큼 장대했지만 아마네 역시 꽤 공을 들였다.

둘 다 우주적 규모의 기획이다.

살아남은 자, 죽은 자, 모두가 이 우주에서 무언가 이루려고 했다.

어떤 이는 성공하고 어떤 이는 실패했다.

하세는 자신이 한 행동이 정당했는지 아닌지 아직 모른다.

목숨을 잃은 여행 참가자 세 명을 다 구할 수도 있지 않았을까.

야마구치의 행동을 멈추게 할 수 있지 않았을까.

그런 후회가 끊임없이 떠오른다.

게다가 이런 일이 생겨서 이제 회사와 우주산업의 앞날은 어떻게 될지…….

복잡한 감정이 가슴속에서 소용돌이친다.

하지만 앞으로 무엇이 어떻게 되든 해야 하는 일을 할 뿐이라는 각오도 선다.

붉은 LED 불빛을 켜면서 하세는 앞날에 대해 이런저런 생각을 한다.

그때 탈출 포드의 통신 시스템이 착신을 알렸다.

다른 탈출 포드에서 걸려온 것이다.

수신 버튼을 누르자 마사키의 침울한 목소리가 들렸다.

"여보세요, 하세 씨? 난데요……."

"무슨 일 있으세요?"

대답 없이 침묵한다. 영상이 보이는 건 아니지만 풀 죽은 마사키의 모습이 눈에 선하게 그려졌다.

함께 탈출 포드에 탄 스가야마에게 무슨 일이 생긴 걸까?

걱정돼서 다시 한번 물으려는 찰나, 한숨 섞인 체념의 목소리가 들렸다.

"……지구가, 둥글어요."

"우주를 구성하는 기본 단위는 수소다"라고 주장하는 과학자들이 있다. 수소의 양이 우주 일대에 풍부하기 때문이다. 이 의견에 나는 찬성할 수 없다. 내 생각을 말하자면 수소보다 더 풍부하게 우주를 떠다니는 것은 어리석음이다. 어리석음이야말로 우주의 기본 단위다.

—프랭크 자파, 피터 오키오그로소, 『프랭크 자파 자서전』 중에서

별에서의 살인

초판 1쇄 인쇄 2024년 2월 5일
초판 1쇄 발행 2024년 2월 13일

지은이 모모노 자파
옮긴이 김영주

편집 이기웅
책임편집 주소림
편집 안희주, 김혜영, 양수인, 한의진, 오윤나, 이원지, 이현지
디자인 weme design
책임마케팅 김서연, 김예진, 박시온, 김지원, 류지현, 김소희, 김찬빈, 배성원, 박상은, 이서윤
마케팅 유인철
경영지원 박혜정, 최성민, 박상박
제작 제이오

펴낸이 유귀선
펴낸곳 ㈜바이포엠 스튜디오
출판등록 제2020-000145호(2020년 6월 10일)
주소 서울시 강남구 테헤란로 332, 에이치제이타워 20층
이메일 odr@studioodr.com

ISBN 979-11-93358-60-3 (03830)

모모는 ㈜바이포엠 스튜디오의 출판 브랜드입니다.